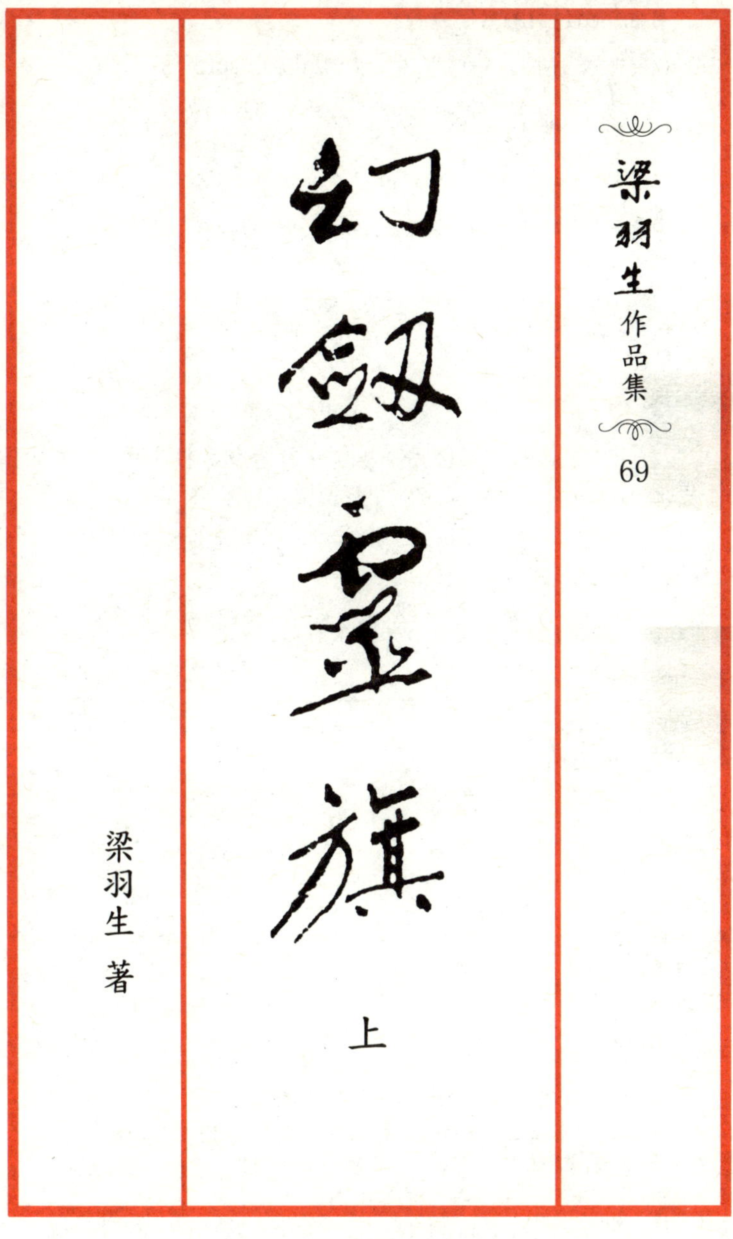

梁羽生作品集

69

# 幻剑灵旗

上

梁羽生 著

中山大学出版社

·广州·

**图书在版编目(CIP)数据**

幻剑灵旗/梁羽生著. --广州：中山大学出版社，2012. 12
(梁羽生作品集)
ISBN 978-7-306-04394-8

Ⅰ. ①幻… Ⅱ. ①梁… Ⅲ. ①侠义小说－中国－当代 Ⅳ. ①I247.5

中国版本图书馆CIP数据核字(2012)第300399号

---



封面题字：黄苗子　书名篆刻：张贻来

---

# 幻剑灵旗

**出 版 人**　祁　军
**策　　划**　欧阳群
**责任编辑**　何　娴　熊锡源
**封面设计**　林卓萍　德斯裴设计
**内文插画**　黄增立
**文字编辑**　林卓萍　林春光
**出 版 社**　中山大学出版社
(地址：广州市新港西路135号　邮政编码：510275)
**电　　话**　编辑部020-84111996　传真020-84036565
**网　　址**　http://www.zsup.com.cn　E-mail:zdcbs@mail.sysu.edu.cn
**代理发行**　广州市朗声图书有限公司(电话：020-34297719)
**印　　刷**　湛江南华印务有限公司
**规　　格**　880mm×1230mm　1/32　16.375印张　460千字　插图11幅
**版次印次**　2012年12月第1版　2012年12月第1次印刷
**总 定 价**　37.00元(全二册)

# 目 录

# 第一回　花落水流　几番离合<br>丝连藕断　难说恩仇

浮沉道力未能坚，世网撄人只自怜。
谁解古今都是幻，大槐南畔且流连。

——胡大川幻想诗之一

**冠盖满京华，斯人独憔悴。**

他是谁?

有人说他是天下第一剑客，有人说他只配名列第三。

但不管是第一还是第三，只要他一出现，就能令得武林震动!

“这二十年来，从来没有像他这样胆大妄为的剑客!”这是江湖“万事通”申公达给他的评语，这评语倒是没人怀疑的。

他的胆大妄为，只要提起一桩就够了。

二十年前，他曾与武当五老比剑，武当派的剑术是人们公认为各大门派之首的，但他，当时只不过是二十岁刚刚出头的他，只凭手中一把青钢剑，就与武当五老斗得两败俱伤。

在这场比剑过后，他虽然就此失踪，但“齐勒铭”这个名字，江湖上已是谁人不知，哪个不晓了。

齐勒铭就是齐勒铭；天下只有一个齐勒铭，用不着替他加上任何衔头。这名字的本身就有令人眩目的光辉，只说这三个字已经足够。

但现在，他却是步履蹒跚，目光呆滞，形容憔悴，毫无神采可言，而且还要靠一个女人扶他走路，走在什刹海的湖边。（什刹海是北京城内的一个人工湖）

这女人是他的妻子？还是他的情人？

都是，都不是。他与她有夫妻之实，却无夫妻之名；他们曾经患难扶持，不能说是“逢场作戏”，但他心里爱的还是他的前妻。

他的前妻是武林中的“名门淑女”庄英男，这个女人却是江湖上“臭名昭彰”的“穆氏双狐”之一的穆娟娟。

穆娟娟刚在不久之前，用酥骨散废了他的武功（详情见拙作《剑网尘丝》），此时也不知是在后悔还是想要给他安慰，低声说道：“勒铭，你还在怨我么？”

齐勒铭只能苦笑，还能说些什么？

他的心已如槁木，还何在乎这副躯壳？

令得他心情如此落寞的，不仅是因为他失掉武功。

什刹海水平如镜，两岸垂杨夹道，湖面桥影流虹。可惜这美景他亦已无心欣赏。

“伤心桥下春波绿，曾是惊鸿掠影来。”二十年前，他也曾与庄英男在这湖边漫步，而现在庄英男已是扬州大侠楚劲松的妻子了。

是恩，是怨？是幻，是真？他的心头藏着庄英男的影子，眼前却是把一生都付托给他的穆娟娟。这两个人谁对他更好一些？

他本来是天下第一剑客，现在却是连气力也使不出来的废人。

恐怕也只能把过去当作一场幻梦了，但恩、怨、真、幻，又岂易言？

穆娟娟却道：“其实，塞翁失马，焉知非福。有我一生一世服侍你，你可以衣来伸手，饭来张口，安安乐乐过下辈子，这不胜于你在江湖流浪，时刻都得提心吊胆过日子吗？”

她说的确是心里话，只要能够服侍齐勒铭，就是她最大的满足。但齐勒铭可不是她所能“羁勒”的，唯有毁掉他的武功，才能使得他永远离不开自己。

花落花开，几番离合；丝连藕断，难说恩仇。齐勒铭还有什么好说呢，他只能苦笑道："娟娟，你现在可以放心了。但愿如你所言。"

## 五老寻仇

可惜却有人不许他"安安乐乐"的过活，穆娟娟那番"一厢情愿"的话，刚刚说过，还未到一盏茶时刻，那些不许他过安乐日子的人就来了。

来的是五个黑衣道士。

齐勒铭认得四个，他们是武当五老中的玉真子、玉玄子、玉洞子和玉虚子。还有一个年轻道士是他未见过的，但既然是与玉真子等人同来，自必也是武当派中的人物了。

玉虚子走在最前头。

他在齐勒铭面前站定，眼睛里充满仇恨。

"齐勒铭，我中了你的毒针，居然还能够活着回来找你算账，你想不到吧？"玉虚子道。

齐勒铭淡淡说道："我想得到的，因为我知道有楚天舒给你解药。但你恐怕还不知道，我本来可以杀掉楚天舒的，杀掉楚天舒，他就不能救活你了，但我并没有杀楚天舒。"

玉虚子冷笑道："哦，如此说来，我倒是应该领你情了？因为你可以杀我而不杀我，你可以杀楚天舒而不杀楚天舒，我才有机会得到他的解药？嘿、嘿，你真聪明，大概你也早已料到会有今日之事了！"言下之意，齐勒铭是因为早已料到他们有今日大举前来寻仇之事，故而他当日才没有把事情做绝，好留下一线香火情的。

齐勒铭抬眼望天，冷冷说道："玉虚子，你也未免把自己看得太高了！"

玉虚子道："你这话是什么意思？"

齐勒铭纵声大笑，说道："齐某平生做事，全凭好恶。我从不向人求情，也不要别人领我的情。老实告诉你吧，我不杀你，只因为你的死活，我压根儿就没放在心上！我用毒针刺你，也只是因为讨厌你在我耳边聒噪！"

玉虚子大怒道："齐勒铭，你死到临头，还敢这样看不起人！"

齐勒铭道："死活乃是另一件事情，真话我不能不说！我也不是看不起你，你能够令我觉得讨厌，已经是看得起你了！"

玉虚子面色铁青说道："多谢你看得起我，我也老实告诉你吧，莫说我不相信你的鬼话，就算那天晚上，你当真曾对我手下留情，那也抹不掉过去的深仇大恨！"

五个道士之中，以玉真子年纪最长，他咳了一声，说道："齐勒铭，二十年前，你和我们武当五老比剑，彼此都有损伤。如今我们是特地来了结这段梁子的，你若不愿和我们比剑，唯有你自废武功！"

穆娟娟想说话，但给齐勒铭眼神一瞪，穆娟娟深知他的脾气，只能在心里叹一口气，话却是不敢说出来了。

齐勒铭淡淡说道："当日你们武当五老一齐动手，都杀不了我齐某一人，想必你们是引为武当派奇耻大辱了。所以你们今日要来杀我，我一点也不觉得奇怪。只是还有一老呢？"把眼望向那个年纪最轻的道士。

玉真子道："他是我的师侄，敝掌门师兄玉顶真人十年前已经仙去了。"

那年轻道士道："玉顶真人就是我的师父，我是来给师父报仇的！"

齐勒铭道："哦，你的师父十年前去世，那亦是说，他是在和我比剑之后十年才死的了？"

那年轻道士道："家师虽然是在比剑之后十年方始仙去，但若不是那次比剑被你所伤，他老人家最少还可以多活三十年！"

齐勒铭道："所以你就要把这笔账算在我的头上了？不错，我虽不杀伯仁，伯仁由我而死！"

那年轻道士道："齐勒铭，无论你怎样强辩，这杀师之仇，我都是非报不可！"

齐勒铭道："我并没有强辩啊，我早已说过，你们向我报仇是应该的了。只不过……"

玉虚子道："不过什么？"

齐勒铭道："你们五个人都要报仇，我只有一个身子。我是在想，应该由谁取我性命的好？论仇恨之深，我似乎应该让你杀我，但这位小师傅是要报杀师之仇的，似乎我的性命又应该交给他才对。"

玉虚子冷笑道："不必你来替我们操心，我们武当五老如同一体，你死在我们哪一个人的手上都是一样！"

说话之间，武当五老已经布成阵势，年纪最长的玉真子道："玉顶师兄，今日是我们武当五老来与仇人算账，有你的徒弟在场，也如你在场一样。你放心吧，这次我们必定能够手刃仇人！"

齐勒铭淡淡说道："你是否还要举行仪式，向令师兄在天之灵默祷，求他保佑你们？"

玉真子不理会他的嘲笑，对那青年道士道："冲灵师侄，你是代表我们的掌门师兄的，请你居中。"那青年道士稍稍踌躇片刻，说道："好，小侄尽力而为。"走上主位。

阵势布好，已经把齐勒铭围在当中了。齐勒铭还是意态悠闲，背负双手，抬眼望天。

玉真子喝道："齐勒铭，你为何还不亮剑？"

齐勒铭道："为什么要我亮剑？"

玉真子怒道："你这话是什么意思？难道你要空手和我们比剑吗？"

玉虚子喝道："武当五老岂能容人如此轻视？你不拔剑也不行！"

齐勒铭道："你们要来杀我，尽管来杀好了！要强逼我做什么事情，那可不行！"

玉虚子道："齐勒铭，你也算是武林中的一号人物，想不到你会耍这种撒赖的手段。"他只道齐勒铭借口不屑与他们比剑，以求免祸。

齐勒铭道："真是奇谈，我不拔剑，束手就戮，对你们不更好吗？为何还不动手？"

玉虚子把眼睛望着玉真子，好像在问："师兄，怎办？"

要知武当五老是何等身份，五人联手，已经是有失面子了，如何还能联剑对付一个手无寸铁之人？

更何况，他们上一次是和齐勒铭比剑斗得两败俱伤的，这次就必须是比剑胜了齐勒铭方能挽回面子。

玉真子不觉也是大感踌躇，一时之间，拿不定主意。

那青年道士道："师叔，他要无赖手段，难道咱们就不报此仇了么？"

玉真子双眉一竖，沉声说道："冲灵师侄，你说得对！"喝道："齐勒铭，我数到三，你若还不拔剑，那可休怪我们不客气了。一、二……"

穆娟娟忽道："他不能拔剑，你们也不应杀他！"

玉真子、玉虚子同时发话，一个喝道："他为何不能拔剑？"一个喝道："为什么不应杀他？"

齐勒铭也在喝道："娟娟！"

他这一喝，声音远不及这两个道士的宏亮，但穆娟娟已是听得心头一震，不敢作声了。

齐勒铭缓缓说道："大丈夫生而何欢，死而何惧？……"他话犹未了，那青年道士已在冷笑说道："你也算得是大丈夫么？"齐勒铭不理会他，自顾自地往下说道："不错，许多人把我当作魔头，他们害怕我而又看不起我。但我是不能自轻自贱的，我就是死了，也要死得像个大丈夫。决不能失了我齐家的体面！"

玉虚子冷笑道："亏你还敢夸耀家门！不错，你的爹爹是武林公认的天下第一高手，倘若不是出了你这个不肖之子，齐家也的确是值得夸耀的世家。哼，不说别的，就说跟前之事吧，你对我们使出这样无赖的手段，先就玷辱了家门！"

齐勒铭道："你懂什么，你可以杀我，但可不能禁止我和娟娟说话。我是对娟娟说的，不是对你们说的。娟娟，正因为我是齐家的儿子，所以须挺着腰死去，才能无愧齐家，你懂了吗？"

穆娟娟是懂得他的意思的。本来她想对"武当五老"说明，齐勒铭的武功早已废了，用不着他们来勒令他"自废武功"。但如今她已懂得了齐勒铭的意思，这话可就不能说出来了。因为说了出来，就等于是替齐勒铭向对方求情，而齐勒铭是死也不能向对方求情的！

她心痛如割，只恨自己做错了事，不该一早就捏碎了齐勒铭的琵琶骨了。

“早知如此，我应该让他暂且保留武功的。只要他琵琶骨未碎，我给他服下酥骨散的解药，他还可以和武当五老比剑。如今琵琶骨已碎，那是没有灵药可续了！”穆娟娟心想。

后悔已经迟了，怎么办呢？

“不求同年同月同日生，但求同年同月同日死！”她忽然想起了和齐勒铭定情之夕的盟誓，心中已是得了主意。她缓缓地回过身，紧紧地靠着齐勒铭。

齐勒铭忽道：“你们只是找我算账吧？”

玉真子道：“不错！”

齐勒铭道：“那么，此事就与她无关了，你们……”

话犹未了，穆娟娟已是打断他的话道：“齐郎，今日之事，都是我累你的，你怎能说这样的话。事到如今，难道你还要分什么你的我的吗？”

“今日之事，都是我累你的！”这句话，齐勒铭当然是听得懂的，但玉真子却听不懂。他怎想得到穆娟娟早已捏碎了齐勒铭的琵琶骨呢？

因此，他反而点了点头，对穆娟娟道：“不错，虽然他是你的情夫，而他之所以弄得身败名裂，也是由你而起。但他和武当派的梁子，却与你无关。今日之事，我们不是来评定你的人品，只是来找他算账。所以，你是可以走的。玉虚师弟，你同意我放她走吗？”由于玉虚子与齐勒铭结的梁子最深，而他和穆娟娟也有点过节，故此玉真子征求他的意见。

玉虚子道：“我同意。”接着面向穆娟娟说道：“华山派掌门被害之事，你是脱不了嫌疑的。那日在华山之上，我本来也想把你擒下的。但现在我却不想对付你了。华山之事，有华山派的门下弟子来管，用不着我来越俎代庖。我们讲究的是恩怨分明，今日我们来找齐勒铭算账，只要你不助他，你走你的吧！”

他们以为已经是网开一面了，穆娟娟是懂得时务的，当然会走。哪知穆娟娟非但不走，反而和齐勒铭靠得更近了。

齐勒铭道："娟娟，这可不是我为你向他们求情的，他们要你走，你就走吧！"

玉虚子也道："咦，我们已经网开一面，为何你还不走？"

穆娟娟一挺胸膛，毅然说道："你们也已经知道是我累得他身败名裂的了，我与他生则同生，死则同死！你们要杀他请先杀我！"

齐勒铭面对武当五老的长剑，傲然不惧。唯一令他放心不下的只是他的女儿——齐漱玉。

齐漱玉独自走向市区，想起刚才的事情，自己也觉得有点好笑。她竟然以女儿的身份，替父亲撮合了一段姻缘。而那个女人，在不久之前，还是她所深恶痛绝的。

"我作弄了爹爹，爹爹是怪我呢还是感激我呢？唔，我想爹爹多半是在发了一顿脾气之后，心里还是感激我的。他会发现穆阿姨才是他真正需要的人，我这样做对他有好处，对妈妈也有好处的。

"爹爹和妈妈的婚姻本来是不幸的婚姻，但能够有这样一个结局，对他们来说，也可以说是各得其所了。

"妈妈当然是喜欢她现在的生活，不喜欢再回到齐家的。

"而我呢，我有两个妈妈，那也不错呀！"

想到了对各方面都有好处，她不觉大为得意，似乎她的"恶作剧"也变成了"得意的杰作"了。

不过在得意之中也有几分惶惑。

因为她现在开始想到了卫天元了。

在她的心目之中，卫天元的地位本来比她的父亲还更重要，（虽然她自己也许从来没有这样想过，但事实却是这样。）现在，父亲的事情已经不用她"操心"了，她对卫天元的思念就更加深切了。

她已经从穆娟娟口中知道，姜雪君口中说的那个"古怪女子"名叫上官飞凤，而这个上官飞凤是可以帮她找到卫天元的。

"这位上官姐姐为什么还不来找我呢？雪君姐姐说她神通广大，我不找她，她也一定会找到我的。"

不知不觉，已是踏入市区了，她一直等待有“奇迹”出现，但那个神通广大的上官飞凤仍然没有在她面前出现。

她急于和师兄会面，实在没有耐心再等待“奇迹”的降临了。

她打开穆娟娟给她的那张字条，上面写有一个地址。这是上官飞凤的地址。

穆娟娟说有两个办法可以找到上官飞凤，一个是到这个地方去找她，找不到的话，就去震远镖局。即使她不在镖局，也可以打听到她的消息。穆娟娟还说，卫天元甚至也有可能藏在震远镖局。关于后者，姜雪君也说过同样的话。

她从来没有见过上官飞凤，也想不通这个上官飞凤怎的忽然变成了卫天元的密友，她不仅有点感到不大舒服，而且有点惶惑不安的感觉了。

震远镖局就不同了，总镖头汤怀远是她小时候曾经见过的人。何况她的师兄也有可能就在震远镖局。

按常理来说，与其去找一个陌生人帮忙不如去找熟人，但她在反复思量之后，还是宁愿去找上官飞凤。

因为在震远镖局里，有她害怕见到的人。

她已经知道扬州大侠楚劲松是在震远镖局养病的，他的家人也在那里。

以前她只知道楚劲松是“扬州大侠”，是她的朋友楚天舒的父亲。

现在她却知道了多一件事情，楚劲松也是她母亲的现任丈夫。

楚劲松是给她的父亲打得半死不活的。

楚劲松的妻子（亦即她的母亲）是给她的父亲掳去，但现在又已回到楚劲松身边的。

虽说她的爷爷曾对楚天舒有救命之恩，虽说她的父亲也曾对楚劲松有过赠药之德，但两家的仇恨能解得开吗?

不是没有母女之情，但在这样情形底下，要是让她在楚家见到自己的母亲，她也的确是会感到十分尴尬的。

两家恩怨纠缠，真的是“剪不断、理还乱”啊!

她踌躇再三，结果还是按照穆娟娟给她的地址，去找上官飞凤。

她的卫师兄最少也有一半可能是在那里。

天色已经入黑了，她急于知道卫天元的消息，连忙加快脚步。但她可没想到，黑暗中已经有人注意她的行踪。

她也没有想到，她自以为是“得意的杰作”已经变成了悲剧。

她以为是替父亲撮合了一段姻缘，却不知道她的父亲正是给她所要撮合的人捏碎了琵琶骨。

她以为父亲和穆娟娟可以共享晚年，哪知道他们现在正是面临死亡的深渊。

唉，要是她知道这些，她一定要走回头路，怎能还像现在这样走得如此轻松？

现在她是带着好奇而兴奋的心情，按址找人的。好奇是想去看一看那个上官飞凤究竟是怎样的一个奇女子？兴奋是她有可能很快就见得到她的“卫大哥”了。

当然，她也还未知道，她的“卫大哥”如今也仍然是身处险境的。

这几天来她历经了许多意想不到的事情，如今她又要到一个神秘的地方去会见一个神秘的人物（上官飞凤）了，在这个地方能够找到她所需要的谜底么？

楚天舒也在找寻一个谜底。

不过不是他自己要去的，是汤怀远求他去的。

他希望楚天舒能够为他揭开这个谜底，因为这个“谜”困扰他已经有十多年了，而现在，更是到了他必须知道“谜底”的时候。谜底一日不揭开，他就一日不能安枕。

现在汤怀远就在密室之中和楚天舒说起这个谜样的人物。

“你已经认识了我们镖局里那位年纪较大的王镖头吧？”

“你说的是王大鹏吗？”楚天舒道。

汤怀远道：“不错，你觉得这个人怎样？”

楚天舒道：“他似乎很少说话，也似乎是极力避免引起别人的注意。”

汤怀远赞道："世兄真好眼力，你已经注意到了!"

楚天舒道："我注意到什么?"

汤怀远道："你注意到了他避免别人注意。你说得不错，他一向沉默寡言，做事一向也是不求有功但求无过的。"

楚天舒道："但他绝对不是一个平庸的人!"

汤怀远道："你还看出了一些什么?"

楚天舒道："他的双眼炯炯有神，但一当他发觉有人注意他的时候，他就显出呆钝的样子。我猜他是一个深藏不露的人，武功方面也是如此。"

汤怀远道："你的观察很仔细，但你猜得出他是什么人吗?"

楚天舒道："我猜不出。"

汤怀远道："我最近才知道他就是十多年前曾在黑道上称雄的鹰爪王！不过由于他是独脚大盗，每次做案也都是做得干净利落，认识他的人不多。"

楚天舒吃了一惊道："以鹰爪王的身份，怎的会到你们镖局来当一个普通的镖师?"

汤怀远道："而且一做就做了十几年呢！这不是一个难解的谜么?"

楚天舒道："你怀疑他是你的仇家派来卧底的?"

汤怀远道："不一定是我的仇家，但他背后那个人一定比我的任何仇家还更可怕!"

楚天舒一听就懂，说道："不错，能够差遣鹰爪王来做一个小镖师的人，当然是有权有势的了。但汤叔叔，你告诉我这件事情，是为了什么?"

汤怀远道："你肯不肯帮我一个忙，帮我去揭开他的身份之谜，不是他过去的身份，是他现在的身份。"

楚天舒道："怎样去揭开?"

汤怀远道："我们已经发现了他的一个秘密。……"

他关上窗，压低声音继续说道："事情是这样的，昨天来个陌生人，那人走了之后，他也不告诉我一声，就悄悄离开镖局，直到现在还没回来。"

楚天舒皱眉道："你要我找他回来？"心想京城这样大，要找一个和自己毫无关系的人，谈何容易。

汤怀远道："不是。他的行踪我们是已经知道了的。假如只是要找他回来，那就用不着你了。"

楚天舒道："好，那么请你说下去，只要是我力之所及，我绝不推辞。"

汤怀远继续说道："由于我早已怀疑他，我也安排有人暗中监视他的。跟踪他的人发现他走进西长安街一间古老大屋，就一直没有出来。"

楚天舒道："你是要我去把这件事情查个水落石出？"

汤怀远道："不错。他应该昨晚回来的，直到现在还没回来，那只有两个可能，一是他出了事，甚至已丧了命。一是那个地方是他们的秘密机关，他在那里另有重大图谋，这图谋说不定就是要对付我这镖局的。倘若他背后的主子真的是要毁掉我这镖局，当然他就毋须急急回来了，要回来，也是以新主人的身份回来了。"

楚天舒吃惊道："有这样严重吗？"

汤怀远叹道："但愿不至如此，却也不可不防！你知道，这两天在我们镖局里发生的事情，恐怕是会给某些人拿作把柄的。比如说，前两天徐中岳的女儿在这里和你的妹妹一同出走，听说穆统领的大公子后来就是为了去追她们回来而失踪的，这件事情若是穆统领追究起来，就可以牵连我们的镖局。"

楚天舒道："你怀疑他是去向穆统领告密？"

汤怀远道："我还不敢断定他是否穆统领的人，但必须查明真相，我才能放心。"

说至此处，汤怀远站起来道："鹰爪王武功非同小可，我手下那些镖师，恐怕没有一个是他对手，我又不便亲自出马，想来想去，只有老弟才能帮我的忙。"说罢，对楚天舒作了一揖。

楚天舒连忙还礼，说道："汤叔叔，你太看得起我了。小侄本领低微，只怕也是难当重任。"

汤怀远道："世兄，你莫客气。你的家传点穴功夫，正是鹰爪功的克星。论轻功，你也比他高明得多。不过，有一件事我不能瞒你，先和你说清楚，去或不去，你再决定。”

楚天舒道：“叔叔请说。”

汤怀远道：“鹰爪王和那陌生人密室私语之时，是有人在窗外偷听的，此人不敢靠近去听，听得不大清楚。但听得那陌生客人好几次提起一个人的名字。”

楚天舒道：“什么人的名字？”

汤怀远道：“齐勒铭！”

楚天舒吃了一惊，默不作声。

汤怀远道：“但奇怪得很，那人的口气好像是要鹰爪王帮他去害齐勒铭的，但因为偷听的人听不清楚，他们在说到关键之处，说得又特别小声，更是模糊不清。所以也可能与偷听者所揣测的意思刚好相反，说不定齐勒铭就是他们的同谋者也未可知。但不管是正是反，齐勒铭也很有可能就是在那个地方。”

楚天舒过了好一会子方始说道：“我不是怕齐勒铭，不过……”

汤怀远道：“你不放心令尊吗？”

楚天舒道：“这倒不是。家父的伤已经好了四五分，家母亦已回来。不过，叔叔，你也知道，齐勒铭是家父的仇人，这件事我想和家父先说一声。”

汤怀远道：“这是应该的。你去吧。”心里却在想：要是说给楚劲松知道，只怕楚劲松多半是不肯让儿子去冒这个险的了。

楚劲松正在房间里和妻子闲谈，他的伤已经好了一半，但眉宇之间，仍是藏着忧郁，并不因为有妻子作伴，精神就比较好些。

他忽然叹了口气，说道：“我真不知道齐勒铭是怎样的人？”

庄英男道：“你觉得他这次肯放我回来是很奇怪吧？”楚劲松默然不语。

庄英男低声道：“你还在恨他吗？”

楚劲松苦笑道：“他打伤了我，又救了我的性命，我也不知是该恨他还是该感激他？”

庄英男嘴唇微动，似乎想说什么，却没有说。

楚劲松忽道：“我想我还是该感激他的。”

庄英男道:“为什么?”

楚劲松道:“因为他不但救了我的性命，也救了你的性命。”

庄英男道:“你怎么知道是他救了我的性命?”

楚劲松道:“我怎能不知道，当时你是中了银狐的毒针的，要不是他给你解药，你焉能活着回来?”

庄英男道:“松哥，你只说对了一半。”

楚劲松道:“是哪一半说错了?”

庄英男道:“用毒针射我的是金狐，不是银狐。”

楚劲松道:“金狐不是银狐的姐姐吗?据我所知，她好像是嫁给了白驼山主宇文雷的。”

庄英男道:“不错，但他们夫妇如今却是正在京师。”

顿了一顿，继续说道:“还有一件事也是你猜错了的，给我解药的人并不是齐勒铭。”

楚劲松道:“那是谁?”

庄英男道:“正是金狐自己。”

楚劲松道:“哦，真是意想不到!”

庄英男等了一会，没见他说下去，便道:“松哥，你为什么一直没有问我，那天我是怎样能够活着回来的经过?”

楚劲松道:“经过情形并不重要，重要的是你已活着回到我的身边。”

庄英男道:“你以为是他放我回来的吗?”

楚劲松道:“难道不是吗?”

庄英男道:“要这样说也未尝不可，但事情也没这样简单!”

楚劲松咬着嘴唇涩声道:“我不想知道。”

庄英男对他笑了一笑，摇摇头。

楚劲松道:“你是有些话要和我说的吧?”

庄英男道:“不错，但只怕你多心。”

楚劲松伸手与她相握，说道:“我们已经做了十多年夫妻，你的心是怎样对我，我还能不知道吗。我没问你详情，只是怕你多心。”

庄英男道:“松哥，多谢你信得过我。好，既然咱们都不会多心，那天的事情，你不想知道，我也要告诉你了。”

她把那天的遭遇说给丈夫知道。

那天她中了毒针，本已是不省人事的，后来得到齐勒铭将真气输入她的体内，方始渐渐有了知觉。

“他和那个宇文夫人说话的时候，其实我是已经恢复知觉了的，但我仍然装作昏迷未醒，瞒过了他们。那个宇文夫人，就是银狐的姐姐金狐，我也是从他们的谈话之中，才知道用毒针射我的人不是妹妹而是姐姐的。

“后来，金狐给我服下解药，那时齐勒铭已经不在场了。金狐叫一个仆人用马车载我出城，我在服了解药之后半个时辰，方始装作刚刚醒来。我一醒来，那仆人对我说了几句警告的话，就把我推下马车，叫我自己回家了。嗯，你想不到吧，事情就是这样简单。”

楚劲松道：“表面好像简单，其实却是大不简单，对吗？”他顿了一顿，加上一句道：“我想金狐总不会毫无所得，就肯放你回来吧？”

庄英男道：“不错，他是在答应金狐的条件之后，金狐才肯放我回来的。”

楚劲松道：“金狐的条件是什么？”

庄英男说道：“我不知道。我是在他们说到一半的时候，方始完全恢复知觉的，前面的话，听得不清楚。似乎是齐勒铭答应为她做一件事情，这件事情，由金狐指定。我想，总不会是好事情吧？”

楚劲松道：“如此说来，他对你可是真的不错，你别多心，我不是吃他的醋。我只是在想，以他这样倔强的人，却肯为了你的缘故，向别人屈服，这对他来说，恐怕是很少有的吧？”

庄英男道：“或许是他平生的第一次也说不定。”接着叹道：“其实，他之所以弄到今日的地步，我也有部分责任的。”

楚劲松道：“我知道，当年他是因为受不住你的冷落才离家出走的。”

庄英男道：“我知道你不会多心，但我还是要多说一句，我只是可怜他，并不是后悔和他分手。当年我逼于父命嫁了给他，本来就是一个错误的婚姻。”

楚劲松道："我不会多心的，我也想多问你一句，你现在不仅是可怜他，还为他担心吧?"

庄英男黯然道："不错，当年他最少是有一部分原因是为了我而离家出走，以致误入歧途，闹得身败名裂。如今他又为了不让我落入金狐之手，以致向金狐屈服，我实在担心，他会不会重蹈覆辙呢?"

庄英男心潮澎湃，不觉暗自想道："过去这段孽缘，累了他也累了我。不过，我如今已经有了松哥，却是比他幸运多了。"又再想道："那个银狐穆娟娟其实也不算太坏，要是他们能够结成夫妇，那就好了。嗯，到了那时，只要他不再把过去那段孽缘放在心上，我倒希望有一个像他这样的哥哥。只不知道松哥是否也能如我一般不存芥蒂?"

楚劲松似乎知道她的心思，握着她的手道："我确是比齐勒铭幸运得多，如今你已回到我的身边，我与他过去的仇怨亦已是一笔勾销了。嗯，说老实话，假如大家都能够忘掉过去的事情，我倒觉得他是个大可一交的朋友。"

庄英男忽道："如果他有危难，你愿意帮忙他吗?"

楚劲松道："他打伤我又救了我，恩怨已是相抵。他肯让你回到我的身边，认真说来，我还欠他的情呢。我已经说过，我愿意将他当作朋友，当然也就愿意帮他的忙。不过，他的武功如今已是天下第一，远胜于我，又怎需要我帮他的忙。"

庄英男的眼睛闪出喜悦的光芒，说道："你能够这样想，我已经很欢喜了。话恐怕也不能那样说的，你知不知道，在我的眼中，你比他强得多!"

楚劲松道："哦，你真的是这样想吗?"

庄英男道："不错，我指的不是武功。他的武功虽然是比你强，但他的心灵却很脆弱。嗯，不知怎的，我好像有个预感，说不定真有那么一天，他需要我们的帮忙。"

楚劲松道："要是真有那么一天，我也决不会令你失望。咦，好像有人来了，你看看是谁?"

庄英男打开房门，说道："没有人呀!"话犹未了，就听见脚步声了，庄英男笑道："松哥，到底是你比我强，你的身体还未完全康复，就听得见远处的脚步声。是汤总镖头来看咱们。"跟着就听见汤怀远哈哈笑道："楚大侠，恭喜你复原得这样快。我没有什么事，只是来看看你的。"

楚劲松觉得有点奇怪，心里想："好像另外还有一个人，难道是我听错了？"

他没有听错，的确是有另外的一个人，这个人而且还是早已来了的。只因这人来时脚步很轻，走时方始给他察觉声息。

这个人不是别个，就是他的儿子楚天舒。

楚天舒也不是存心偷听的，只因他刚好听见父亲和继母谈及齐勒铭，他不好意思进去，又忍不住好奇心，只好躲在外面偷听了。

如今他已经知道父母的心意，而汤怀远也恰好此时来了，他不愿意给父母知道，便即溜走。

"爹爹都相信得过齐勒铭，料想他也不会把我当作敌人了。他是不是和鹰爪王混在一起呢？即使不是为了汤叔叔，我也应该去查个明白了。不过，若是给爹爹知道，爹爹一定会为我担心的。我既然知道他对齐勒铭的心意，这件事就当作是我替他去做吧。"

"还是不要告诉爹爹的好。"他作出决定，便即按照汤怀远给他的那个地址，独自去打听消息。

## 找寻"谜底"

齐漱玉也在按照穆娟娟给她的那个地址，独自去找寻"谜底"。

大门紧闭，她怕惊动附近民家，一看这条冷巷里没有人，立即施展轻功，逾墙而入。

她怀着惴惴不安的心情，一路穿堂入室。

她已经知道上官飞凤武功很高，有人进入她的屋子，料想她是应该发觉的。因此她随时准备上官飞凤会走出来盘问她。甚至还想试一试上官飞凤的武功，然后才把自己的来意和身份告诉上官飞凤。

哪知穿堂入室，竟是无人拦阻。

古屋森森，她不觉有点害怕了。正想退出去，忽然发现一间房子的墙壁上有道“暗门”。这道“暗门”是有人打开而又掩上的，但只是虚掩，未落机关，所以才给她发现。

神秘的地方，神秘的人物，如今又发现了一条更具神秘气氛的地道，她的胆子虽然大，也不禁有所踌躇了。

但她的害怕抵消不了她的好奇心，她想：“姜姐姐和穆阿姨都说那位上官姑娘是在这个地方，而那位上官姑娘是会帮我的忙的。姜姐姐和穆阿姨总不会骗我上当吧？”她大着胆子，亮起火折，走进地道。

走到地道尽头，是一间房间，她提心吊胆地走进去，突然发现两个人四脚朝天躺在地上。

她吓了一跳，也不知这两个人死了没有。定睛看时，又发现其中一人是跛了一足的，在这人的身边有一根碗口般粗大的铁拐。

她记得丁大叔和她说过的黑道中的著名人物，其中有一个人名叫李力宏，浑名就是叫做“铁拐李”的。

“咦，这不是铁拐李吗？”她大惊之下，不觉失声叫了起来。铁拐李是黑道中著名的人物，那么另一个人恐怕也是和他身份相等的黑道高手吧。

地道的阴森气氛本来就足以令人心悸，加上这两个不知是死还是活的黑道高手躺在地上，饶是齐漱玉胆大，也不禁毛骨悚然。

“这里有活人没有？”她大着胆子喝道。

迸出了最后一点火花，她的火折子烧到尽头，熄灭了。

就在此时，忽听得有个人道：“当然有，连我在内，共有三个活人！”

齐漱玉连忙拔剑，一招“夜战八方”，护着身体。那黑影并没扑来。

她定了定神，突然发觉这人的声音好生熟悉，呆了一呆，叫道：“你是楚大哥？”

光明重现，那个人点起了原本挂在屋内的一盏风灯。

看清楚了，不错，果然是楚天舒。

“哼，你真坏，我已经给这两个不知是死是活的家伙吓得一颗心都要从腔子里跳出来了，你还躲在暗处吓我！”齐漱玉嗔道。

“我不是存心吓你的。”楚天舒说道：“我也是刚来了一会儿，你进来的时候，我恐怕是这两个家伙的党羽。”

“你见过上官飞凤没有？”齐漱玉最急于知道这件事情，二话不说，开口就先问她。

楚天舒怔了一怔：“上官飞凤，谁是上官飞凤？”

“哦，你不知道这个人？”

“不知道。这人是什么人，因何你来这里找她？”

齐漱玉性子急，说道：“我想先听你的，你既然不是来找上官飞凤，你来这里干啥？”

楚天舒道：“这两个家伙你认识吗？”

齐漱玉道：“我只认得其中一个是铁拐李，不过所谓‘认得’也只是猜测而已。丁大叔曾经和我说过这个人，说他是曾经横行一时的独脚大盗。这人形貌和丁大叔说的那个铁拐李相似。”

楚天舒道：“另一个人我可是真的认识的，他是和铁拐李齐名的黑道高手鹰爪王。我就是为了鹰爪王来的。”

“你和他有仇？”齐漱玉问道。

楚天舒道：“往日无冤，近日无仇。”

齐漱玉道：“那你为何找他？”

楚天舒道：“因为他有双重身份。”

齐漱玉道：“哦，双重身份？他另一个身份是什么？”

楚天舒道：“是震远镖局的一名普通镖师。最近汤总镖头发现他的行踪可疑，故而叫我来此侦察。”

齐漱玉一听他是刚从镖局来的，不待他解说来龙去脉，便即问道：“鹰爪王的事情我不想知道这么多了，如今我只想知道一件事情，我的卫师兄到过镖局没有？”

楚天舒道：“没有呀！谁告诉你他要来震远镖局的？”

齐漱玉大失所望，没有回答他的问题。半晌问道：“这两个人是怎么回事？”

楚天舒道：“我也不知道是怎么回事。我一来到就发现他们是这个样子了。看来他们是着了什么迷香，并未毙命。”

说至此处，他忽地转过话题，问齐漱玉道：“你爹爹呢？”

齐漱玉道：“你问我爹干嘛？”

楚天舒道：“没什么。我想知道你是不是和令尊一起来的。”

齐漱玉道：“本来我是和他一起的，但如今他已是另有去处了。”

楚天舒道：“是否在白驼山主那里？”

齐漱玉吃一惊道：“你已经知道了。”

楚天舒道：“约略知道一些。”

齐漱玉道：“他们早已闹翻了。但你也不必担心，他是不会再向你家寻仇的了。”

楚天舒道：“我知道。我也并不是担心令尊寻仇才要知道他的行踪的。你可以告诉我，他是去了哪里吗？”

齐漱玉道：“这个、这个……”

楚天舒道：“你不愿意告诉我吗？信不信由你，我只是关心令尊，别无他意。”

齐漱玉道：“多谢。但我只能告诉你，他现在已是另有安身立命之所，用不着你替他担心了。”

楚天舒隐隐猜到几分，说道：“令尊若肯从此归隐名山，那也是一件好事。对啦，现在应轮到你告诉我了，你说的那个上官飞凤又是什么人？”

齐漱玉道：“我也不知道她是什么人，是雪君姐姐叫我来这里找她的……”

楚天舒道：“啊，雪君你也见着了。”

齐漱玉笑道：“你这位师妹很是不错，怪不得在洛阳之日，你曾经为了她和卫师兄争风呷醋。”

楚天舒道：“你这丫头真是不知高低上下，竟敢在我的面前也耍油嘴。你再胡说八道，瞧我不好好管教你！”

齐漱玉道：“哎哟，你是我哪门子长辈？”

楚天舒似笑非笑地望着她，好像在说：“你还不明白吗？”齐漱玉瞿然一省，不觉也笑了起来。

楚天舒道：“你笑什么？”

齐漱玉道:“我觉得滑稽。”

楚天舒道:“哦，滑稽?”

齐漱玉道:“是呀，想不到你忽然变成了我的哥哥。这件事情岂不滑稽可笑?”

楚天舒道:“你觉得我不配做你的哥哥?”

齐漱玉道:“我倒是希望有一个哥哥，不过我总觉得你不像我的哥哥。”

楚天舒道:“哦，你心目中的哥哥是什么样子的?”

齐漱玉默然不语，半晌，低声说道:“我不知道。”说罢，叹了口气。

原来她是想起了卫天元，卫天元和她一起长大，一向把她作小妹妹看待。她心目中的“哥哥”是怎么样的?恐怕就是卫天元这个样子吧?可是，她却实在不愿意卫天元这个样子对她，她对卫天元失望，就正是因为卫天元太像她的哥哥啊!

楚天舒怎能懂得她如此复杂的心思，说道:“我是和你开玩笑的，咱们不同父又不同母，那又何必理会什么名分。你不喜欢以兄妹相称，那我还是叫你做齐姑娘吧?”

齐漱玉噗嗤一笑，说道:“这样称呼又太客气了。你名分上是我的哥哥，却又不像我的哥哥，这才好玩呢!”

楚天舒莫名其妙，道:“好玩?”

齐漱玉道:“是呀。做哥哥是要爱护妹妹的，我有求于你的时候就叫你做哥哥，没求于你的时候，就像以前那样客客气气叫你一声楚大哥。哥哥、大哥，一字之差，却有这么微妙的分别，不好玩吗?”

楚天舒道:“客气就显得生疏，我不想做你的‘大哥’，又不敢厚着脸皮做你‘哥哥’，怎么办呢?”初时，他故意装作一本正经地说话，说着说着，不觉也笑起来了。

楚天舒道:“咱们说正经的吧。我也不知道这里发生的是怎么的一回事情，但既然找不到那位上官姑娘，此地恐怕是不宜久留的了。咱们还是回去吧。”

齐漱玉道:“回去，回去哪里?”

楚天舒道："你的妈妈在震远镖局。"

齐漱玉忽地低声问道："我的妈妈对你好不好？"

楚天舒道："虽然她是我的继母，对我有如亲生。"说至此处，他也压低声音问道："玉妹，你不是在怪你的妈妈忍心抛弃你吧？"

齐漱玉黯然道："我不怪她。她是有权利追求她的幸福的。"

楚天舒道："相信我，你的母亲是一个好母亲。虽然她没有对我说过她的心事，但我知道她平生最引以为憾的就是失掉了你。你不想去见见她吗？"

齐漱玉道："我、我不知道。唉，自从我懂得人事开始，我就在想，别人家的孩子都有母亲疼爱，要是我的母亲还活着就好了。现在我知道她的下落了，我却又不知道，不知道……"

楚天舒道："你不知道，我知道！"

齐漱玉一怔道："你知道什么？"

楚天舒道："我知道你其实是想念妈妈的，听哥哥的话，和我一起回去吧。"

就在此时，忽然听见了脚步声。

齐漱玉道："恐怕是那位上官姑娘回来了，咱们等一等再说。"

不料来的并非女子，她话犹未了，就听得一个男子的声音冷笑道："回去，你们还想回去吗？"

来的是宇文浩。

楚天舒喝道："你是谁？"

宇文浩不理睬他，面对齐漱玉依然在冷笑道："我以为你跟你爹爹回家，原来你是躲在这里和小白脸幽会。嘿，嘿，这小白脸不知道我是你的什么人，你告诉他吧。"

楚天舒大怒斥道："放你的屁，我是她的哥哥！"

宇文浩冷笑道："你是她的哥哥？我告诉你，我才真的是她的哥哥。"

齐漱玉道："胡说八道，你是谁的哥哥？你是一头癞虾蟆。是白驼山妖人生出来的癞虾蟆！"

宇文浩纵声怪笑："你不认哥哥无所谓，认我做未婚夫就行了！你要回去只能跟我回去！尽管骂吧，你的天鹅肉我是吃定的了！"

宇文浩没有说错，他的确是想来吃“天鹅肉”的。

齐漱玉一离开他家，他就暗地跟踪，一直跟踪来到这里。

齐勒铭和女儿中途分手，令他喜出望外。所以他才敢这样肆无忌惮，以为“天鹅肉”是必定可以到口的了。

虽然当他发现铁拐李（铁拐李是他父亲的得力手下）和鹰爪王躺在地上时，不免有点吃惊，但这个发现，也还不足以阻止他狂妄的行动。

因为他所顾忌只是齐勒铭一人，楚天舒年纪和他不相上下，莫说他不认识楚天舒，即使知道楚天舒是谁，“扬州大侠之子”的身份，也还未曾放在他眼内的。此时，他已经在准备对付楚天舒了。

楚天舒怎能容得他说这许多污言秽语，气得都几乎要爆炸了，他怒不可遏，喝道：“滚开！”

宇文浩也在喝道：“你给我滚开！”

大家都不肯“滚开”，当然是唯有打起来了。

宇文浩把手一扬，楚天舒面前登时浮起一层淡淡的烟雾，鼻子闻到了淡淡的香气。

楚天舒一觉不妙，连忙闭着呼吸。但已吸进了一点毒气。

说时迟，那时快，宇文浩已是扑上前来，喝道：“给我倒下！”

不料楚天舒并没有倒下，他的判官笔迎着宇文浩劈来的双掌，而且笔尖正是对着掌心的“劳宫穴”。

宇文浩一个“盘龙绕步”，避招进招，只听得“刷”的一声，劳宫穴虽然没给刺个正着，袖子已是穿了一孔。宇文浩心头一凛：“这小子的内功造诣可还当真不弱！”使出平生所学，双掌翻飞，荡开楚天舒的笔尖，但却也不能将楚天舒逼退半步。

齐漱玉忽道：“你想不想知道铁拐李是怎样死的？”

铁拐李其实未死，但宇文浩是不知道的。他闻言一凛，冷笑道：“难道是这小子杀死的吗？嘿、嘿，即使他真的有杀掉铁拐李的本事，我也不惧。我更非杀掉他替铁拐李报仇不可！”

他已经察觉楚天舒气力不继了，心想即使齐漱玉上来助阵，他也可以十招之内稳操胜券。十招之内，楚天舒纵然不是给他击倒，自己也会昏迷。

哪知他又一次犯了轻敌的错误。

不错，楚天舒的确是就要支持不住了，但他还能够作最后的一击。

宇文浩见他出招迟缓，只道已是时候，便即欺身进逼，左拳捣出，右掌擒拿。他的擒拿是用上了分筋错骨手法的，要是给他抓着，楚天舒就得变成残废。

哪知这是楚天舒为求速战速决所施的诱敌之计，就在这电光石火之间，楚天舒笔走轻灵，突然从他意想不到的方位刺来，刺着他了。

宇文浩闷哼一声，倒跃出去，跌在地上。

此时齐漱玉亦已拔剑出鞘，正在跑来，准备和他联手。

“胜不骄，败不馁”这本来是学武的人必须谨记的格言，可惜楚天舒忘了这句格言，正像刚才的宇文浩那样，犯了轻敌的毛病。他以为宇文浩已给他刺着穴道，说道：“玉妹，用不着你动手了，我只要你告诉我，你想怎样处置他？”

话犹未了，忽听得轰的一声，一团烟雾突然在他面前爆炸，烟雾中闪烁着无数金芒。

原来宇文浩的武功也是在他的估计之上，虽然给他的笔尖刺着，却没有刺正穴道。

宇文浩是金狐穆好好之子，穆家的暗器是天下数一数二的。

现在他发出的正是穆家家传的一种最厉害的暗器，名为毒雾金针子母弹。那些闪烁的金芒乃是淬过毒的梅花针。

由于这种暗器杀伤力极强，他怕误伤了齐漱玉，是以迟迟不敢使用。

好在齐漱玉剑未入鞘，她挡在楚天舒的前面，立即便是一招“乱披风”的剑法使将出去。

叮叮之声，不绝于耳，剑光飞舞之中，金针纷落如雨！

楚天舒应变甚为迅速，劈空掌拍出，迅即跃过一旁，他没有被毒针射中，不过吸进毒雾，这种毒雾和刚才吸进的迷香混合，已经不是他的内功所能克制了。他脚跟未曾站稳，晃了几晃，就像一根木头似的，倒了下去。

宇文浩发出阴恻恻的冷笑，站了起来。

他正想发话，突然觉得胁下一麻，好像也是给一根利针射入他的体内。

齐漱玉冷笑道："你知道铁拐李和鹰爪王是怎样死的吗？告诉你，他们是给我用毒针射死的！"

宇文浩大吃一惊，喝道："臭丫头，你、你竟敢用毒针暗算我么？"

齐漱玉格格笑道："你猜对了，这不过是礼尚往来而已。我还可以告诉你，我的毒针是你的姨娘送给我的，据她说，要比你的毒针厉害一点。"

她说的当然乃是谎言，但宇文浩可不敢不信。

他心头一震，自作聪明，暗自想道："怪不得铁拐李和鹰爪王死在此地，原来是给这贱婢用毒针暗算的！我真糊涂，早就应该想到这两个人的死因的，我却竟没加以提防。"要知铁拐李和鹰爪王的武功非同小可，齐漱玉说是用毒针才能杀了他们，自是合情合理之极。

齐漱玉冷冷说道："你是活不过一时三刻的了，你是不是想在临死之前杀我报仇？比剑，比暗器，我都可以奉陪！"

宇文浩和楚天舒交手最后那刺，他的穴道虽然没有给刺个正着，但筋脉却给笔尖挑断一根，即使他不是中毒，亦已是无力再战。

何况此际他已经"知道"是中了"毒针"。而他的姨娘穆娟娟使毒的本领却比他的母亲高强，他也是早已知道了的。

心里越发吃惊，就越发疑神疑鬼。他的筋脉被挑断一根，有点麻痹的感觉，他也当成是中毒的迹象了。

活命要紧，宇文浩连忙逃跑，他想的是：姨娘和母亲所用的毒针相同，纵然毒性厉害一些，但用家传的解药，料想还可以保住性命。

他跑出地道，才敢大骂："贱婢，你莫得意，回来我再找你算账！"

用不着他回来，齐漱玉已是在死亡的边缘挣扎了。

原来齐漱玉才是真的中了毒针，而她用来射中宇文浩的那一根针，却是并没喂过毒的，普普通通的梅花针。

她仗着家传的特异内功，不让宇文浩看出她业已中毒，但也只能暂且支持一时而已，宇文浩一走，她松了口气，毒性登时发作，只听得一声："哥哥，你快逃跑吧！"便即不省人事了。

楚天舒非但不能逃跑，根本就听不见她这句话。他是早就晕过去的。不过他却醒得比齐漱玉快。

也不知过了多久，楚天舒开始有了知觉。

像是还在迷离的梦境之中，他一张开眼睛，就大感迷茫，不知眼前所见是真是幻。

"咦，这是什么地方，我怎会来到这里？玉妹怎的也躺在我的身边？"

他发现自己是置身在一所破庙之中，不但门窗破烂，供的神像也是金漆剥落，甚至有肢体不全的。檐角结满蛛网，供桌铺满灰尘。显然是一座年久失修，根本无人前来进香的荒山古庙。

"难道我是在做梦不成？"他咬一咬指头，很痛，证明不是梦了。

"玉妹，玉妹！"他在齐漱玉耳边呼唤，齐漱玉仍然是闭着眼睛，没有醒来。试一试把她脉息，脉息倒是还有，但却十分微弱。

他给吓得慌了。

"怎的会发生这样奇怪的事情？刚才我在什么地方？不是在地道里和人打架的吗？那个白驼山的小妖人呢？"

他定下心神，仔细想，渐渐想起来了。他记得在自己失掉知觉之前的那一霎那，那"小妖人"正在发出一枚会喷烟雾的暗器，当时齐漱玉在扑向那个妖人。可以推想得知，自己是中毒昏迷的。

不过这些事情是在北京城里的一座古老大屋发生的，而现在他们所在的地方，却是一座荒山古庙。距离北京有多远呢？

又是谁人把他们送到这个地方的呢？

他怀着满腹疑团，起身察视周围环境。好在走动的气力倒是还有，但也好像是大病一场过后似的，脚步轻浮，身子虚弱。

楚天舒在齐漱玉身边守候，过了约半个时辰，齐漱玉苍白如纸的面上开始有了一点血色。

忽然他在供桌上发现一个小小的银瓶，银瓶压着一张纸条。瓶中有一粒碧绿色的药丸。

他连忙把纸条展开来看，上面写着歪歪斜斜的两行草书：“碧灵丹一枚请给齐姑娘服下，此药并非对症解药，但可暂保她十日之内性命无忧。若要救她性命，须得以上乘内功打通她的奇经八脉。”

没有署名。

他第一个想法是：“赠药之人莫非就是上官飞凤？”但再仔细一想，一来字迹不像是女子的书法，二来若是上官飞凤，又何以只是赠药就撒手不管呢？

不过此刻他亦无暇去想这许多了，立即要解决的问题是：“这颗什么碧灵丹，好不好给玉妹服下呢？”

他倒不是害怕那个人蓄意谋害他们。要害他们，那是太容易了，乘他们昏迷的时候，一刀了结岂不省事，何须老远从北京城里把他们送到这座荒山古庙，然后才用假药骗他们服下？

不过，这个人的来历，他一点都不知道。

齐漱玉中的是什么毒，他也摸不着底细。

那人说碧灵丹不是对症解药，然则是否又能够如那人所料，可以保得住齐漱玉的性命呢？

药物相济相克，往往差之毫厘谬以千里。假如那人对医道只是一知半解，会不会想要救人反而变成害人呢？

还有一个疑问是，为何那人不亲自把碧灵丹给齐漱玉服下，而要假手于他？

齐漱玉呼吸急促，脉息微弱，看来随时都会死去。

虽然他的心里有许多疑团，也只能大着胆子让齐漱玉服下这颗碧灵丹了。

他惴惴不安地在齐漱玉身边守候，过了约莫半个时辰，齐漱玉苍白如纸的面上开始有了一点血色，脉息也比较恢复正常了。

他这才放下了心上的一块石头。

齐漱玉终于醒过来了。

假如说楚天舒像是个大病初愈的人，那么齐漱玉则还是在大病之中。

她虽然醒来，却连一根指头都不能移动。一时间也还未能开口说话。

只是从她的眼神中可以看得出来，她对周围的一切也像楚天舒刚刚醒来那样的感到恍惚迷离。

楚天舒无法解释，只能告诉她是有一个不知来历的异人把他们送来这里的。

齐漱玉能够说话了，说的话却是出乎他的意料之外的。

“哥哥，你还活着，我真高兴。”

这第一句话还不怎么奇怪，第二句话就奇怪了，她说：“咦，我怎么还没死去？”

楚天舒心头一动，问道：“你怎么知道你会死去的？”

齐漱玉道：“我当然知道，因为在我昏迷之前，我已经中了穆家的毒针。”

楚天舒道：“那个人留下一颗药丸给你。”齐漱玉道：“什么药丸？”楚天舒道：“名叫碧灵丹。”

齐漱玉似是又惊又喜的模样，说道：“哦，是碧灵丹那就对了。呀，不对，不对，还是不对！”

楚天舒诧道：“为什么又对又不对呢？”

齐漱玉道：“碧灵丹的功效我是知道的，去年你在我家里中了穆家的毒针，我爷爷给你服的那种解药就是碧灵丹。碧灵丹是用天山雪莲泡制的，能祛百毒，但却不是穆家毒针的对症解药。它的功效只能保得暂时平安。”

楚天舒道：“那不是对了吗？”

齐漱玉道：“一颗碧灵丹只能稍减一两分毒性，按说我还不能开口说话的。只是一颗碧灵丹，也不能保得十天性命。”

楚天舒道：“或许你中的毒针，没有我中的那种毒针厉害呢？”

齐漱玉道：“你知不知道，去年用毒针暗算你的那个人也正是金狐？”

楚天舒道：“我已经知道。”

齐漱玉道：“金狐也就正是那个小妖人宇文浩的母亲，他用来伤我的毒针当然也就正是他的母亲去年用来伤你的那种毒针。穆家制炼的毒针，只有一年比一年厉害。”

楚天舒强笑道：“反正你现在事实上是已经能够开口说话了，又何必去推究什么原因。”

齐漱玉忽地问道：“你是什么时候给我服下这颗碧灵丹的？”

楚天舒道：“我一醒来，就给你服下的。”

齐漱玉道：“你可知你昏迷了多久？”

楚天舒道：“不知道。我只知我在昏迷之前已是黄昏时分，醒来之时则刚是日影西斜。如此看来，最少也怕有一天的时光了吧？”

齐漱玉道：“啊，那就对了。”

楚天舒道：“怎么又对了呢？”

齐漱玉道：“穆家毒针，厉害无比。若不是那人一早就给我服下一颗碧灵丹，我决不能活到而今。而且我也清楚地记起来了，那日你中了毒针之后，爷爷也是在你昏迷之中，先给你服一颗碧灵丹，过了十二个时辰，再给你服另一颗，你才醒来的。大概那个人算准了你醒来的时候也正好是该给我服药的时候。”

楚天舒忽道：“妹妹，多谢你。”

这句话突如其来，齐漱玉一怔道：“多谢我什么？”

楚天舒道：“我知道当时你是衣不解带地服侍我的，所以你才记得这样清楚。现在你也中了同样毒针，我、我……唉！那个人也太吝惜了，为什么不多留两颗碧灵丹给你呢？”

齐漱玉笑道：“你当碧灵丹是容易得到的么，制炼碧灵丹的这种雪莲，产于天山绝顶，六十年才开花一次。我的爷爷曾帮过天山派一次大忙，这才获得他们以三颗碧灵丹相赠的。”

楚天舒道：“可惜这三颗碧灵丹都给我服了。”想到齐漱玉两次救了他的性命，自己却只能在十天之后眼睁睁地看她死去，不禁十分难过。

齐漱玉忽地噗嗤一笑，说道：“哥哥，你愁眉苦脸干嘛，和我笑一笑吧。”

楚天舒道：“亏你还笑得出来。”

齐漱玉道：“我是真的高兴呢，你想不想知道原因。”她不待楚天舒回答，便说下去道：“因为眼前就有一件喜事。”

楚天舒道："哦，什么喜事？"

齐漱玉道："你还活着，这不就是喜事吗？我本来以为我们两人都是难逃毒手的。"

楚天舒道："我倒宁愿这次仍然是我中了毒针。"

齐漱玉道："我还没有说完呢，哥哥，你实在没有理由不陪我高兴的。"

楚天舒道："为什么？"

齐漱玉道："我只有十天好活了，我应该加倍珍惜这十天的，对不对？假如我也像你一样只知愁苦，又何必多活十天，现在死了，不是可以少受许多痛苦？"

楚天舒勉强笑道："你说得对，我是应该尽量使你高兴的。你想要什么，我做得到的我都去做。"

齐漱玉道："我想做的事情太多了。我想在树林里玩捉迷藏，我想在山顶堆雪人，我想在观音的神像上画两撇胡子，我想扮鬼去吓我平日讨厌的人。这些有趣的玩意，卫师哥从来不肯陪我玩的。可惜我现在只能说话，却动也不能一动。"

楚天舒道："你好了我陪你玩。"

齐漱玉道："我还怎能好起来呢？不过做虽然不能去做，能够说出自己想做的事情也是一种快乐了。最少你不会像卫师哥那样讨厌我的胡说八道，连听都不肯听。不错，他并没有骂出口来，但我一看他的面色就是讨厌的了。"

楚天舒道："你说吧，你说什么我都喜欢听。"

齐漱玉道："哈，还有第三个原因呢！你瞧，我的一根手指头能够动了，两根手指头都能够动了。"

楚天舒道："这想必是药力逐渐见效的缘故，说不定你明天可以走路了。"

齐漱玉道："唉，没有用的。明天，最多我只能动五根指头，后天或者可以举起一只手来。但想要好像常人一样走动，那是绝不可能的了。"

楚天舒道："你怎么知道？"

齐漱玉道："我当然知道。你那次中了毒针，从昏迷到能够离开我家，我都是一直在你的身旁服侍你的。你是怎样好起来的，每一个变化我都曾经留意。你知不知道，你是服了三颗碧灵丹，又经我的爷爷以上乘内功助你打通奇经八脉，并以真气输入你的体内，在第六天你才能够行走的。”

说至此处，她轻轻叹了口气：“一颗碧灵丹，最多只能保得住十天性命，那个人是没有说错的。纵然我能够站起来走那么一两步，终归也还是活不过十天。”

楚天舒忽道：“你不会死的！”

齐漱玉苦笑道：“你不必安慰我了，我只希望你能够留在这里陪我三天，说一些我喜欢听的话，我已是于愿已足。”

楚天舒道：“我不是空言安慰你的，那次我中了毒针，没有死，这次你也不会死的。因为穆家的毒针，并非无人可治。”

齐漱玉道：“不错，是有人可治。但天下恐怕也只有一人，就是我的爷爷。但我家离此数千里之遥，莫说你现在也只是能够像常人一样走动，即使你功力已经恢复，你也决计不能在十天之内，将我送回家中。”

楚天舒道：“你错了，还有一个人可以医好你的。”

齐漱玉道：“谁？”

楚天舒说道：“你忘记了你自己的父亲么？令尊的功力，现今已是足可以比得上令祖盛年，要是找到了他，他恐怕可以更快地替你打通奇经八脉。”

齐漱玉道：“你找不到他的。”

楚天舒道：“他去了哪里，你快点告诉我！我找不到，我也会托人替你找得到他的！”

齐漱玉似乎有点意动，脸色变化不定，却没开口。

楚天舒道：“唉，你我如今已是以兄妹相称了，你还须避忌什么？”

齐漱玉道：“我真的不知道他去了哪里，我只知道他是跟我的穆阿姨走的。而且他的内功，也已经给穆阿姨用酥骨散化去了。”

楚天舒道：“酥骨散化去的内功服了解药就可恢复的，只要他们还在京城，那就好了！”

唉，他们哪里知道，齐勒铭不仅只是被酥骨散“暂时”化去内功，而且是已经给穆娟娟捏碎了琵琶骨的，他的内功是永远不会恢复了。

楚天舒还在打着去找齐勒铭的主意。

齐漱玉道：“穆阿姨是想和他去名山偕隐的，恐怕不会留在京城了。”

楚天舒道：“那也说不定啊，因为还有你的卫师哥目前正是有事要他相助呢。”

齐漱玉道：“他已经从姜姐姐口中知道，卫师哥有那位上官姑娘相助了。”

楚天舒道：“他就能够那么相信得过一个不知来历的女子吗？你的卫师哥是他的师侄，我想他不会置之不理的。”

齐漱玉心意有点活动了，说道：“他还在京城又怎么样？”

楚天舒道：“我可以请震远镖局的汤总镖头替我设法找他。他在京城神通广大，他一定有办法的。啊，对啦，我还要告诉你一件事情，据汤总镖头说，他是听得鹰爪王透露令尊在那座住宅的消息，才叫我到那里打探的。不错，虽然在那座住宅里见不着令尊，但据此推测，令尊多半还是尚在京中。”

齐漱玉道：“你别胡思乱想了，试想，你现在也只不过能够好像常人一样走动，你自顾不暇，还能够和我一起去震远镖局么？”

不错，楚天舒的确是不能把齐漱玉抛在荒山古庙自己下山的，而现在，他也的确是还没有气力背一个人下山。

楚天舒道：“你刚才为什么说是只希望我留在此地陪你三天？”

齐漱玉道：“三天之后，我想你是自己可以下山了。你那天离开镖局就没回去，令尊恐怕也早已等得心焦了。而且，一个人死的时候一定难看得很，我也不想你在我的身边，看着我死去。”

楚天舒道：“你错了。”

齐漱玉道：“什么错了？”

楚天舒道：“第一，我用不着三天就可以下山；第二，天下也不只有两个人能以内功助你解毒，还有半个人。”

此语甚奇，齐漱玉怔了一怔，问道：“什么半个人？这半个人又是谁？”

楚天舒道：“这半个人就是我。”

齐漱玉慢声道：“哦，你？”显然不敢相信。

楚天舒道：“我的内功虽然远远不及你的爷爷，但打通奇经八脉的法门，我还是懂的。据家父说，我们楚家所学的也还算得是正宗内功。”

齐漱玉眼睛闪出光辉，改容说道：“不错，你们楚家是天下第一点穴名家，对经脉的研究自是出色行当的了。不过，打通奇经八脉，非得有深厚的内力不行，莫说你的内力未曾恢复，即使已经恢复几分，我也不能让你耗损内力。”

楚天舒道：“谁说我的内力未曾恢复，你瞧——”呼的打出一拳，果然是能够令得齐漱玉感觉拳风拂面了。

“你瞧，最少恢复三分了吧？”

齐漱玉又惊又喜，说道：“想不到你恢复得这样快，我还以为你即使没中毒针，但吸进了毒雾，也得明天才能行动如常呢。想不到你已经可以挥拳踢腿了。不过……”

楚天舒道：“没有什么不过了。今天我恢复了三分，明天就可能恢复七分，说不定到了后天我已是完全恢复了，想必是当我昏迷的时候，那个人也给我服了解药之故。我只要恢复七分内力，就可以开始给你打通奇经八脉啦。

“我的功力不及你的爷爷，或许不能用内功为你祛毒疗伤，但最少可以延续你的性命。这样，咱们也就可以有足够的时间去找你的爹爹了。”

齐漱玉道：“打通奇经八脉，极为耗损内力。为了我的缘故，可又得阻延你的复原了。”

楚天舒眉头一皱，说道：“咱们已经是一家人了，你还说这样的话。我的性命也是你和你爷爷救的，耗损一点内力又算得了什么？”

齐漱玉忽地笑道：“你饿不饿？”

楚天舒笑道：“你不说我不觉得，你一说我倒真是觉得有点饿了。啊，对啦，你也一定觉得有点饿了，是吗？咱们少说恐怕也有整整一天没吃过东西了。你能够感觉饿就好。”

齐漱玉道："我倒还未感觉饿，只是觉得有点口渴了。"

楚天舒道："好，那么你歇一会，我出去找寻食物。"

他走出阴沉的古庙，外面是满天阳光。

楚天舒迎着阳光，深深呼吸，精神一振。虽然还有点虚浮的感觉，走起路来，已是一如常人。

在山路上，他发现有车轮的轨迹。"哦，原来那个人是用马车载我们来的。只不知这恩人是谁。他救了我们，连名字都不肯留下，不知他还会不会再来？"

山上野兽甚少，偶尔发现一两只野兔奔窜，他只恢复三分气力，追捕野兔比较困难，试了两次都失败了，只好先找水源。

他找到了一条山涧，水流甚急，有鱼儿随着浪花跃起。他心头一乐："野兔抓不到，鲜鱼的味道也不错。"于是削木为叉，叉了几尾鲜鱼，斩下山间野竹，做了几个竹筒，盛水回来。

"我只捕得几尾鱼儿回来，往后几天，恐怕也还得天天吃鱼。"楚天舒道。

"很不错呀，我正是最喜欢吃鱼。"齐漱玉道。其实她自小在山间长大，很少机会吃到鲜鱼，根本就未成其为"嗜好"的。

"你怎么样？"楚天舒问。

"很好，真的很好。你瞧，我已经可以动第三根指头了。"齐漱玉笑道。

楚天舒生火烤鱼，齐漱玉吃过了他的烤鱼之后，笑容却忽然收敛，皱起眉头来了。

楚天舒抱歉道："我的手艺不好，鱼烤焦了。"

齐漱玉道："不，不是你的手艺不好，烤焦了还特别香呢。"

楚天舒道："那你为何皱眉？"

齐漱玉满面通红，忽地"哎呀"一声叫道："哎呀，不好，要拉肚子！"

楚天舒略一踌躇，便即说道："咱们是兄妹，用不着避什么嫌疑，我服侍你。"将她抱到庙后面的草丛中，让她痛痛快快大泻一场。

泻过之后，齐漱玉的精神倒是爽利许多，含羞说道："哥哥，真是不好意思，要你闻，闻……"

楚天舒笑道："我的烤鱼你觉得香，你拉肚子，我也不觉得臭。你安心养病吧，过两天咱们就回京城去找你爹。"

他哪里想得到，他要找的人，齐漱玉的父亲齐勒铭，此际正是面临生死关头。

武当五老已经把齐勒铭和穆娟娟包围起来了！

齐勒铭始终不肯拔剑，"五老"之首的玉真子道："我数到一、二、三，齐勒铭你若还是如此蔑视我们，不肯拔剑，那你就是自己找死了！"

玉虚子则冷笑道："我看他是想要撒赖。不错，若在平日，我们武当五老，当然不能杀手无寸铁之人。但今日我们是报仇来的，你是蔑视也好，是撒赖也好，我们都非杀你不可！"

齐勒铭淡淡说道："要杀就杀，何必多言！"

他哪里知道，齐勒铭既非蔑视他们，亦非存心撒赖，而是根本无力拔剑。

"一、二、三！"玉真子数到"三"字，齐勒铭仍然没有拔剑。

玉真子喝道："穆娟娟，我给你最后一个机会。此事与你无关，你现在要走，还来得及！"

穆娟娟一挺胸膛，毅然说道："我也再说一遍。我与他生则同生，死则同死。你们要杀他，请先杀我！"

玉真子眉头一皱，喝道："动手！"

玉虚子和那个年纪最轻的道士冲灵，一个和齐勒铭有毁容之仇，一个与齐勒铭有杀师之恨，他们一听掌门令下，立即双剑齐出。

玉虚子在"五老"中排行最末，剑法却数他最好，一招"三转法轮"首先把穆娟娟的身形笼罩在剑光之下。他这一招用意倒不在于取穆娟娟的性命，而在防她使毒。剑光展开，风雨不透，喂毒的暗器固然打不进去，即使用上迷香之类，也将给剑风扫荡无遗。

与此同时，冲灵则是一招"云麾三舞"，挽起一朵剑花分成三个落点，径袭齐勒铭上身的三处要穴，他是代表他的业已去世的师父玉顶真人出战的，功力较弱，但为报师仇，剑法却是最为狠辣。

他有玉虚子从旁掩护，也就不怕穆娟娟使毒了。

## 忽闻女子冷笑声

眼看齐勒铭就要伤在他的剑下，忽听得一个清脆的声音冷笑说道：“武当五老，好不要脸！”

冲灵道人已是狠狠的一剑刺将出去，莫说他不会因这一声冷笑罢手，即使想要罢手，亦已不能。

冷笑声中，湖边柳树之下，忽然闪出一个女子。

齐勒铭站立之处离那棵柳树虽然不过十步之遥，但谁也想不到那女子来得这样快。

当真是声到人到，她是怎样拔剑的，冲灵都尚未看见，陡然间只觉精芒耀眼，她的剑尖已是指到了冲灵的咽喉。

在这性命危急的关头，保护自己乃是出于本能，冲灵虽然只须长剑一伸，就可取了齐勒铭性命，在这关头，也必须回剑遮拦。

只听得“当”的一声，两柄剑还未接触，冲灵道人那把长剑已是跌落地上。

他是给那少女刺着虎口，以致长剑脱手的，根本就未能与对方的兵刃相交。

那少女的剑法之快，尚不止此，几乎是在冲灵道人遇袭的同一时候，玉虚子的剑圈亦已被她的剑尖挑破。

玉虚子的本领当然比冲灵高明得多，虽惊不乱，一个“抽撤连环”，退步发招。少女赞道：“好，你的剑法大概可以名列十大高手之内！”就在说这句话的当中，她的剑又已是刺向“五老”中排名第四的玉洞子。

玉虚子踉踉跄跄退出了六七步，虽然没有给那少女刺着，脸上已是火辣辣的发烧。那少女对他的称赞其实是并无夸大的，但在这样情形之下，却似变成了讽刺了。

玉洞子见剑法最好的玉虚子失利，不敢和她对攻，一招“铁锁拦江”，横剑当胸，严加防御。那少女只是怕他去伤害齐勒铭，见他固守，也就不去攻击他了。

兔起鹘落，这少女在玉洞子面前一掠即过，碧莹莹的剑尖又已指向了排行第二的玉玄子。

玉玄子喝道："何方妖女，胆敢如此猖狂!"松纹剑横披削出，隐隐挟着风雷之声。

少女一声冷笑，陡地连刺三剑，剑法奇幻无比。玉玄子不甘示弱，剑光护体，强攻过去。不料这一剑却劈了个空，只觉微风飒然，背心突然感到一股凉气，那少女不知怎的就绕到他的背后了。

玉玄子这一惊非同小可，百忙中只好斜身一扑，变了"滚地葫芦"，滚出了数丈开外，确知已经摆脱了那少女的几乎是贴着后心的剑尖，方敢站起身来。

少女逼退了玉玄子，尚未转身，便听得一个平和的声音说道："好剑法，贫道领教姑娘高招!"就好像在她耳边说话似的，一回身，只见须眉皆白的玉真子已是站在她的面前。少女也不禁面上一红，心里想道："要是这老道一声不发，就来偷袭，只怕我也难免受伤。"

玉真子长剑缓缓指出，剑尖就好像悬着铅块似的。但说也奇怪，少女那么迅捷的剑法，连发七招，始终都攻不进去。玉真子道："姑娘，你歇歇吧!"长剑平伸，剑尖似削，剑身却拍下去。看似平平无奇，实则这一招他已是用上了"泰山压顶"之势了。

玉真子加重压力压下去，料想那女子决计抵挡不住。他慈悲为怀，不愿伤及旁人，故此出言提醒对方，所谓请她"歇歇"，即是要她认输撤剑的意思。

不料那女子可不领情，只听得她一声笑道："老道长，你们不肯罢手，我如何就能歇息?"

笑声中她的身子突然平地拔起，借着这一跃之势，她的那柄剑已是从玉真子的剑底抽了出来。

玉真子怕她拼命，反手一剑，使个"雪花盖顶"的招数，护着脑门，同时虚削对方双足。

那女子身子悬空，按说是不能避开他这反剑一削的。玉真子已经打好主意，要用剑尖来刺她脚跟的涌泉穴，并非真的削断她的双足。

但玉真子的如意算盘又是没有打通。

只听得“叮”的一声，溅起火星点点。那女子身子悬空，居然能够一个鹞子翻身，头下脚上，凌空下刺，剑尖恰好碰着玉真子的剑尖。

玉真子内力贯注剑尖，力道奇劲。双剑一碰，那少女藉他这股力道，身似离弦之箭，迅即“飞”出七八丈外，恰好在齐勒铭身前落下。

她这两招，剑法、身法都是奇幻之极，玉真子那样一个见多识广的人，也是非唯见所未见，抑且闻所未闻！心里想道：“这两招剑法，比起齐家剑法，有过之而无不及，她是什么人呢？”

给那女子逼退的，武当五老中剑法最好的玉虚子，此时也正在呆呆出神。他靠着湖边一棵柳树，脸上一派茫然神气，若有所思。

玉玄子在地上打了个滚，站了起来，见玉虚子这副神气，连忙呼唤他道：“五师弟，你怎么啦？快来布五行剑阵！”

奇怪的是，玉虚子对他的呼唤，竟似是视而不见，听而不闻！

玉玄子恐防师兄一人制伏不了那个女子，只好先跑过去。

玉真子道：“师弟，且慢动手！”回头对那少女道：“姑娘，请问你是齐勒铭的什么人？”齐勒铭有个女儿，他是知道的。齐勒铭之父齐燕然晚年有新创的剑法他也是知道的。他怀疑这个女子就是齐燕然的孙女。

不料那少女却是这样回答：“无亲无故。我和齐先生不过是昨天刚刚相识。”

玉真子道：“难道你是偶然路过的么？”

那少女道：“这倒不是，我是特地来给你们两家化解的。”

玉玄子哼了一声，冷笑道：“你是什么……”刚说了半句，就给师兄用眼色阻止。玉真子道：“师弟，让这位姑娘先说下去。”

那少女道：“你们大概是想说我是什么东西，也配来作调人吧？”

玉真子道：“贫道没有这个意思。不过贫道倒是想向姑娘请教一事。”

那少女道：“不敢，道长请说。”

玉真子道：“姑娘想给我们两家化解，请问姑娘是否已经知道我们和齐勒铭之间结下的是什么梁子？”

少女答得非常爽快，简简单单的只有两个字：“不知！”

玉玄子在武当五老之中脾气最为暴躁，这次他再也不理会师兄的眼色了，忍不住就大喝道：“小妖女，你既是毫不知情，你凭什么骂我们不要脸？”

少女冷冷说道：“你这算是向我请教呢？还是要和我吵架？请教，就该有点礼貌；吵架我也可以奉陪！”

玉玄子拙于言辞，怒道：“我不和你这妖女逞口舌之利，我只告诉你，今日我们是非杀齐勒铭不可，你要帮他，那就和他并肩上吧。但我可得有话在先，这次我们对你是不会手下留情的了。”这话其实是说给他的师兄玉真子听的。

少女冷笑道：“这位道长刚才倒是确实对我有点手下留情，你似乎不是吧。不过你们想要和我打架，我一样可以奉陪。齐先生是不会和你们动手的……”说至此处，回头对穆娟娟道：“穆女侠，咱们联手斗一斗武当五老如何？”

穆娟娟道：“好！”走上前和她并肩而立。齐勒铭靠着一棵树，好像眼前发生的事情与他无关似的，一派冷漠的神情。

少女忽道：“穆女侠，请你给我解药。”

穆娟娟一怔道：“解药？”

少女道：“不错，解药。我不知道你用的是什么毒，但我想你一定有对症的解药。”

穆娟娟脸上露出恍然大悟的神气，不再问了，当下就把一颗药丸拿出来给她。

玉玄子道：“小妖女，你捣什么鬼？”

那少女道：“牛鼻子，你要和我打架，可还得等一等。这是为你们着想的。”

玉真子眉头一皱，说道：“师弟，你让我和这位姑娘说。姑娘，你是受了毒伤吗？”

少女笑道：“道长，假如你刚才那招全力施为，我倒是可能受点伤的。不过，那大不了也只是内伤，决不会是毒伤。”

玉真子道：“姑娘客气了，说老实话，贫道就是全力施为，最多也只是能够在姑娘奇幻无比的剑法之下自保而已，伤是决计伤不了你的。”他顿了一顿，问道：“不过，你既然并非受了毒伤，却要这解药作甚？”

少女道：“你的师弟不是说要用五行剑阵对付我的吗？”

玉真子道：“你说错了，是对付齐勒铭。只要你置身事外……”

少女道：“假如我不置身事外呢？”

玉真子道：“我希望你别趁这淌浑水。但这点可以暂且不谈，贫道只想知道，你的解药和我们的五行剑阵又有什么关系？”

少女道：“关系重大之至，没有这颗解药，你们的五行剑阵就布不成功了！”

玉真子吃一惊道：“为什么？”

少女道：“我也老实告诉你吧，这颗解药不是我自己要的，是给你的师弟玉虚子的。”

玉玄子连忙问道：“师弟，你真的是受了那妖妇暗算？”

玉虚子哼了一声，说道：“用不着她的解药，我也不会就给她毒死。”

原来玉虚子正是因为他那招“三转法轮”，被那少女所破，剑圈有了裂口，以致给穆娟娟乘虚而入，令他中了毒的。

少女说道：“不错，以你的内功造诣，三日之内当能驱出毒质，七天之后，便可复原。但你今日却是不能布五行剑阵的了。再说，我也不想你受这七天的苦。”

玉玄子冷笑道：“你倒好心，焉知你不是又想乘机下毒？”

少女道：“你可以问问你的师弟，我要伤他，大概也还无需下毒。”

玉玄子当然不会真的去问师弟，玉虚子也不说话，竟似默认。

玉真子亦是如有所思，此时方始抬起头来，把目光射向玉虚子，说道：“师弟，这位姑娘送解药给你，你意下如何？”所谓“意下如何”，其实亦即是问他接不接受。

玉虚子一咬牙根，说道：“齐勒铭是咱们武当派的大仇人，他又不肯依咱们划出的道儿走，这仇已是非报不可。这解药我不能受！”

那少女道："你错了！"

玉虚子道："哦，我什么地方错了？"

那少女道："我送解药给你，和你们向齐勒铭报仇，这是两回事情！你以为我是做买卖吗？我早已说过，我给你这颗解药的目的，就是为了让你们可以布成五行剑阵，那岂不更有利于你们报仇！"

玉玄子冷笑道："医好别人，让他来对付自己，这可真是天下奇闻！"

那少女冷冷说道："你以为是奇闻，我却以为是应有之义。"

玉玄子道："什么应有之义？"

少女道："亏你自命侠义道，这点道理也想不通？"

玉真子道："姑娘，我也有点不大明白。"

少女道："不明白什么是应有之义？"

玉真子道："不是。我觉得你的言语似乎有点先后不符。"

少女道："怎样不符？"

玉真子道："你一上来，就对贫道说是想化解我们两家冤仇的。"

少女道："不错。但你们既然坚决不肯罢手，我唯有代表齐先生和你们决斗了。决斗也得公平决斗才是，当然齐先生是和你们武当五老决斗的，我既是代表他，就不能让你们的剑阵缺少一人，更不能如此不要脸的去对付一个病人！"

后半段话其实是说给玉玄子听的，玉玄子当然也听得出来。面上一红，怒道："小妖女，你是绕着弯儿骂我们不要脸是不是？哼，齐勒铭可不是病人！他不拔剑，只是撒赖！"

齐勒铭没答辩，少女也只冷笑。

玉真子忽道："姑娘所为，的确是有侠义之风。姑娘，你贵姓？"

少女道："复姓上官，双名飞凤。"

玉真子与玉虚子不约而同地"哦"了一声："哦，复姓上官！"

玉玄子不懂，为什么他们一听得这少女复姓"上官"就面露惊诧之色。

只见上官飞凤向玉虚子走去，说道："玉虚道长，要是你信得过我，又要急于在今日报仇的话，就请服下这颗解药。"

玉玄子不放心，仗剑跟在后面，见玉虚子接过解药，连忙叫道："师弟……"

玉虚子道："上官姑娘，我相信你！"玉玄子想要拦阻已来不及，玉虚子立即把解药服下了。

"不过，我倒不急于在今日报仇。"玉虚子服了解药，继续说下去："我想先弄清楚一件事情。姑娘，你一来到，就骂我们，是否认为我们做得不对？"

上官飞凤直认不讳："当然，否则我也不会骂你们不要脸，骂得这样重了！"

玉虚子面上变色，说道："上官姑娘，你于我虽有赠药之德，但这句话，你若不解释清楚，我还是要和你拼命！"

玉真子缓缓说道："姑娘，你说过你还未知道我们与齐勒铭结的是什么冤仇，这断语也未免下得太早了。我可以告诉你……？"

上官飞凤道："我用不着知道详情。不管你们之间的冤仇多深，你们也不应该强逼一个业已残废的人和你们交手。嘿，嘿，武当五老，联手对付一个废人，说出来似乎也太笑话了吧！"

此言一出，玉真、玉虚不觉都是一呆。这件事太出他们意料之外了。

玉玄子喝道："此话当真？"

冲灵道："我不相信，残废是可以伪装的，何况齐勒铭根本就看不出有残废的模样。这女子分明是齐勒铭一党。"

话犹未了，忽觉微风飒然。上官飞凤已是到了他的背后，突然推他一掌，冲灵道人身不由己，给她推得冲向前方。

这一下突如其来，连玉真子都不禁大吃一惊，喝道："上官姑娘，你干什么？"

玉玄、玉洞早已双剑齐出，玉玄子叫道："冲灵师侄已经遭这妖女毒手，你还问她在干什么？"

上官飞凤反手一剑，这一剑奇幻无比，玉玄子和玉洞子都感觉得那明晃晃的剑尖似乎是向他们刺来。不过上官飞凤也不似要伤害他们，只是阻止他们去救冲灵。

冲灵给她一推，身不由己奔向前方。这一推恰好将他推到了齐勒铭的面前。

玉真子大惊之下本来就要出手的，一看清楚，这才放下心。

他不但看出了上官飞凤对他的两个师弟并无恶意，也看出了他的师侄并没受伤。

只有一个疑团尚未解开，为什么上官飞凤将他师侄如此捉弄？

疑团马上解开了。

冲灵收不住脚步，撞着了齐勒铭，本能的伸手一抓。

玉真子本来已经放下了心上的一块石头，此时又不禁给吓得跳了起来。

要知齐勒铭乃是武林公认的天下第一高手，集武当五老之力也未必胜得了齐勒铭，何况冲灵不过是替代他的先师来报仇的，并非真的“五老”之一。尽管他已经得了师父的衣钵真传，他的本领和四个师叔还是相差甚远！

玉真子倒不是害怕齐勒铭杀害他的师侄，因为他知道齐勒铭是一个极其自负的人，莫说冲灵只是受外力推动，误打误撞，即使冲灵真的出手，只是他一个人出手的话，料想以齐勒铭的身份，当也不屑与他交手的。

但内功练到了齐勒铭这种境界，纵然他无意伤人，别人撞着了他，也会给他的内力反震而受重伤！

玉真子连忙叫道：“齐先生，请你手下留情！……”

他是希望齐勒铭减轻内力的反震，“手下留情”这句话虽然不很适当，急切间无暇思索，也只好用上这句“套语”了。

哪知没有“手下留情”的并非齐勒铭，而是他的师侄。

“嗤”的一声，齐勒铭肩部的衣裳被冲灵抓裂，玉真子还听得见骨头碎裂的声音。

齐勒铭晃了几晃，像风中之烛似的，倒了下去！

这个变化太过出乎玉真子的意料之外了，他张目结舌，话也说不出来。

穆娟娟扶起齐勒铭，冷冷说道：“你们满意了吧？”

冲灵道人呆若木鸡。

此时上官飞凤早已纳剑入鞘，让开一条路。玉玄子飞奔过去，扶稳冲灵，问道：“师侄，你没受伤吧？喂喂，你怎么不说话呀？

你醒醒，醒醒！”

冲灵道人好像从一个离奇的梦境中醒来，脸上的表情也不知是惊是喜，蓦地叫了起来：“他的武功已经废了，已经废了！”

玉玄子道：“这是怎么一回事？”

冲灵茫然说道：“我不知道，我碰着他的时候，他的琵琶骨已经碎了！”

玉玄子刚才也听见了齐勒铭骨头碎裂的声音的，但此时从冲灵口中得到证实，仍是不禁既喜且惊，喃喃说道：“是谁捏碎、捏碎……”

玉真子咳了一声，说道：“齐先生，不管你过去行为怎样，今日之事，我还是不能不佩服你这智仁勇三者俱备的聪明抉择，委屈了你，贫道在此向你谢过！”

用不着画蛇添足，谁也懂得他没有说出来的那些话了。齐勒铭的武功天下第一，除了他自废武功，还有谁能够捏碎他的琵琶骨？

这不只是玉真子的想法，也是武当五老共同的想法。

玉玄子低下了头，暗自想道：“我真愚蠢，此事是应该早就想到了的。怪不得他一直不肯拔剑，想必是一发现我们，就自作了决断了的。”

在武当五老这边，当然认为齐勒铭甘愿自废武功，化解冤仇，乃是当机立断的智慧。

假如齐勒铭不是自废武功，武当五老纵然能致他于死，“五老”恐怕也难免有所伤亡，故此玉真子也要称赞他的仁心。

捏碎琵琶骨需要极大的勇气，那更是无须多说了。

玉真子以武当首座长老的身份，称赞本属仇家的齐勒铭智仁勇三者俱备，这样的赞语，也当真可说是难得之极了。

不料齐勒铭却板起脸孔道：“你这些话全是无的放矢，请把你的赞语收回，我宁愿战死在你的手里，也不要你这样称赞！”

玉真子怔了一怔，说道：“齐先生，我知道你心里难过……”

齐勒铭道：“我告诉你，我并非是因为怕了你们而自废武功的！”正是：

一剑纵横寒敌胆，平生从不受人怜。

欲知后事如何？请听下回分解。

# 第二回　怨气易消　芳心难测<br>武功虽失　侠骨犹存

## 化敌为友

齐勒铭抬眼望天，缓缓说道："我可以死在你们手里，但不能让你们胡说我是被逼认输而自废武功！"

玉真子心中慨叹："这人武功天下第一，骄傲恐怕也是天下第一。"他当然不相信齐勒铭说的是真话，只道他是要保持自己这份骄傲，因此宁可自己偷偷做了，口头也不肯承认。

"是，是。齐先生，你本来没有输给我们。咱们都未交手，自是谈不上胜负。"看到武功天下第一的人"自废武功"，说实在话，玉真子也是不禁有点为他惋惜的。能够避免一场极可能是两败俱伤的灾难，玉真子自也不惜说几句好话来安慰齐勒铭。

偏偏玉玄子是个戆直的人，心里不服气，说道："齐先生，那你因何自废武功？"从斥为"魔头"而改称"先生"，显而易见，尽管他仍是不服气，对齐勒铭的态度已是从仇视变为尊敬。

齐勒铭冷冷说道："谁说我自废武功？"

上官飞凤不愿枝节横生，上前说道："反正齐先生的武功确实已废，那又何须根究是为谁所废？冲灵道长，据我所知，令师是和齐先生比剑十年之后方始去世的，不错，要是没有那一场比剑，令师或者可以多活几年，但齐先生如今已经废了武功，相信也可以抵偿了吧？"

冲灵低下了头，说道："我本来是准备战死在齐先生手里的，多谢齐先生让我活着回去禀告先师。我想先师知道今日的结果，他在九泉之下亦当可以瞑目了。"

上官飞凤再向玉虚子问道："玉虚道长，齐先生毁了你的容貌，你是否还要依样报仇？"

玉虚子抱剑一揖，说道："齐先生，毁容与毁武功不能相提并论。你偿还我的已是有过而无不及。"

这两人是和齐勒铭仇恨最深的人，故此上官飞凤在问了他们之后，便道："如此说来，你们两家的冤仇可以化解了吧？"

齐勒铭嘴唇微动，似乎想说什么，但见上官飞凤的一双眼睛看着他，他心里叹了口气，想道："他们一定要当作我是自愿'偿还'，但也就由得他们误会吧。"

玉真子却似知道他的心思，说道："不管齐先生是因何毁了武功，贫道早已说过，他的武功一毁，我们武当派与他的仇恨也就一笔勾消。上官姑娘，这句话你因来迟，没有听见，现在我正式向你道谢，接受你的调解。并请姑娘代向令尊问好。"

玉玄子暗暗纳罕："这女子不知是甚来头，听师兄的口气，她的父亲似乎是一位极有名望的武林人物，但奇怪我却从没听说过武林世家之中，有一家是复姓上官的？"

玉虚子道："齐先生，咱们也可算得是不打不成相识了，你愿意和我交个朋友么？"

齐勒铭道："武当派中只有两个人是值得我结交的，一个是玉真道长，另一个就是你。"

玉虚子道："多谢你看得起我。"说罢哈哈一笑，纵声吟道："不打不相识，一笑泯恩仇。师兄，咱们可以回山了吧？"

玉真子点头笑道："恩仇已泯，当然是应该回山了。"

武当五老刚要离开，忽见一队人马飞骑来到。

当中一人冷冷说道："你们可以和齐勒铭化解冤仇，我们却不能将他放过！"

这队人马有男有女，有道士也有俗人，总数有十五六人之多。

他们跳下坐骑，便作扇形散开，对齐勒铭采取包围态势。

上官飞凤吃了一惊，说道：“齐先生，怎的你和华山派也有仇么?”

原来，来的这班人都是华山派的精英。

老一辈的有天梧、天玑、天璇三位长老，还有一位和三长老班辈相等的女道姑瑶光散人在内。除了天策道人留在华山看守之外，华山派的首脑人物尽都来了!

其他的人则是他们的得意弟子，瑶光散人那个女徒弟青鸾也在其内。

发话的人是在华山派中地位仅次于代掌门人天梧道人的天玑道人。

齐勒铭淡淡说道：“江湖上不知有多少人把齐某当作魔头，有仇没仇，都是一样。”

玉虚子和华山派的首脑人物比较熟悉，与天璇道人更是知交，三个月前，他还曾经在华山派做过客人的。他走上前去对华山派的代掌门人天梧说道：“三个月前，我曾奉敝派掌门之命，与贵派前任掌门商议联手对付齐勒铭一事，当时未曾定议，贵派掌门即不幸仙逝，我们只好单独进行。但如今我们却改变了主意，和齐勒铭化解了多年仇怨，贵派要不要知道我们因何与他和解的原因。”

代掌门人天梧还未开口，另一个人抢先说了。

“这是你们的事情，我不想知道。这次我们也不是助你报仇而来，所以你也无须对我们解释。”

拒绝听玉虚子解释武当派何以和齐勒铭和解原因的，又是那个天玑道人。倒好像他是掌门人一样。

玉虚子大感尴尬，只好默然不语。心里想道：“天梧道兄是个忠厚老实的长者，偏偏却有这样一个跋扈的师弟，华山派的掌门之位，只怕迟早都会给他这个师弟夺去。”

天梧道人咳了一声，说道：“贵派既然与齐勒铭化敌为友，那么今日之事，请贵派两不相助就是。”他不敢指责师弟的无礼，又要顾及武当派的面子，也只能这样说了。

玉真子道：“多谢道兄通情达理，曲谅敝派所为，敝派自当遵命。”武当五老退下，但却并未远离。

天玑道人回过头来，说道：“天璇师弟，你是否还坚持己见？”

天璇道人是在场的华山派三个长老之一，天玑向他问话，他却面对天梧说道：“不错，我还是维持原议，真相未白，不宜妄动干戈。”

看来他们对应该怎样对付齐勒铭的问题，是曾经有过一番争议的。

天玑冷冷说道：“我们华山派中，只有你和齐勒铭是有交情的，这个和谈使者非你莫属了。”

天璇说道：“我只不过要问明真相，哪谈得上就是求和，师兄，你不会怀疑我会徇私吧？”

天玑说道：“你和齐勒铭的私交深浅如何，也只有你自己知道。我还没有资格怀疑。”

天梧又咳一声，说道：“天璇师弟，你说的也是正理。好，那你就过去和齐勒铭先行说个清楚吧。”

齐勒铭仍然是那么一副萧索之极的神情，对眼前发生的事物，竟然好像与他无关似的。

不过，当天璇道人走到他面前的时候，他的眼睛才闪出一丝喜悦的光芒。

天璇说道：“齐兄，你知道我是从来不说假话的，自从二十年前你忽告失踪之后，我以为是再也见不到你了。想不到今日还能见面，却又是在这样一种情况下见面。咱们是友是敌，尚未能分晓。但无论如何，看见你还活在世上，即使咱们将来非变成死敌不可，我还是要为你高兴的！”

齐勒铭淡淡说道：“有的人生不如死，有的人死了还活在别人心上。生而何欢，死亦何忧？”

天璇说道：“齐兄，你经了一场大劫，比以前更豁达了。倒是小弟虽在道门，却未能超然物外。”弦外之音，世俗公认的是非黑白，他还是不能不理会的。

齐勒铭道：“道兄何事萦怀，尽管说出来好了。”

天璇踌躇片刻，说道："在小弟未曾道达来意之前，我想先问一问你。"

齐勒铭道："请问。"

天璇道："你我虽然早就相识，总共也不过见过几次。要是再剔除你失踪的这二十年，你我相识的日子其实甚短。如今我要你说的是与你性命攸关的真话，假如你认为我还不够这个交情，你可以拒绝回答。"

齐勒铭说道："你不怕我说假话骗你？我和你不同，有时我也会说假话的。"

天璇正容说道："我知道。我知道有时你会玩世不恭，但我更知道你对朋友总是说真话的。除非你不把我当作朋友。"

齐勒铭哈哈一笑，说道："古语有云：白头如新，倾盖如故。（这两句话的意思是，有的人从小相识直到白头，还是好像刚刚相识一样；有的人道左相逢，把车子停下来交谈片刻，就好像老朋友一般。倾盖是指停车时车盖倾侧。）人之相知，贵相知心。交情深浅，岂是时日的长短所能衡量？

"当年武当五老和我比剑之时，你和玉虚子的交情比和我的交情深得多，但你没有助他攻我，就凭这点，你已是有资格要我说真话的朋友了。"

天璇道人道："多谢。但我是把你和玉虚子当作同样的朋友的，也并非对你特别好些。"

齐勒铭道："我知道。所以当年我也没有求你相助。朋友之道，第一是讲个'信'字，第二是讲个'谅'字。这个例子不也正好说明了交情深浅是不论时日，而是贵在知心的么？你对我们两人的交情，都是同样可贵！"

天璇道："好，你说得这样透彻，那我可以直言无忌了。三个月前，敝派掌门天权真人突然暴毙，死状甚惨，显然是给人偷袭，将他害死的。目前我们正在追查凶手！"说罢，双眸炯炯，注视齐勒铭。

齐勒铭道："敢情你们怀疑我就是杀害贵派掌门的凶手？"

天璇说道："天下高手虽多，能够杀害天权师兄的也没几个。

天下第一剑客金逐流，少林寺方丈痛禅上人，崆峒派掌门孟华，天山派掌门杨炎，加上令尊和你。或许还有一两个不知名的武林隐士，但无论如何，不会超过十个。”

齐勒铭道：“金逐流、痛禅上人、孟华、杨炎都是侠义道中鼎鼎大名的人物，你们当然是不会怀疑的了。”

天璇道：“不错！”

齐勒铭道：“那么剩下来的可疑人物就只有我们父子了。家父早已不理世事，而且年纪老迈，即使他要杀害贵派掌门，只怕亦已无此能力。”

说至此处，哈哈大笑：“看来，这个凶手就只能是我了！齐某行为乖谬，早已被人目为无恶不作的魔头，天下之恶尽归齐某，我亦甘受无辞。你们当我是凶手，我就承认是凶手好了！”

天璇喝道：“齐勒铭，你忘记了你对我的允诺么？你是必须对我说真话的！你把我当作朋友，就不能用这种玩世不恭的口吻说话！

“你必须认真回答我，我再问你一次，你是不是杀害我的掌门师兄的凶手？”

齐勒铭缓缓说道：“我不是凶手！”

天玑大声喝道：“齐勒铭，你一会说是，一会说不是，叫人怎能相信你是真话？”

齐勒铭不理会他，却向天璇说道：“你要不要再问？”

天璇道：“我不必再问，但你要再说，我也愿听。”

齐勒铭道：“好，那么我告诉你，现在我说的是真话，我的确不是杀害天权真人的凶手，我这次出山之后，见都未曾见过他呢！刚才我说的只是一时气愤之言，请你恕我狂傲之罪。”

天璇道人如释重负，回到掌门天梧道人跟前，说道：“掌门师兄，齐勒铭已经说得非常明白，他不是杀害天权师兄的凶手！”

天玑又抢着说话了：“他说的话就能相信么？天下只有贼喊捉贼，几曾见过强盗自行招供的？”

天璇亢声道：“齐勒铭不是贼喊捉贼这种人！你不相信我相信！”

天玑冷笑道："师兄，你听听他说的是什么话？好像只要他一个人相信，咱们就应该向疑凶认错了。哼，去问凶手是不是凶手，还要别人相信，真是荒天下之大唐。掌门师兄，你相信么？"

天梧是个优柔寡断的老好人，天玑这样单刀直入地问他，倒叫他一时间难以回答了。

但不仅天玑有怀疑，华山派的一众弟子，许多人也是用着怀疑的目光看天璇道人。

天璇愤然说道："我并不是要你们都跟我相信齐勒铭，但我知道他总比你们知道得多一些。我只是说出自己的看法。我不认为这是一个荒唐的笑话。"

天玑点了点头，阴阳怪气地说道："当然。齐勒铭把你当作知己，也难怪你替他说好话了！"

天璇大怒道："你把我看成什么样的人了？你以为我为了和齐勒铭的私交，就可以把本门的大仇置之不顾么？"

天玑拖长声音道："这个只有你自己知道。"

天梧不能不说话了："你们别要争吵，听我说句公道话。"

不管他是否称职，他总是现任的掌门，众人静下来听他说话。

"齐勒铭的话当然不能尽信，但在未有真凭实据之前，我们也不能断定他就是真凶。"天梧说道。

天玑冷冷说道："不是真凶，最少也是疑凶。"

天梧道："不错，的确是以他的嫌疑最大。"

天璇道："但他为什么要害咱们的掌门师兄呢？"

天玑道："这还不易明白？第一，当时正是玉虚道长前来华山，和天权师兄商议怎样对付他的时候。他恐怕华山派和武当派联手对付他，因而要谋害天权师兄，这也是合乎情理的事。"他怕天梧说不出理由，索性抢先替他说了。

天璇忍不住驳他："那他为什么不害玉虚道长？"

天玑冷冷说道："玉虚道长怎能和咱们的掌门师兄相比。天权师兄的武功是足以和齐勒铭相当的，而且又是一派之长。玉虚道长，我是实话实说，你别见怪。"

玉虚子哼了一声，说道："齐勒铭的确是不屑杀我的。你没有说错。”

天璇道：“还有没有第二？”

“有！”出乎天璇意外，这次却是代掌门人天梧亲自回答了。

“齐勒铭和这位、这位穆姑娘的关系江湖上差不多人尽皆知。穆家使毒的功夫天下闻名。”

齐勒铭道：“天梧道长，华山派中我是比较尊重你的。希望你不要无理取闹！”

华山派弟子纷纷呼喝：“岂有此理，齐勒铭，你胆敢侮辱我派掌门！”

天梧道人打个手势止歇众弟子的喧哗，说道：“咱们是以理服人，不必效市井之徒对骂。齐先生，你怎见得我是无理取闹？”

齐勒铭道：“不错，我和娟娟是如同夫妇，但这是我们两人之间的私情，却又与你们华山派何干？你们不能因为怀疑我是凶手，就牵连到她的身上。”

天梧拍一拍手掌，叫道：“涵谷、涵虚出来！”

两名弟子应声而出，他们都是前任掌门天权真人的弟子，师兄名叫涵谷，师弟名叫涵虚。

天梧道：“你们见过这个女子没有？”

两弟子齐声答道：“见过。”

“什么时候见到她的？”

“恩师遭逢不幸那天，我们在山上巡逻，见这女子逃亡下去。弟子无能，追不上她。”

齐勒铭道：“我可不可以对他们发问？”

天梧道：“可以。”

齐勒铭问道：“你们追她不上，想必她是跑得飞快的了。”

涵虚道：“她的轻功是远在我们之上。”

齐勒铭道：“当时是日间还是晚上？”

涵虚道：“黄昏时分。”

齐勒铭道：“她跑得飞快，又是黄昏时分，深山密林，你们就看得清楚当真是她？”

涵谷迟疑片刻，说道：“虽然她是一掠即过，但我相信不会认错人的。”

齐勒铭道：“但凭相信二字，怎能入人以罪。她从来没有和我说过这件事。我也可以说，你们见到的那个人决不是她。”

天梧道人道：“纵然他们看得不很真切，但两人都指证是她，最少也可说得是她有嫌疑吧？”

齐勒铭愤然道：“嫌疑？嫌疑！哼，你们当然是有权利嫌疑任何一个人，这我还有什么话可说？”

天梧道：“好，你没话说，我有话说！要是没有更有力的证据，证明这位穆姑娘那日不在华山，那我就只能把嫌疑当作事实了。

“这位穆姑娘和我们华山派从无来往，偏偏在我的掌门师兄遇害那天发现她在华山，而且是匆匆忙忙地逃下山的。天下有这样凑巧的事吗？”

天梧继续说道：“据我所知，这位穆姑娘绰号‘银狐’，是以毒药暗器名闻天下的穆家女子。”

“齐先生，恕我直言，单凭你的武功，未必就能够伤了我的师兄，但有了这位穆姑娘帮你，我的师兄就非得死在你们手下不可了！”

天梧是个老实人，他只相信事实。老实人的“怀疑”是要讲究有“事实根据”的，一旦他相信了那是有事实支持的怀疑之时，他是很难放弃成见的。如今天梧道人就是因为相信那日在华山出现的女子必是银狐无疑，故此对齐勒铭的怀疑也就更加大了。

齐勒铭道：“你们冤枉我不打紧，但她是无辜的。娟娟、娟娟！我知道那个人决不会是你，你为什么不分辩？”

穆娟娟凄然道：“我能够和你死在一起，那不很好吗，你都不分辩，我又何必分辩？”

一直没有说话的上官飞凤忽地开口说道：“据我所知，那日在华山之上，是有一个人和那个女子交过手的，那个人必定比贵派这两个弟子看得更加清楚！”

天梧道：“你是谁？你怎么知道有那么一个人？”

上官飞凤道：“你不必管我是谁，也不必管我怎么知道，我只问你，有没有这个人？”

天梧道："有是有的。但他不是华山派弟子。"

上官飞凤道："不是华山派弟子，就不可以做证人吗？"

天梧迟疑片刻说道："可以，但不知他是否愿意，你求他吧。"心里想道："不知道要请的证人是不是玉虚子，倘若是玉虚子，我正是求之不得。玉虚子当不会因为与天玑师弟有所不和而说假话的。"

"玉虚道长，请你出来。"上官飞凤叫道。她要请的证人果然是玉虚子。

"玉虚道长，你愿意作目击证人么？"上官飞凤问道。

玉虚子道："愿意。"

上官飞凤道："道长，你来了这许久，想必对这位穆姑娘也看清楚了？"

玉虚子道："看清楚了。"

上官飞凤道："那么你说，那日你在华山所见的女子是不是她？"

玉虚子还没回答，天玑道人先叫起来："当然是她！玉虚道兄，记得那日你曾经对我们说过的……"

"你说，那个女子乃是穆氏双狐中的银狐，银狐是齐勒铭的情妇，而你正是因为要从她的口中得知齐勒铭的消息，才要追捕她的。这是你说过的话，我没记错吧？"他是怕玉虚子改口，是以特地抢先搬出他的话来。

玉虚子道："没有记错。"

天玑道人心花怒放，钉紧再问："如今齐勒铭亦已承认他和这位穆姑娘如同夫妇，她还能不是银狐吗？"

玉虚子道："她是银狐！"

天玑对上官飞凤道："你还有何话说？"

玉虚子忽道："她没话说，我有话说！"

天梧、天玑都不禁一愕，齐声说道："请说！"

玉虚子道："不错，刚才我都还在怀疑银狐就是那日和我曾经交手的那个女子的，但现在我已经看清楚了，不是同一个人！"

天梧道："你确实知道不是同一个人？"

玉虚子道："那人相貌和她十分相似，但还是有些地方不同的。那个女子脸上没有梨涡，声音也带有塞外口音，不像这位穆姑娘说的是道地的陕北方言。"

天梧道："你怀疑那个女子是她的姐姐金狐？但据我所知，金狐早已嫁了远在藏边的白驼山山主，白驼山和我们华山派是风马牛不相及的，她又有什么理由偷偷跑上华山来害我们的掌门？"

玉虚子道："那我就不知道了，我只能说这位穆姑娘不是那个女子！"

天玑冷冷说道："玉虚道兄，你不是因为和齐勒铭已经化敌为友，才这样说的吧？"

玉虚子怒道："我和你合不来，但我说的从来都是真话。天梧道兄应该知道我的为人。"

天梧道："不错，玉虚道长是绝对不会欺骗我们的，他说不是，那就不是。"

玉虚子退下。天梧继续对穆娟娟道："好，如今已是证明你没嫌疑了。你要走的话，我们不会阻拦。"

穆娟娟当然不走。

天玑忽道："银狐没有嫌疑，齐勒铭还有嫌疑。而且也不能说事情与银狐完全无关。"

上官飞凤道："此话怎说？"

天玑道："没有人能够证明齐勒铭当日不在华山。而且即使银狐不在场，他也可以借用银狐的毒药暗算的。"

以齐勒铭和穆娟娟的关系，他要借用穆娟娟的毒药暗器当然是有此可能，也难怪别人这样怀疑他的。

齐勒铭想要分辩也无从分辩，他只能嘿嘿冷笑，不予分辩了。

天梧道人缓缓说道："齐先生，请恕贫道直言，敝派掌门被人谋害一案，案情虽然尚未查得水落石出，却以齐先生的嫌疑最大！"

齐勒铭依然冷笑，没有分辩。不过，天璇道人却替他分辩了。

"师兄，光是嫌疑，恐怕还不能入人以罪吧？"天璇说道。

天梧哼了一声，继续说道："不错，我们做事，都要凭一个理字。在没有找到真凭实据之前，我们当然不能指控齐先生就是凶手。但既然以齐先生的嫌疑最大，按常理来说，我们好不容易才找到了嫌疑犯，似乎也不能把嫌疑犯置之不理。齐先生，你说应该怎么办？请你划出道儿！”

齐勒铭昂首向天，冷笑说道：“你们已经替我定了嫌疑犯的罪名，你们要怎样办就怎样办，何须问我？”

天梧优柔寡断，天玑又替他出主意了。说道：“师兄，这件事最好请天璇师弟去办。”

天璇气犹未过，哼了一声，说道：“你要我办什么？”

天玑不理会他，继续向代掌门人天梧说道：“师兄，你说得对，我们固然不能指控齐先生就是凶手，但嫌疑犯也不能轻易放过。不如这样吧，暂时委屈齐先生一下，请他跟我们回华山，要是日后查出凶手另有其人，我们自当向齐先生赔礼，恭送他下山。若是果然找出真凭实据，是齐先生所为，嘿嘿，那么齐先生就只能留在华山上，任凭我们处置了。”

天梧沉吟半晌，说道：“你说的也是道理，不过，不过……”他的意思是想问齐勒铭肯不肯照办，但齐勒铭根本连正眼儿也不瞧他，他又不愿示人以弱，就不知应怎样说下去好了。

天玑似乎知道他的心思，继续说道：“所以，这件事最好是让天璇师弟去办。天璇师弟，我的意思是请你去劝告齐先生，你和齐先生是好朋友，你也不想我们和你的好朋友大动干戈吧，要是你能够劝得动齐先生跟我们回山，那岂不是对三方面都好！”

天玑说的这番话恰好投合了天梧的心意。要知华山派虽然是有备而来，稳操胜券，但齐勒铭的武功非同小可，甚至有人说他已经胜过他的父亲，是当今天下的第一高手了，假如真的大动干戈，齐勒铭以寡敌众，纵然难逃一死，华山派恐怕也难免有多人死伤。

当下天梧点了点头，说道：“这个办法的确不失为一个合情合理的解决办法。天璇师弟，请你去向齐先生晓喻利害，劝他跟我们回山。”

天璇说道：“我想你们所说的话，他也已经听见了。”

天梧说道：“但他可并没有答应啊。所以我想再给他一次机会，让你去劝告他。希望他能够听从你的劝告。”

天璇道:“我想我不用去了。”

天梧道:“为什么?”

天璇道:“我知道他一定不肯的。他是个傲骨嶙峋的人,岂肯以嫌疑犯的身份跟我们回华山待罪?再说,我也不愿意对他作这样的劝告。”

天梧变了面色,说道:“因何你又不愿意呢?”

天璇说道:“因为我信得过齐勒铭不是凶手!”这句话说得斩钉截铁,当真掷地有声。

天玑喝道:“你敢违背掌门的命令?”

天璇说道:“掌门师兄,请问这是不是命令?”

天梧的面色更加难看了,说道:“不错,这是我用代掌门人的身份,所下的命令,没有商量余地的。我让你去先劝告他,要是他不听劝告,那就……”

天玑接口道:“那就由你押解他回华山!”

天璇冷笑道:“你太看得起我了,我能够把齐勒铭押回华山?”

天玑说道:“但你必须第一个动手。你动了手,我们再帮你的忙。”

天璇道:“这是你的主意呢,还是……”

天梧骑虎难下,说道:“天玑师弟说的,也是我的主意。”

天璇道:“那么,也是命令了?”

天梧道:“不错,因为你只有这样做,才能表示你是忠于本派,胳膊并没外弯!”

天璇道:“好,既是命令,那我唯有依从了。不过,我既然相信齐勒铭不是凶手,要我卖友乃是不义;我又不愿对本派不忠,所以我说的依从,就只能这样……”说至此处,突然拔出剑来,向自己的胸膛插下。

天梧道人没想到他有此一着,要救也来不及。

忽见一条人影,俨似从天而降。众人还未看得清楚,但见白光一闪,接着听得“铮”的一声,天璇道人手中的剑跌落地上。

此时大家方始看得清楚,来的是个少女。这个少女不是别人,正是那个在齐勒铭的身旁,但却一直没有说话的上官飞凤。

上官飞凤也来不及格开天璇的剑，她是以快剑刺着天璇肘尖的“曲池穴”，令他手臂无力，以致剑也握不牢的。她这刺穴的手法恰到好处，刚好令得天璇的剑脱手，对他却没丝毫伤害。

可是天梧和天玑却不知她的用心，这一变化突如其来，他们已是不约而同地双剑齐出，刺向上官飞凤。

上官飞凤一飘一闪，身形恍似蝴蝶穿花，蜻蜓点水，左刺六剑，右刺六剑，天梧、天玑都觉冷意森森，剑光耀眼。饶是他们功力深湛，见多识广，也未见过如此形如鬼魅的身法，迅如闪电的剑招，就在两人回剑护身之际，上官飞凤已是退过一旁，按剑说道：“天梧道长，你不是存心要逼你的师弟自杀吧？”

天梧到了这个时候，当然亦已知道上官飞凤是来挽救天璇性命的了。但对她这句质问，却不知怎样回答才好。

天玑怒道：“这是我们华山派的事情，用不着你来插手。”

上官飞凤径自对天璇说道：“天璇道长，你听见没有，假如你不是华山派的人，事情就很容易解决了。”

天璇怔了一怔，说道：“姑娘，你这话是什么意思？”

上官飞凤道：“只要你不是华山派的人，那就根本没有所谓许不许外人插手的问题。他们所说的‘外人’可还是你的真正朋友啊！”

天璇道：“这是你的意思吗？”

上官飞凤道：“这也是齐先生的意思。我是替齐先生来阻止你这一愚蠢的行为的。”

齐勒铭此时方始开口，说道：“上官姑娘，多谢你，不用我开口，就懂得我的心意。不错，天璇道兄，我的确是认为你这自寻短见乃是愚蠢的行为！我感谢你对朋友的义气，我也知道你这样做是为求心之所安，但求心之所安，却并非一定要在华山派门下不可！”

天玑怒道：“齐勒铭，你要挑拨他背叛师门？”

齐勒铭双眼朝天，冷冷说道：“你身为一派长老，难道连什么叫做背叛师门，什么叫做甘受除名、脱离本派都分不清么？”

按照武林规矩，只有在两种情形之下，才算是背叛师门。一是欺师灭祖；一是做出严重危害本派的事情，例如倒戈相助本派敌人即是。按照这个规矩，假如天璇和齐勒铭联手与本门为敌，那才是背叛师门。倘若只是因为意见不同，不愿执行掌门的命令，那就只是甘受除名、脱离本派。掌门人倘若不给他面子，可以宣布将他“逐出门墙”。给面子的话，就让他自行脱离本派，以后仍可好来好往。

如今天璇早已表白心迹，他是不会相助齐勒铭与本派作对的，只是也不愿和齐勒铭交手而已。这样，当然不能算是背叛师门。

天梧道人虽然不高兴天璇所为，但他心地善良，毕竟还是不愿意逼使天璇自杀的。当下叹了口气，说道：“天璇师弟，你当真要为了一个不齿于武林的邪恶之徒，甘愿脱离本门么？”

天璇道：“不管别人怎样看齐勒铭，我还是当他朋友。”

天梧凄然道：“这样说，你是甘愿接受我将你逐出门墙的处分了？”他再问一声，心中自是盼望天璇能够悬崖勒马。

天璇忽道：“有一件事情，我弄不明白。掌门师兄，请你稍等一等。”

天梧道：“好，我可以等你。”

天璇回过头来，说道：“齐兄，你要阻止我自杀，为何不自己出手，却要假手这位姑娘？”

武当派的玉虚子本来早已想说的了，此时忍不住便上前说道：“齐勒铭的武功早已全部消失了，我们武当派就是因为他的武功已经消失，方始不再向他寻仇的！”

天梧吃了一惊道：“此话当真？”

玉虚子道：“我们武当派万里迢迢跑来京师，为的就是向齐勒铭报仇。总不会说假话骗你吧。”

天梧默然不语，天玑却道：“师兄，武当派和齐勒铭的仇恨只不过是当年两败俱伤之辱，并没死人。咱们华山派的掌门却是被齐勒铭害死的，恨重仇深，怎能与武当派相提并论？”

天璇道：“但他的武功已经消失，咱们还怎能向他动武？”

天玑道：“齐勒铭的武功是几时消失的？”

玉虚子道：“我们来到的时候。”

天玑道：“你们来了多久？”

玉虚子道："大概还不到一个时辰。"

天玑面色一端，冷冷说道："咱们华山派的掌门人被害，这可是三个月前的事情。"

天梧咳了一声，说道："掌门被害之仇不能不报，三个月前齐先生的武功尚未消失，他的嫌疑还是未能洗脱的。天璇师弟，请你按照我们原定的计划，护送齐先生上华山。"这次他不用"押解"而用"护送"，固然是因为齐勒铭武功已失之故，说话的态度也客气多了。另外还有一重意思，天璇不用和齐勒铭动手就可执行他的命令，"理该"依从的了。

哪知天璇却道："齐勒铭武功已失，我更加不能令他受到委屈。掌门师兄，请恕小弟不能从命。你将我逐出门墙，我也甘受无怨。"

天梧叹了口气，说道："好吧，那你走吧，我不勉强你了。"

就在此时，忽地有两个人飞快跑来，为首的说道："天璇道兄，你不用走！"

这两个人，一个是在武林中德高望重的翦大先生，另一个却是震远镖局汤总镖头的弟弟汤怀义。

说话的是翦大先生。

翦大先生先向华山派的代掌门天梧道人致唁，表达他对华山派前任掌门被害一事，感到震惊与哀悼之意。

天梧道长答谢之后，说道："翦大先生，你和汤二镖头联袂而来，恐怕不单是为了向敝派吊唁吧？"他为人虽然没有主见，但人情世故是相当通达的，这句话也说得很有分寸。

翦大先生说道："真人面前不说假话，实不相瞒，我是为了两件事情来的。"

天梧道："是哪两件事？"

翦大先生说道："第一件，我曾和中州大侠徐中岳以及震远镖局的汤总镖头，联名发出英雄帖，请天下英雄前来京师，合力对付飞天神龙卫天元。武当、华山两派想必亦已收到了吧？"

玉真子和天梧道长齐声答道："收到了。"天玑道人跟着问道："是否发现了飞天神龙的踪迹，要我们前往围捕？"谁都知道，若然只为了对付卫天元，是用不着如此兴师动众的，除非要对付的人包括齐勒铭在内。

天玑道人心想，莫非蒯大先生就是因为已经知道齐勒铭在此处出现，故此特地赶来?

这个推测也算合理，要知齐勒铭乃是飞天神龙卫天元的师叔，卫天元的仇家自是毫无疑义的要把齐勒铭当作卫天元的靠山的，他们要对付卫天元，当然得先对付齐勒铭。天玑不知道蒯大先生是否另外发现了卫天元的踪迹，不过他故意先向蒯大先生问起卫天元，目的也正是在于要引出蒯大先生要首先对付齐勒铭的说话。

他的推测很合理，但结果却刚好是和他的推测相反。

蒯大先生缓缓说道:“有关飞天神龙的事情，我不想多管，甚至不想与闻。我此来正是要向各位说明，那份英雄帖与我无关!”

天梧道人吃了一惊，说道:“那份英雄帖上，不是有你署名的么?”

蒯大先生道:“不错，有我署名，但却是未曾得到我的同意的。但这也不能怪徐中岳，他以为凭他和我的交情，不必征求我的同意，我还是要多谢他看得起我。不过，我年纪老迈，实在是不想卷入这个漩涡了。”话虽如此，但弦外之音，已是颇有怪责徐中岳“谬托知己”之意。

汤怀义跟着说道:“家兄也要我向各位说明一事，那份英雄帖虽然是由他和徐大侠联名发出，但他现在已经决意退出，英雄帖上他的名字撤销!”

天玑做声不得，半晌好像自言自语地说道:“这样做未免近乎儿戏了吧?”

汤怀义道:“主意是可以改变的，家兄因何退出，我不知道。但我知道家兄做事从来认真，有些原因恐怕也是不足为外人道的，包括我这亲兄弟在内。”

天玑哼了一声，不言语了。

蒯大先生接着说道:“所以，那份英雄帖现在只能说是由徐中岳一人发出的，各位若要帮他对付飞天神龙，那只是凭着和他的交情，与我们无关了!”

卫天元与华山、武当两派都没有直接的仇恨，武当派甚至连对齐勒铭的仇恨都可以化解，自是更加不愿去和卫天元为敌了。

玉真子首先说道：“我们武当派本来不是为了卫天元而来京师的，而且据我们所知，徐中岳已经有了御林军的穆统领替他撑腰，也用不着我们帮他的忙了。蒯大先生，你既然不管此事，武当派自也犯不着多管闲事了。”

武当派的玉真子表明态度之后，华山派的代掌门天梧道人想了一想，便即跟着说道：“齐勒铭虽然是卫天元的师叔，但他与敝派的事情无关。我们的目的也只不过想请齐先生跟我们回山，以便查明真相。只要卫天元不插手这件事情，我们自也无意与他为难。”

蒯大先生道：“好，那么这件事情就算如此了结了。”

天梧道人道：“请问蒯大先生的第二件事情又是什么？”

蒯大先生道：“这件事情可就是与贵派有关的了。不过，这件事情最好还是由汤二镖头向你们说明。”

汤怀义站上前道：“我和齐勒铭是今年六月在四川结识的，当时他化名齐大圣，和我一起上京。三天前来到我们镖局。在这段期间，齐先生都是和我同在一起。”

说完之后，华山派的人面面相觑，做声不得。

蒯大先生道：“天梧道兄，贵派掌门是在七月间被害的吧？”

天梧涩声道：“不错。”

蒯大先生道：“那么，当时齐勒铭已经和汤二镖头同在一起的了。”

汤怀义道：“我还记得，在七月初五到初十那几天，我和齐先生正在四川同游峨嵋山。我听得贵派掌门好像正是七巧节那天被害的，是吗？”

天梧道：“不错，事情的经过，我已经向令兄汤总镖头说过了。”

“七巧节”是七月初七，那时齐勒铭正在与汤怀义同游峨嵋山，凶手当然不可能是他了。

天梧面有惭色，向齐勒铭赔礼道：“齐先生，请恕我们错怪了你。”

齐勒铭淡淡说道：“好，那么我大概可以走了吧？”穆娟娟扶着他，便欲离去。

天玑忽地喝道：“且慢！”

汤怀义面上变色，说道：“你不相信我说的话吗？”

天玑道：“不是不相信你的话，也不是要齐勒铭留下。但齐勒铭要走可以，这位穆姑娘可不能走！”

上官飞凤道：“什么道理？这位穆姑娘早已有人替她证明不是你们那天在华山所见的那个女子了。而且，贵派掌门人天梧道长对此已表示没有怀疑！”

## 一波未平 一波又起

天玑道：“不错，玉虚道长是证明了那女子不是这位穆姑娘。但你忘记了一件事情。”

上官飞凤道：“什么事情？”

天玑道：“玉虚道长也曾说过，那个女子的相貌和这位穆姑娘几乎完全一样！”

穆娟娟道：“你不必绕着圈子说话，谁也知道我有一个孪生姐姐。我们姐妹，在江湖上被人称为穆氏双狐，她是金狐，我是银狐。”

天玑道：“那么玉虚道长那日所见，想必就是令姐金狐？”

穆娟娟不否认他这个猜测，说道：“你是不是认为我的姐姐有嫌疑，连带我也有罪？”

天玑皮笑肉不笑地打了个哈哈，说道：“贫道没有这个意思。不过，令姐有嫌疑则是事实，贫道只是想请姑娘帮一个忙。”

穆娟娟道：“帮什么忙？”

天玑道：“你们既是姐妹，你想必应该知道令姐现今是身在何方！”

穆娟娟道：“原来你是要我担当通风报讯的角色，好让你们华山派的人去捉我的姐姐。”

天玑道：“贫道知道这是不情之请，但敝派的大仇不能不报……”

穆娟娟冷然一笑，打断他的话道："你既然知道这是不情之请，那就不必说下去了。你们的大仇，与我无关！"

天玑勃然变色，把眼睛望向蒴大先生，说道："蒴大先生，你评个理。"

蒴大先生道："金狐虽然善于使毒，恐怕也害不了贵派掌门吧？"

天玑道："不错，天下能够杀害我们掌门师兄的人寥寥无几，所以我们当初怀疑是齐勒铭和银狐干的。齐勒铭是主凶，银狐是帮凶。如今我们已经知道不是他们了，但金狐那一天却无缘无故在华山出现。那么最合理的推测，这件案子十九是金狐帮忙另一个高手干的了，你说是吗？"

蒴大先生道："你们心目中的那另一个主凶是谁？"

天玑道："这人只有金狐才能知道。所以我们必须先找到金狐。"

蒴大先生道："但这位穆姑娘不肯说我也没有办法。不如，不如……"说到此处，把眼睛望向上官飞凤。

上官飞凤心领神会，微笑说道："我也不知成与不成？"走过去叫道："穆阿姨！"

穆娟娟抬起头来，说道："上官姑娘，我已经懂得你的意思，你不必说下去了。"

上官飞凤道："真的吗？那你说说看，看看是不是我的意思？"

穆娟娟道："不错，我们姐妹是相同相貌不同心，倘若我的姐姐当真是做了坏事，我也犯不着为她掩护。"

上官飞凤道："对呀，我正是这个意思。"

穆娟娟道："但我这人生性倔强，倘若他们一开头用好言好语求我，或者我会答允他们的请求；如今他们用的是恐吓手段，我是宁死也不肯告诉他们了。"

上官飞凤回过头来，对天玑道人说道："你听见没有，穆阿姨怪你们恃势凌人呢。你先给她赔个礼，让她消消气，再好好求她吧！"

天玑道人面色铁青，哼了一声，却不开口。

穆娟娟道："现在他们即使向我叩头，那也不行！"

天玑勃然大怒，喝道："银狐，你也未免把自己的身份抬得太高了！"

上官飞凤道："唉，你这人真是不识好歹，现在是你有求于她，说与不说，都只能任从她的意思，你发这样大的脾气干吗？"

天梧道："师弟，算了吧。穆姑娘不肯说，咱们自己访查就是，让她走吧。"

天玑道："上官姑娘，你等一等！"

上官飞凤道："哦，麻烦找到我的头上了么？"

一点不错，天玑满肚皮闷气，正是要迁怒于她。

"上官姑娘，请问你的剑法是出自家传，还是另有师承？"天玑问道。

"关你什么事？"上官飞凤道。

"本来是不关我们的事的，但你的剑法好得出奇，这就可能和我们的事有关了。"

"你这样说，莫非你认为我也有凶手嫌疑？"

天玑冷冷说道："当今之世，能够杀害我们掌门师兄的人寥寥无几。上官姑娘，恐怕你还没有这个资格。不过，如果是教你剑法的那个人，那就可能有这个资格了。"

上官飞凤冷笑道："因此，你要来查我的师承，好吧，我告诉你……"

上官飞凤和天玑说话的时候，语气一直都是十分冷傲，蒯大先生甚至担心她就会发作的。哪知她的口气一转，竟然愿意告诉天玑道人。这一下不但是蒯大先生始料之所不及，武当派的人也都大感意外。

只听得上官飞凤缓缓说道："你要知道我的师承，好，我告诉你吧。教我武功的人，贵派的前任掌门是还没有资格和他交手的！嘿，你别发怒，我可不是像你那样信口开河胡说一通的！"

华山派的前任掌门天权真人以六十四手混元无极剑法威震武林，是老一辈的天下三大剑客之一（另外两人是有天下第一剑客之称的金逐流和天山派的前掌门人唐经天）。如今上官飞凤竟然说天权真人还没资格和她的师父交手，不但华山派的人动怒，武当派的人也都觉得她的说话未免太狂妄了。

上官飞凤的话还有另外一层意思，即使是光明正大的过招，她的师父都不屑和天权真人交手，哪里还会去暗杀他。

天玑道人手按剑柄，只因忌惮上官飞凤的剑法了得，才不敢贸然出手。他把眼睛望向天梧道人，只待天梧下令。

说也奇怪，天梧道人以华山派现任掌门的资格，倒似乎并没生气，只是脸上有一副迷惘的神情。

他想了一想，用十分郑重的态度向上官飞凤问道："姑娘，你说这话可有什么根据？"

"有关贵派的掌故，道长想必熟悉？"上官飞凤道。

"不知姑娘说的是哪一桩？"天梧的说话越来越客气了。

"令师兄天权真人当年创立六十四手混元无极剑法之时，曾向一个人请教过三招剑法，有这事么？"

天梧怔了一怔，说道："这件事情，贫道是曾听得天权师兄说过，不过，他却没有告诉我那个人是谁。"

上官飞凤道："就是我的爹爹。我的武功是爹爹教的。"

天玑道人哼了一声，说道："令尊今年多大年纪？"

要知上官飞凤不过二十岁左右年纪，按一般情形来说，她的父亲不会超过六十岁，而天权真人则是享寿六十有八的。

以天权真人位望之尊，向外人请教剑法，已是难以令人置信，何况是向一个比自己年轻的人？

上官飞凤淡淡说道："不错，家父是要比天权真人年轻得多。但'学无前后，达者为师'这句老话，你们想必也曾听过的吧？"

天玑大怒道："你竟敢说你的父亲有资格做我们天权师兄的师父吗？"

上官飞凤竟不否认，说道："我的说话或许不大客气，但'有资格'这三个字我看是可以说的。当然并不是要天权真正拜师。古人有'一字师'之说，只要有人能够改动他诗中的一个字，他就要尊称那人为师。若依古人之义，家父指点了天权真人三招剑法，大概也该承认他是有资格为师了吧？"

天玑冷笑道："天权师兄曾向外人请教剑法一事，我们都不知道。即使真有此事，可有谁人知道那个人是不是你的父亲？"

天梧道人说道："这件事我的确是曾听得师兄说过的。那个人我虽然不知道是谁，但我知道当日是还有一人在场的，这个人就是蓢大先生。"

蓢大先生走了过来，他未说出答案，却先问道："这位姑娘的剑法，你们见过了吧？"

天梧道："见过了。"

蓢大先生道："你们觉得如何？"

天梧道："奇幻无比！"

蓢大先生轻轻念道："昆仑山上，幻剑灵旗。"

天梧吃了一惊，接下去念道："不奉灵旗，幻剑诛之！"

蓢大先生道："对了。那么，道兄想必亦已知道那个人是谁了。道兄已经见过了上官姑娘的幻剑，不必她再拿出灵旗了吧？"

天梧道："请问姑娘，上官云龙是你的什么人？"

上官飞凤道："正是家父。道长还要我拿出证明么？"

天梧道："不必了。其实，我也早就应该想到，除了是上官云龙的女儿，还有谁能使出像你那样奇幻的剑法？"

说罢，叹了口气，对众师弟道："这位上官姑娘说得不错，她的尊人的确是绝不会用暗杀的手段来害咱们的掌门师兄的。"

天玑等人虽然不知道上官云龙是何许人，也不知道"幻剑灵旗"是怎么回事，但师兄都这样说，他们谁也不敢作声了。

天梧说道："上官姑娘，请恕我们多疑之罪。告辞了。"

上官飞凤忽地笑道："道长，你为人很好，我倒不忍让你们空手回山了。"

说罢，对穆娟娟一揖道："穆阿姨，算是我向你求情好不好？"

穆娟娟避开她这一揖，说道："不敢当。但你也似乎无须求我。我知道你是到过那个地方的。"

上官飞凤道："你不怪我说出来么？未曾求得你的允许，我可不敢乱说。"

穆娟娟道："嘴巴是你的，你说什么，与我无关。"

上官飞凤笑道："我正是要你这句话。天梧道长，我告诉你一件事情。你知道有个白驼山吗？"

天梧道长道："知道。"

上官飞凤道："白驼山主宇文雷的妻子是谁，你知不知道？"

天梧道："这个贫道倒是不知了。"

上官飞凤道："听说他的妻子有个绰号，好像就是叫做金狐。"

天梧忧喜交并，说道："上官姑娘，多谢你告诉我。但白驼山可是远在西域的啊！"

上官飞凤说道："白驼山主夫妻好像亦已不在白驼山了。"

天梧精神一振，说道："姑娘可知他们是在哪里？"

上官飞凤道："远在天边，近在眼前。"

天梧吃一惊道："眼前？"

上官飞凤道："那边有一条小桥，走过这条桥，是一个小岛，岛上有个汇通祠，汇通祠后面有家人家，这家人家的主人是十多年前托人买下来的，自己从未来过。但前几天，他们一家三口却全都来了。这三个人就是白驼山主夫妻和他们的儿子。"

天梧大喜道："多谢姑娘指点。"率领华山派门下，马上就走。

武当派的人跟着也去了。

齐勒铭道："翦大先生，汤二镖头，多谢你们解围之德。上官姑娘，大恩不言报，请代向令尊问候。"说罢，凄然一笑，续道："齐某武功已废，就是想要报答你们的恩德，也无从报答了。"

上官飞凤忽地笑道："齐先生不用客气，我倒想求你一件事情呢。"

齐勒铭怔了一怔，苦笑说道："我还有什么本事可以帮得上姑娘的忙。"

上官飞凤道："齐先生，你的武功也未必不能恢复，即使当真不能恢复，也不打紧。因为我求你的事情是用不着武功的。"

对学武的人来说，琵琶骨一碎就等于成了废人。原有的武功固然化为乌有，即使想要重新再练，内力毫无，也是无从练起。旁人只道这是上官飞凤安慰齐勒铭的话，心中俱是想道："明知这是绝不可能的事情，空口说白话来安慰他，岂不更令他难过？"

但齐勒铭听了，却是不禁心头一动："上官云龙的女儿是决不会信口开河的，莫非这世界上还有什么神奇的武功，是琵琶骨碎了还可再练的？但我却并不知道。"不过，他受了这许多挫折，早已是意冷心灰，对是否能够恢复武功一事，也早已看得淡了。心想：我但求能与娟娟偕隐名山于愿已足。对上官飞凤的说话，他虽然在半疑之中也有半信，但这念头也只是一掠即过，并没放在心上。

"用不着武功，那就好办了。你说吧，只要我做得到，我决不推辞。"齐勒铭道。

上官飞凤缓缓说道："要是我将来做出什么令齐先生不满，甚至令齐先生伤心的事情，都请齐先生别要见怪。"

齐勒铭哈哈一笑，说道："我的性命都是姑娘你给我捡回来的，你就是要我以性命报答，我也决不推辞。姑娘，你和我开这玩笑……"

上官飞凤打断他的话道："我可不是和你说笑的。"

齐勒铭心头一凛，似乎猜着几分，但仍是说道："好，不管你是开玩笑还是正经话儿，无论你做出什么对我不利的事情，我都不会怪你！"

上官飞凤道："多谢你答应我，后会有期。"

齐勒铭和穆娟娟也走了。

蓟大先生道："上官姑娘，你有别的事情么？"

上官飞凤道："有又怎样？没有又怎样？"

蓟大先生道："要是没有的话，我倒有一件事情，想要请你帮忙。"

上官飞凤道："什么事情？"

蓟大先生道："咱们一面走一面说吧。"

上官飞凤见他行色匆匆，思疑不定，问道："你这事情是急着要办的么？"

蓟大先生道："不错，我要赴一个约会，这个约会是定在今晚午夜时分的。"

上官飞凤道："约会的地点是在什么地方？"

蓟大先生道："是在西山卢师峰上的秘魔崖。"

此时已是将近黄昏时分，上官飞凤看看天色，说道："看来今晚不会下雨，出了城我们就可以施展轻功，午夜之前，相信是一定可以赶得到秘魔崖的。翦大先生，你是不是要我和你一起赴这约会?"

翦大先生道："不错，假如你没有别的紧要事情，希望你能够帮我这个忙。"

上官飞凤道："我是有点事情，不过我的事情迟一天做也没关系。但请恕我多问一声，你可以告诉我：这是什么样的约会吗?"

翦大先生道："我当然是应该告诉你的。不过，此事说来话长……"

上官飞凤笑道："反正咱们有的是时间，你慢慢说吧。"

翦大先生道："上官姑娘，你是不是想要知道卫天元的下落。这件事是要从他说起的。"

上官飞凤道："对啦，我正想问问汤二镖头，敢情他已经到过你们的镖局？他现在是……"

汤怀义道："他没有到过我的镖局，如今他在何处，我们也不知道。"

上官飞凤大为失望，说道："听你们刚才的口气，我还以为你们是已经见过他呢。"

翦大先生笑道："你耐心听下去吧。我们虽然还未见到他，但我可以向你担保，一定可以找到他的。"

上官飞凤给他说中心事，面上一红，说道："我也并不是急于找他。不过倘若能够早点见到他那就更好。因为我不想在京师耽搁，而有些事情，却是必须告诉他的。"

汤怀义道："他虽然没有到过我们的镖局，但那位姜姑娘却已来过了。"

上官飞凤道："这位姜姑娘就是姜雪君吧。"待汤怀义点了点头，她便跟着问道："为何姜雪君不和你们一起来呢?"

汤怀义道："她已经走了。"

上官飞凤道："她不愿意见我?"

汤怀义道："她还没有知道我们要来找你。她一来就走，我们根本没有机会和她说。”

上官飞凤道：“为什么走得这样快？”

翦大先生涩声道：“因为她看见我也在镖局。她是一直把我当作仇人的。”

上官飞凤道：“她仇恨你，想必她认为你是帮徐中岳的缘故。但那张英雄帖的事情，你是可以和她解释的呀。”

翦大先生叹口气道：“事情不只这样简单，她的母亲是死于非命的，她以为那个下毒手的人是我！”

上官飞凤吃一惊道：“哦，有这样的事？但事不离实，你总可以分辨清楚的吧？”

翦大先生苦笑道：“我是有口难言！”

上官飞凤诧道：“为什么？”

翦大先生道：“这件事我也不知怎样向你解释才好，不过，到了秘魔崖你就会明白的。”

上官飞凤心头一动，隐隐猜到几分，没再追问下去，说道：“好，那你就先谈卫天元的事吧。”

翦大先生道：“汤老弟，你来说好不好？”

汤怀义道：“好，”接下去道，“刚好在姜姑娘来到我们镖局的前一刻，我们得到了一个有关卫天元的消息。可惜她一来就走，这个消息我又不便当众告诉她，只好让她走了。”

翦大先生道：“这个消息现在恐怕亦已在北京城里传开了，她迟早都会知道的。”

上官飞凤心急如焚，说道：“究竟是什么消息，快点说出来吧。”

汤怀义道：“穆志遥的统领府是靠近西直门的，今天一早，有人在西直门的城楼上发现一张挑战书。挑战书是用一幅很大的白布写的，上面还画了一条龙！”

上官飞凤“啊”了一声说道：“卫天元的胆子也真是太大了，竟敢公然在北京城里贴出挑战书来。他向谁挑战？”要知卫天元绰号飞天神龙，挑战书上有“神龙”标记，当然是他无疑了。

汤怀义道：“他指名向两个人挑战，一个是徐中岳，另一个就是翦大先生。”

翦大先生道：“他这样公开挑战，看似危险，其实却是下得非常聪明的一着棋！”

上官飞凤也是个非常聪明的女子，她想了一想，亦已懂得其中的奥妙了。不过，她却不好意思说出来。

结果还是翦大先生自己说了出来。

翦大先生说道：“卫天元这次上京，是为了找徐中岳报仇的。但对付徐中岳容易，对付他背后的靠山却难。徐中岳的靠山是谁，姑娘，你想必亦已知道了吧？”

上官飞凤道：“就是御林军的统领穆志遥吧？”

翦大先生道：“不错，徐中岳如今就是躲在穆志遥的统领府。而我、我……”

上官飞凤道：“翦大先生，你也是和徐中岳住在‘那里’吗？”

翦大先生似乎欲说还休，神情甚是尴尬。好一会子，方始点了点头。

“穆志遥手下高手如云，他本身也是蹑云剑传人，可以跻身当世十大高手之列的。卫天元如果跑进统领府去找徐中岳算账，结果如何，这是谁都可以想得到的。他的本领即使再高，也是必死无疑！报不了仇，先自丧命，最愚蠢的人都不会这样做！但卫天元与徐中岳仇深似海，此仇却又非报不可。怎么办呢？假如我是卫天元，设身处地，替他着想，恐怕也只有走这着险棋，亦即是公开向仇人挑战了！”

上官飞凤道：“且慢，有一件事我想先弄清楚。你说卫天元与徐中岳仇深似海，是不是为了姜雪君的缘故？”

翦大先生道：“徐中岳对外扬言，他是受了夺妻之辱。但卫天元要报的仇，却并不是因为他抢了姜雪君。他是为了替自己报杀父之仇！他的父亲是反清义士，被徐中岳出卖，在大内高手的围攻之下伤重而亡的！”

上官飞凤道：“这件事是真的吗？”

翦大先生道：“据我所知，恐怕是真的！”

上官飞凤道：“你是什么时候知道这件事情？”

翦大先生叹口气道："我是最近才知道的。要是我早就知道，在洛阳之日，我也不会作他的座上客了。唉，说来真是惭愧，那天卫天元跑来大闹徐家，弄得徐中岳拜不了堂，续不了弦，我还替徐中岳打抱不平，斥责卫天元的不是呢。"

上官飞凤若有所思，默然不语。

翦大先生似乎知道她的心思，说道："我已经知道徐中岳是卖友求荣的无耻小人，却还和他一起住在穆志遥的统领府，姑娘，你一定是大不以为然的了！"

上官飞凤想了一想，说道："翦大先生，我是相信你不会同流合污的！"

翦大先生露出笑容，说道："多谢姑娘信得过我。我说的约会是怎么一回事情，姑娘想必亦已明白了吧？"

上官飞凤知他有难言之隐，不再追问下去，说道："原来你说的约会，就是卫天元向你指名挑战的约会。不错，这件事情，我的确是不能袖手旁观！"

翦大先生苦笑道："他向徐中岳挑战，是为了报杀父之仇；向我挑战，则是为了替姜雪君报杀母之仇。想不到我和徐中岳竟然变成了一丘之貉！"

上官飞凤道："我明白，徐中岳是罪有应得；翦大先生，你却是无辜受累的。你放心，我一定帮你的忙，向他们二人解释为你辩诬。"说了这话，心里方始想道："他都未曾向我说明事实的真相，我又怎能为他解释清楚？"

翦大先生似乎知道她的心思，说道："真就是真，假就是假，真假总会分明的。上官姑娘，我倒不是为了自己的含冤莫白要来求你帮忙。我担心的是另一件事情。"

上官飞凤道："什么事情？"

翦大先生道："按照江湖规矩，像这样的指名挑战，旁人不能插手的。要是有任何一方，借助官府之力来报私仇，那就更将为武林之所不齿！"

汤怀义接下去说道："卫天元的挑战书是在城楼上公开张贴出来的，此事一定迅速传遍京师，届时到秘魔崖观战的人也一定不少，在这样情形底下，穆志遥以御林军统领的身份，恐怕都不敢混在江湖人物之中露面。徐中岳只能和卫天元单打独斗，或者是和翦大先生联手斗他的了。”

上官飞凤道：“翦大先生，你不会和徐中岳联手斗他吧？”

翦大先生道：“当然不会。”

上官飞凤道：“那还担心什么？徐中岳只怕连姜雪君也斗不过，他怎能胜得了卫天元？”

翦大先生道：“但卫天元毕竟是钦犯之子的身份，不错，这件案子穆志遥目前还是不能公开的。但你想他肯善罢甘休吗？”

上官飞凤道：“但他又不能公然站在徐中岳这边，插手江湖人物的私斗，他若要干预，似乎只有一个法子，用官府的名义，弹压这场武斗。”

翦大先生道：“这是办法之一，但还不是最好的办法。我担心的是，穆志遥会用阴谋诡计。”

上官飞凤道：“依你看，他会用什么阴谋诡计？”

翦大先生道：“穆志遥有权有势，手下谋臣又多，如果他下决心要对付卫天元，只怕比我所能想得出来的手段，还要毒辣得多。”

上官飞凤道：“姑且依你想得出来的手段，举一个例如何？”

翦大先生道：“卫天元在江湖上的仇家不少，假如他这些仇家，今晚一齐在秘魔崖出现，这个说要报杀父之仇，那个说要报夺妻之辱，即使不是群殴，车轮战也能把卫天元累死。”

上官飞凤道：“他的仇家也没有什么厉害人物吧？再说又怎能在一天之间，便即云集京师？”

翦大先生笑道：“这些仇家都可以由穆志遥的手下冒充！”

汤怀义接着说道：“用官府的名义弹压，虽然不是最好的法子，但也不可不防。弹压本来是对两方面都该一视同仁的，但假如徐中岳和卫天元都给他借制止在京师闹事为名而捉了去，两方所受的待遇，那就绝对不会相同了。恐怕还不仅仅是一为座上客，一为阶下囚呢！”

上官飞凤道：“这个我懂。但我们只有三个人，不管穆志遥用哪个法子，恐怕都不是我们三个人所能应付得了的吧！”

翦大先生道："上官姑娘，只要你肯勉为其难，我相信多半可以应付得了这个局面。"

上官飞凤想了一想，说道："我明白你的意思了。但未获爹爹允许，这个，这个……"

翦大先生道："所以我说，这是要请姑娘勉为其难。你帮了卫天元的忙，也是帮了我的忙，令尊若是对姑娘怪责，我愿意上昆仑山向令尊负荆请罪。"

上官飞凤道："好吧，我姑且一试。但灵与不灵，我可不知道呢。"

翦大先生希望上官飞凤用的是什么法子，他没有说出来，汤怀义也不知道。但见他在上官飞凤答应"一试"之后，翦大先生的愁眉业已展开，他也服下了一颗定心丸。原来他也是为他的哥哥以及震远镖局担着一重心事的。

上官飞凤忽道："翦大先生，你说的只是如何帮忙卫天元的事情，你要我帮忙什么，可还没有说呢。"

翦大先生道："到了秘魔崖再说吧。"

## 两个翦大先生

他们加快脚步，月亮未到天心，秘魔崖已经在望。

在北京西郊的崇山峻岭中，有三座山峰：翠微山、卢师山和平坡山。山势是东西北三面环抱，卢师山居中。秘魔崖就在卢师山上。

秘魔崖是一块从山顶凭空伸出来的岩石，虽然只是一块岩石，但硕大无比，颇有遮天覆地的气象，只这块崖石，就可以容得下数百人之多。崖下是一块平地，和奇崖怪石配合，形状好像是张开了的狮子嘴。岩石底下有个石室，传说唐朝时候，有两个名叫"卢师"的和尚在这里居住过，卢师山因此得名。

约会的地点是在秘魔崖下那片平地。

此时在岩石上和平地上都站满了人。场中有许多人是带着火把观战的，把广场照耀得明如白昼。站在秘魔崖看下去可以看得清清楚楚，不过从下面看上去，却就只能看见黑压压的一片人头了。

这晚月色黯淡，翦大先生、上官飞凤和汤怀义这三个人悄悄来到了秘魔崖，选择一处地形最险峻的所在，利用乱石作为遮掩，崖上观战的人群都在聚精会神注视下面的广场，没人发现他们的到来。

他们刚刚藏好身形，就听见了卫天元在下面的冷笑声了。

卫天元冷笑喝道："含血喷人，自污其嘴。徐中岳，你名为'中州大侠'，实是卑鄙小人。你以为你干的那宗卖友求荣的无耻勾当，就可以永远瞒得住天下人吗？"

上官飞凤觉得有点奇怪，心里想道："原来卫天元和徐中岳都已来了，但卫天元是向两个人挑战的，徐中岳不见了翦大先生，怎的居然也敢单骑赴会？卫天元又因何不问起翦大先生呢？"

心念未已，忽听得一个苍老的声音说道："让我说几句公道话行不行？"

上官飞凤吃了一惊："怎的又有一个翦大先生？"

此时她才看得清楚，场中又有一个翦大先生。这个翦大先生是刚刚从那石室中走出来的。

这个翦大先生如此一说，登时就有许多人附和："对对，翦大先生虽然是当事人的一方，但他也曾两次做过徐大侠和卫天元比武的证人，我们是应该让他先说几句公道话的。"

崖上的翦大先生苦笑道："上官姑娘，现在你该明白是怎么一回事了吧？"

上官飞凤道："这人是……"

翦大先生道："他是我的弟弟。"

上官飞凤道："原来那个住在统领府的人乃是令弟。你们兄弟的相貌简直一模一样，怪不得别人给他瞒过。"

翦大先生叹口气道："我们是一母所生的双胞胎，家母生前，有时候也会认错人的。那张英雄帖也是他冒我的名签署，发出去的。"

上官飞凤心里可有点奇怪，想道："他这弟弟的武功似乎比他高明得多，怎的我在江湖上却未听见过有人提及这位翦二先生。"

翦大先生继续说道："我这弟弟，是天生的练武资质，一门武功，往往我要练一年半载的，他只练十天八天就行了。可惜他刚刚踏入中年，就因为练功急进，以至走火入魔，落了个半身不遂。唉，那已是三十年前的事情了。"

三十年前，上官飞凤的父母都还未曾成婚。翦二先生在三十年前，名气虽然比哥哥还大，当时曾有过"千崖不如一山"的说法（翦大先生名千崖，他名一山），但经过三十年的时间，他在江湖上早已声沉响寂，他亦已渐渐给人遗忘了。上官飞凤远处西域，初到中原，她碰上的江湖人物，即使有人知道有个"翦二先生"，也不会特别向她提起。

翦一山刚才说话的时候，并没提高声音，但崖上崖下，每一个人都觉得他好像是在自己的对面说话一般。别的人或许没有特别留意，但上官飞凤却是知道这门功夫的，这门功夫叫做"传音入密"，要练到翦一山这般火候，非得有极为高深的内功不行。

翦大先生继续说道："因走火入魔而引至的半身不遂，本来是医不好的。我也不知道他怎的竟然能够解脱走火入魔之困，非但武功恢复如初，甚至更胜从前了。"

上官飞凤道："你不是和他住在一起的吗？"

翦大先生道："他残废之后，脾气变得越来越是古怪。我们是家住伏牛山下的，十年前他忽然要我在山上另建一座石室给他。从此不见外人，连我要去见他，他都闭门不纳。所需的日常用品，由他指定的一个聋哑老仆，每个月给他送去一次。我一年里头，有半年是在外面跑的，上次我从洛阳回去，才知道他已经不见了。"

上官飞凤道："我明白了。令弟恢复武功之后，不知怎的，就和徐中岳走在一起，变成了一丘之貉了。你们这对孪生兄弟的情形，和金狐银狐那对孪生姐妹的情形完全一样！"

她说的"完全一样"，有两重意思。一是指相貌相同，一是指性格相类。金狐、银狐这对，是妹妹性善，姐姐性恶；他们这对，则是哥哥性善，弟弟性恶。金狐做的坏事，有许多被人算在银狐账上；而翦一山做的事情，如今也是给人算在翦大先生的账上。

翦大先生却道："并不一样。我这弟弟本是性情良善，后来他的脾气虽然变得古怪，但也只是古怪而已，我相信他还不至于做出大奸大恶之事的。”

上官飞凤忍不住说道：“那么杀害姜雪君母亲的那个人是谁？她和卫天元都指证是你，难道不是令弟所为？”

蒯大先生神情甚为苦恼，说道：“这件事我也想不通，姜姑娘和卫天元当然是不会乱说的，唉，我只能希望凶手另有其人，不是他了。”

上官飞凤心里想道：“天下哪里还找得到一个和你那么相似的人，若不是你就必是他。”但见蒯大先生如此苦恼，却是不忍再说这样的话来刺伤他的心了。

“蒯大先生，请问你要我怎样帮你的忙？”上官飞凤转过话题问他。

蒯大先生叹口气道：“我希望那些坏事不是他干的，但若当真是他所为，我也不能只顾手足之情，对他姑息。只好将他业已恢复了的武功又再废了。但我的武功远不如他，要废他的武功，只好请姑娘帮忙。我答应在他的武功废了之后，必定将他带回家去严加管教。”

上官飞凤暗暗好笑：“还说不是顾念手足之情，按你弟弟所犯的罪行，岂能只是严加管教就可了结？”

“蒯大先生你太看得起我了，我这点本领，又怎能废了令弟武功？”上官飞凤说道。

蒯大先生道：“上官姑娘，我是诚心求你，大家都不要说客气的话。不错，只论武功，你未必胜得过我的弟弟。但你的幻剑突然使出，却是可以刺穿他的琵琶骨的。倘若还是不能，加上了卫天元，一定可以将他制伏。”

上官飞凤好生为难，只好说道：“好，到时咱们见机行事吧。”

“见机行事”，这四个字可是不着边际的，模棱两可的答复。但蒯大先生却是不便再说下去了。

蒯大先生停止说话，秘魔崖下，蒯二先生却在开始说他的“公道话”了。

在他要说“公道话”的时候，也并不是所有的人都同意他有这资格的，但毕竟还是拥护他的人占大多数，因为那些人把他当成翦大先生，而翦大先生在武林中的确称得上是德高望重的。虽然他以当事人的身份来说“公道话”，实是不合规矩，但“德高望重”的人的“不合规矩”，却似乎可以被人破例认可。

嘈嘈杂杂的议论声音终于静了下来，大家都在听翦一山说的是什么“公道话”了。

翦一山缓缓说道：“卫天元指责徐中岳卖友求荣，究竟是怎么回事，他并没有说出来。徐中岳是否做过这样的事情我们也无从知道。但我们却清楚知道……”

卫天元哼了一声，打断他的话道：“好，我可以明白告诉你们，徐中岳出卖的那个朋友就是我的父亲。家父卫承纲，十三年前在保定被害。此事对方虽然做得极为秘密，但也不是没人知道的。”

徐中岳淡淡说道：“恕我孤陋寡闻，卫承纲这个名字我还是第一次听见。”

卫天元道：“你做了见不得人的事情，当然不敢承认。”

翦一山道：“卫承纲这个名字我倒是听过的。但听说他是和仇家斗得两败俱亡的，和徐中岳有何关系？”

卫天元道：“不错，家父是在敌人围攻之下，力战不屈，尽歼敌人自己也终于伤重身亡的。那些人说是‘仇家’也未尝不可，但却不是普通的江湖人物。家父那些具有‘特殊身份’的仇家，正是这位号称中州大侠的徐中岳引来的！”

卫承纲是反清义士，在场的人知道的或许不多，但“特殊身份”这四个字从卫天元口中说出来，却是谁也懂得这是怎么回事了。

卫天元说出父亲被害的真相，亦即是说出他要向徐中岳报仇的真正原因了。他敢于说出真相，不但大出众人意外，连翦一山也是始料之所不及。

汤怀义不禁暗暗为他担心，低声说道：“卫天元也未免胆子太大了，怎的可以这样毫无顾忌？”

翦大先生道：“针无两头利，卫天元这着棋虽然下得极险，但也有它的好处。”

上官飞凤道："什么好处？"

蒯大先生道："此刻在场观战的人，固然有许多是穆志遥的手下，但侠义道的人物恐怕也很不少。他们大部分是给那张英雄帖骗来的。"说至此处，叹了口气道："这也怪不得他们，他们不明真相，接到那张有我和汤总镖头与徐中岳联名发出的英雄帖，自是难免受到徐中岳的蒙蔽。"

汤怀义毕竟是个老江湖，登时醒悟，说道："我明白了，卫天元说出父亲被害的真相，亦即是要向天下英雄揭破徐中岳的真面目！"

蒯大先生道："不错，投靠清廷，卖友求荣，这种行为，不但是为侠义道所痛恨，即使是一般较为正直的江湖人物，也是极之不齿的！"

汤怀义想得到的，徐中岳和蒯一山当然也想得到。他们果然不敢追问什么叫做"具有特殊身份"的仇家，却由蒯一山以公证人的身份说道："这只是你的片面之词，请问有谁可以作证？"

卫天元道："此事在场的人都已死了，唯一的证人就是我。"

蒯一山嘿嘿冷笑，摆出一副"不屑一驳"的神气。

徐中岳的好友，八卦掌的掌门王殿英说道："卫天元，你和徐中岳有仇，如果你的说话可以作为证据，天下就没有诬告这回事了。"

蒯一山继续说道："徐中岳说，他根本就不认识卫承纲。我和徐大侠有二十年以上的交情，他的朋友，我都知道，我可以作证，我从来没有听他说过卫承纲的名字。如果卫承纲称得上是徐大侠朋友的话，徐大侠总不至于一次都没提过他吧？嘿，嘿，这'卖友求荣'四字，真不知从何说起？"

卫天元冷笑道："你以公证人自居，你的话恐怕也不能作为证据吧？"

蒯一山道："好，那么请问在场的朋友，可有谁知道徐中岳和卫承纲曾经相识的么？"

卫承纲是反清义士，即使有人知道他和徐中岳曾经相认识，当然也是不敢出来作证的。否则若给反问一句，你怎么知道他们的关系，岂不是连自己也脱不了关系？

蓟一山缓缓说道：“卫天元说的事没人知道。但卫天元所做的一件事情，却是很多人知道的。”

他说到这里，众人都已知道他要说的是什么了。

一点不错，他说的果然就是那件由卫天元一手造成的，徐中岳“婚变”的事件。

“这件事早已轰传武林，此处的朋友，恐怕不仅只是耳闻，有许多还是在场的目击者呢？”

徐中岳的好友梅花拳掌门梅清风首先说道：“不错，那日是徐大侠和姜雪君成亲的好日子，我们都是贺客。亲眼看见卫天元来闯喜筵，定要在这‘吉日良时’和徐大侠比武，结果是弄到徐大侠因伤而不能拜堂成亲，后来，唉，事涉隐私，我也不好意思说下去了。”

徐中岳涩声说道：“反正这件事大家都已知道，我也不怕家丑外扬。那天我被卫天元打得重伤，姜雪君与我虽未拜堂，但她已经进了徐家，也该算是徐家的人了。可是我这位‘好妻子’并没服侍丈夫，而且只是仅仅和我做了两天名义的夫妻，第三天她就背夫私逃了。我不愿意用‘奸夫淫妇’这四个字，但勾引她私逃的人是谁，却也是很多人都见到了的。就在她私逃那天晚上，卫天元又一次私自闯进我家，和蓟大先生也曾交过手！”

蓟一山冷冷说道：“事情现在都已明白了，卫天元夺人之妻，还要诬赖人家，这还成话么？”

徐中岳的另一个好友，少林派的俗家弟子印新磨哼了一声，说道：“俗语说得好，奸夫淫妇，人人得而诛之！”

蓟一山道：“印先生暂且不必动气。这事还是由我们对付他吧。”

徐中岳跟着作了个罗圈揖，说道：“各位的好意，徐某心领。但卫天元既是指名向我和蓟大先生挑战，各位倘即打抱不平，反而给姓卫这厮说我们恃多为胜。”

这两个人的口气都是埋下“伏笔”的，上官飞凤心里想道：“这个蓟一山的武功绝对不在卫天元之下，加上了徐中岳，卫天元取胜的机会已是微乎其微。他们又已激起众怒，即使卫天元侥幸胜得了他们，只怕也要死在众人乱刀之下。嗯，众怒难犯，要是卫天元扭不转这个局面，我抬出爹爹的牌子，只怕也是镇压不下。”

心念未已，只听得翦一山又已在说道：“卫天元，你向我们挑战可以，但道理上你是站不住脚的，我们可不能让你信口雌黄！”

卫天元道：“你说够没有？”

翦一山哼了一声，喝道：“卫天元，你还有何话说？”

忽地从人丛中走出一个女子，身上穿着黑色的衣裳，脸上也罩着黑色的纱巾，她走到翦一山面前，冷冷说道：“我有话说！”

站在翦一山身边的徐中岳不觉变了面色。

翦一山心知有异，强作镇定，端起公证人的身份喝问：“你是谁？”其实他从徐中岳的面色亦已猜想得到来者是谁了。

果然不出他的所料，这女子揭开纱巾，冷冷说道：“我是姜雪君，此事与我有关，我要说话！”

刚刚才有人骂她和卫天元是“奸夫淫妇”，谁也想不到她竟有这么大胆，公然站了出来。

这刹那间，崖上崖下虽然站满了人，但却鸦雀无声，当真是静得连一根针跌在地下都听得见响！

众人不约而同地想起了一句成语：“艳如桃李，冷若冰霜！”眼前的姜雪君，哪里有丝毫“淫妇”的模样？

她抬起头来，以极其冷蔑的神情迎接徐中岳对她挑战的目光，反而是徐中岳不敢和她目光相对，低下头了。她的目光缓缓从卫天元身上掠过，面向众人。

月在天心，刚好是午夜时分。

广场上虽然有许多火把，毕竟还是不能把黑夜变成白天。火光照耀之下，她的一双眼睛显得特别明亮，她的美也令人益增“冷艳”之感。

见过她的人都为她的“冷艳”所慑，不敢有“猥亵”的念头；没见过她的人更不用说了，人人俱是想道：“姜雪君岂只只是洛阳的第一美人？要说这样端庄的美人是个淫妇，打死了我也不能相信！”本来有人想要辱骂姜雪君的，此时为她高贵冷傲的仪容所

这女子揭开纱巾，冷冷说道："我是姜雪君，此事与我有关，我要说话。"

慑，也是连大气都不敢透了。

蓟一山道：“姜雪君，你本来是个好女子，背夫私逃，想必不是出于你的本意。你不用害怕，直说无妨！”意思十分明显，是想姜雪君把责任都推到卫天元头上。

姜雪君道：“我没有丈夫，也无需你来替我开脱罪名！”

蓟一山道：“你没有丈夫？徐中岳是你何人？”

姜雪君道：“他是我的仇人！”

蓟一山板起脸孔道：“姜雪君，我是给你一个悔过的机会，你不领情，那也罢了。话可不能乱说！”

姜雪君冷笑道：“多谢你的‘盛情’，你怎么知道我是乱说？”

蓟一山道：“好，那你把事实说出来！哼，你是徐中岳明媒正娶的妻子；坐着徐家的花轿给抬进徐家的大门的。这可是众所周知的事实！”弦外之音，她的“事实”，也必须有证人才行。

姜雪君道：“好，那么我就先说一件也是众所周知的事实。徐中岳派花轿来接我过门的时候，我的父亲死了还不到两个月，我的母亲扶柩回乡，也还没有重返洛阳。”

说至此处，忽地问蓟一山道：“所谓‘明媒正娶’，是指应该有父母之命，媒妁之言吧？”

按照当时一般人所奉行的礼教，“明媒正娶”是应该这样解释的。蓟一山只好说道：“那又怎样？”

姜雪君尚未回答，倒是徐中岳抢着说了：“这门亲事是你的叔叔姜志希答应的，你父母不在，你的叔叔是你唯一的亲人，他当然可以作主！”

其实他是可以捏造谎言，说是姜雪君的父亲生前亲口许婚，给她来个“死无对证”。如今他这么一说，等于是承认并无“父母之命”了。不过，他之不敢捏造谎言，也是由于多少有点顾忌。因为他在姜雪君的父亲生前，曾试过一次提亲，被姜雪君父亲拒绝。当时是有旁人在场的。这个旁人虽然不在此地，他也怕谎话将来会给拆穿，损了他的“大侠”身份。他一时未及仔细权衡得失，还在暗自庆幸，以为姜雪君并未知道她的父亲有过拒他求婚之事呢。

姜雪君抓着他的话柄，立即说道：“如此说来，所谓父母之命媒妁之言，都是由我这个疏堂叔叔，一身兼任了？”

徐中岳道：“疏堂也好，近支也好，你承认他是你的叔叔，他就有权替你作主。”

蒯一山补充理由：“姜雪君，你是懂得武功的人，这头婚事，要是你不同意，你的叔叔也不能强逼你上花轿吧？”

姜雪君冷冷说道：“徐中岳号称中州大侠，多少人受他的伪善蒙蔽，何况是我这个年轻识浅的女子？他是怎么样的一个人，我后来方始知道。”

蒯一山沉声道：“请你先别诋毁别人，我们要的只是事实！”

忽听得一个阴阳怪气的声音说道：“她不是已经说过了吗，她的父亲死了还不到两个月，徐中岳就逼她成婚的。只两个月哪，各位想想，这件事的本身是不是已经有值得令人怀疑之处？”

声音飘忽，谁也不知是从哪里传来，更不知是谁人所说。

按照古礼，父母之葬，是要守三年孝的。江湖人物，纵然可以无须拘泥古礼，但两个月不到，就办婚事，总是出乎情理之常的事。

蒯一山喝道：“是哪位朋友说话，请站出来！”

那古怪的声音说道：“你只该问我说的是不是事实，有没有道理，你管我是什么人？难道只许你以公证人自居么？”

此时众人早已在窃窃私议了。

徐中岳一看，不答复他这个问题恐怕是不行了，只好说道：“谁说我逼她了，我不也早已说过了吗，这门婚事是她叔叔作主的。我们是见她孤苦无依，所以双方同意，婚事迟办不如早办。”

他的回答，重点在于辩解一个“逼”字，但对何以这样急于成婚的答复，即使是站在他这一边的人，都觉得他的理由不够充分。

那个古怪的声音又道：“她死了父亲，还有母亲，她的母亲扶柩回乡，还是要重返洛阳的。你为何不等她母亲回来作主？”

徐中岳无法答复这个问题，老羞成怒，喝道：“这是我和姜家的事情，你管不着！”

姜雪君冷冷说道：“说到事实，徐中岳，你似乎漏说了一件事实。我那堂叔是端你的饭碗的，你在洛阳开的那间最大的当铺，就是由他来作掌柜。”

那古怪的声音又冷笑道：“事情这就明白了，我说的那个‘逼’字并没说错，不过是间接的逼姜姑娘而已。”

蒯一山喝道：“现在是请姜雪君和徐中岳对质，旁人若要插嘴评理，等待他们把全部的事实都说了出来也还不迟。”

姜雪君缓缓说道：“我此来正是为了要说明全部事实，请让我先从家父之死说起。”

徐中岳变了面色，喝道：“姜雪君，你别节外生枝！”

那古怪的声音又响起来了：“她还没有说出她父亲的死因，你怎么就知道她是节外生枝了？”

蒯一山喝道：“旁人不许插嘴！”

那声音冷笑道：“你这个公证人似乎做得不大公道吧？徐中岳不打岔，我也不会插嘴！”

蒯一山心里暗骂徐中岳愚蠢，只好摆出公证人的姿态，说道：“徐大侠，你不必怕她诬蔑，有我主持公道，谅她也不能节外生枝。”

徐中岳此时亦已发觉是自己“失言”了，“不错，我若阻止她说话，岂不正显得我有心病？谅她也拿不出什么真凭实据，她说什么，我一概给她否认就是。”主意打定，便即说道：“好，反正真的不能当假，假的也不能当真，真假总会分明的。你喜欢说什么，尽管说好了。”

姜雪君重启朱唇，缓缓说道：“家父在洛阳用的名字是姜远庸，这个名字，江湖上的朋友，知道的恐怕不多。但他还有另外一个名字，或许较多人知道。家父本来的名字乃是志奇，志向的志，奇怪的奇。”

她一说出父亲的名字，知道的人果然不少，登时引起了吱吱喳喳的议论了。

“姜志奇，他不是和扬州楚劲松并称南北两大名家的么？二十年前，他可是江湖上响当当的人物啊！后来不知怎的销声匿迹，却原来是改了名字，迁到洛阳隐居闹市之中。”

“听说他和卫承纲是好朋友，他隐姓埋名，莫非是和卫承纲这案有关?”说这话的人，当然是知道卫承纲乃是反清人物的，所以只敢悄悄地和旁边人说。

但姜雪君已经听见了，继续说道：“不错，家父和卫承纲乃是八拜之交，他十多年前，从保定迁到洛阳，的确是为了害怕害死卫承纲的那些人，为了他知道内情，会对他施加毒手。

“家父迁居洛阳之后，以一个三流武师的身份出现，开了一间小小的武馆。想不到竟蒙有中州大侠之称的徐中岳的青睐，与他曲意结纳。而本来在他手下做事的我的那位堂叔姜志希也就渐渐得到他的重用了。起初家父莫名其妙，后来才知道他其实是早已知道家父的身份的。

“有一天，他请家父喝酒，就在那天晚上，家父突然无病身亡!”

徐中岳面色铁青，喝道：“姜雪君，你这样说是什么意思?难道你怀疑你的爹爹是死于非命?”

姜雪君冷笑道：“徐中岳，我还没有说到你的头上呢，你就害怕起来了么?”

徐中岳硬着头皮道：“胡说八道，我又没有做过亏心之事，怎会害怕你的胡言乱语。”

姜雪君冷冷说道：“你不害怕，那就别要打岔。至于我说的是否胡言乱语，待会儿自有公论!”

徐中岳也怕别人思疑他是“作贼心虚”，只好闭上嘴巴。

姜雪君继续说道：“不错，家母的确有此怀疑。家父临死时，我没在他身边。他最后说的那几句话，是家母后来重回洛阳之时，方始告诉我的。他说：暂且不要让雪儿知道，我怕她鲁莽，急于报仇，反遭其害。咱们有把柄捏在他的手里，他在洛阳的势力又实在太大，你要设法脱离虎口，报仇之事，往后再说。”

徐中岳的脸色更加难看了，他嘴唇开合，似乎想要说话，但欲言又止。

姜雪君道：“家父若非遭人毒手，怎会说出‘报仇’二字，至于他说的那个‘他’是谁，料想大家亦能明白。”

不错，姜雪君的父亲虽然没有说出那个人的名字，但却是说出了“他在洛阳的势力又实在太大”这句话的。这个人除了是徐中岳还能有谁?

蒯一山连忙以公证人的身份说道：“令尊临终之语，没有第三个人听见，而令堂又已死去，似乎不能作为证据吧?”

姜雪君淡淡说道：“蒯大先生，我还没有说完呢。你要证据，请听我说下去不迟。”

蒯一山也只好闭上嘴巴了。心里想道：“幸好她尚未知道我是冒牌的蒯大先生，蒯大先生在武林德高望重，别人是不会怀疑到他的头上的。如果到了真的不能庇护徐中岳之时，说不得也只好牺牲他了。”

姜雪君继续说道：“家母遵从家父嘱咐，借扶柩回乡为名，脱离虎口。当时我本来要跟她走的，但她却要我留下。后来我才知道，这是徐中岳的交换条件，通过我那叔叔，威胁家母，必须把我留下，方肯将她放行。

“这也是我后来方始知道的，家母临走之时，曾交代我那叔叔，必须等她回来，方能谈到我的婚事。

“不料家母尚未回来，我那无良堂叔，便即连吓带骗，逼我嫁给仇人。……”

蒯一山一皱眉头，端起公证人的身份，打断姜雪君的话头，说道：“姜姑娘，事到如今，你的婚姻是否出于自愿，那倒是次要的问题了。我想先弄清楚一件事情，你口口声声说徐中岳是你的仇人，那就不仅仅是怀疑了。你是否认定令尊乃是被他所害?”

姜雪君斩钉截铁地道：“不错!”

蒯一山道：“你刚才已经说出令尊的真名，令尊生前，我虽然无缘与他相会，但据我所知，令尊姜志奇是和扬州大侠楚劲松齐名的。徐中岳的武功虽然不错，恐怕也还胜不过令尊。那即是说，他是不可能在武功上用什么阴毒的手法暗害令尊的了。这一点你同不同意?”

姜雪君道：“不错，单凭武功，徐中岳当然是不能害了家父的。”

蒯一山道：“那就只有一种下毒的法子了。但若是中毒身亡，尸体必有异状，决计瞒不过别人眼睛。令尊入殓之时，姑娘总该在场吧?”

姜雪君道:“我是在场。”

蓟一山冷冷说道:“那么请你老实告诉我，你看出了令尊有中毒的迹象没有?”

他自以为是已经抓着了姜雪君的话柄，要知姜雪君刚刚说过，她的父亲是怕她闹出事情，故此临终时候，才吩咐她的母亲瞒着她的。但若是她自己业已看了出来，那还怎肯嫁入徐家，这件事也早就应该闹出来了。

姜雪君的回答，大出他的意料之外。

“我是看不出来，但还是有人看得出来的。实不相瞒，家母扶柩回乡，为的就是要请那个人验明真相。”

蓟一山暗暗吃惊，厉声问道:“那人是谁?验明没有?”

就在此时，忽有一人越众而出，朗声说道:“那个人就是我。蓟大先生，你我相识多年，料想你不至于认为我没资格说话吧?”

这个人不但蓟一山认识，在场的人，过半数都认识他。他是有天下第一神医之称的叶隐农。

蓟一山当然不敢说他没有资格，只好点了点头。

叶隐农道:“好，那么我可以回答你的第二个问题了。真相已验明，姜志奇确是死于中毒!”正是:

请得神医来作证，要教孤女雪沉冤。

欲知后事如何?请听下回分解。

# 第三回　欺世盗名　假真莫辨
# 舍身毙敌　玉石俱焚

## 唐家子弟　穆家毒药

蒯一山道："中的是什么毒?"要知由神医叶隐农作出的论断，那是无可置疑的。蒯一山想替徐中岳开脱罪名，就只有从毒药的来源上做文章了。

叶隐农道："是一种能令血液中毒的药物，如何配方，我也未能深悉。据我所知，四川唐家有一种秘制的毒药，名为化血散，和杀害姜志奇的这种药物类似。"

徐中岳立刻说道："唐家的门规，江湖上的朋友都知道的。他家秘制的毒药配方从来不传外姓，也决不会把毒药送给外人使用。"

叶隐农道："我此来只是证明姜志奇乃是中毒身亡。至于是谁下的毒，我就管不着了。"

忽地有个人站出来道："蒯大先生，我想请叶大夫说清楚一件事情，请你允许。"

蒯一山道："阁下是……"

那人道："我姓唐名希舜，只因此事与我家有关，所以不能不问个清楚。"

他一报姓名，众人都是吃惊不小。原来四川唐家一向是很少和外人往来的，因此唐家的子弟，外人也很少相识。不过，因为唐家的名头太大，唐家主要人物的名字，则是众所周知。唐家目前的家长是唐天纵，他有两个儿子，长子名希尧，次子名希舜，正是如今站出来说话的这个人。

蒴一山吃了一惊，说道："原来是唐二公子。请说。"虽然他有言在先，不许"与本案无关的人"打岔，但也不敢不卖唐家的账。

唐希舜道："叶大夫，凶手是谁，你可以不管，但你总可以说出自己的看法。因为你刚才的说法，我恐怕有人误会是唐家下的毒。"

叶隐农道："不至于有这误会吧，因为我已说明那种药物只是和你们唐家的化血散类似而已。"

唐希舜道："可否请你解释得更清楚一些。"

叶隐农道："好！那么请恕我直言，唐家的化血散略有臭味，入口还容易察觉，那种药物却是无色、无臭、无味的，入口绝难察觉，死后也无中毒迹象，只能从尸体中已凝结的血块来化验。这种药物似乎比你们唐家的化血散还要厉害一些。"

唐希舜道："叶大夫果然不愧是当世第一名医，说得一点不差，佩服，佩服。但你可知这是谁家的毒药么?"

叶隐农笑道："医术方面，我或者比唐先生多懂一些，但说到有关毒药的学问，我和唐先生可差得太远了。有唐先生这样一位大行家在此，用不着我来妄自猜测了吧。请唐先生指教。"

唐希舜缓缓说道："别人都以为说到用毒的本领，我们唐家乃是天下第一，但我们唐家却不敢这样自负。因为还有一家姓穆的人家，他们用毒的本领，实是足以和我们争夺这个天下第一的名头的。穆家的毒功是他们的祖先大约在一百年前从我们唐家偷学到手的，经过了一百年各自研究，两家的毒功已是多少有了变化。我不敢说他们已是青出于蓝，但也的确有几种毒药，穆家秘方配制的比我们唐家已是更为厉害。你说的那种毒死姜志奇的药物，就是其中之一。"

叶隐农道："你说的可是穆氏双狐?"

唐希舜道："不错，她们姐妹是穆家现今仅存的衣钵传人。穆家数代单传，到了上一代，他家的男丁已死绝了。因此在那一代开始，穆家改变规矩。子女一视同仁。不似我们唐家规矩，只许传子，不许传女。”

徐中岳先发制人，立即说道：“好，事情现在已弄明白了，是穆家的毒药，与我无关！”

姜雪君道：“家父可是那天在和你喝酒之后，中毒身亡的！”

徐中岳道：“我和穆氏双狐素不相识，这是朋友们都知道的。穆家的毒药又怎能来到我的手中？”

姜雪君冷笑道：“你和穆家双狐不相识？这话只怕只有一半是真话吧？”

徐中岳道：“你这话是什么意思？”

姜雪君道：“银狐或者和你并不相识，但金狐可是你的好朋友的妻子啊！”

徐中岳心中虚怯，却故意作出冷蔑的神气道：“你不过做了几天我的名义上的妻子，我的朋友，你能知道多少？”

姜雪君道：“你别的朋友我或许不知，但你这个朋友我是知道的。金狐的丈夫是白驼山主宇文雷，你敢说你和他也是素不相识吗？”

徐中岳硬着头皮道：“不相识！”

姜雪君冷笑道：“真的吗？但据我所知，你最近似乎还见过他！”

徐中岳索性抵赖到底，说道：“你说我见过他，我说这是你捏造的谎话！”

蒯一山又再端起公证人的架子，咳了一声，说道：“姜姑娘，请问你从何得知。据我所知，白驼山远在藏边，白驼山主从未足履中原。”

唐希舜忽道：“蒯大先生，你错了，你是只知其一，不知其二。”

蒯一山道：“哦，什么其二？”

唐希舜道：“不错，白驼山主过去是从未到过中原，但现在，他可是正在京城。实不相瞒，我这次上京，也正是因为得知他们夫妇已经来到京城的消息，特地想来找他的夫人比一比毒功的！”

穆家的毒功是偷自唐家的，他们两家恩怨纠缠，这宗公案，也历时百年尚未了结。唐希舜要找金狐算账，自是不足为奇。但姜雪君得到他的帮忙却是意外的收获了。姜雪君心里想道：“由他说出来可比由我说出来好得多了。”

翦一山佯作诧异，说道：“真的吗？我可一点都不知道。”

唐希舜道：“你不知道，我可是除了知道其一之外，还知道其二、其三！”

翦一山无可奈何，只好问道：“什么其二、其三？”

唐希舜道：“其二是金狐早就离开白驼山的，听说她曾经到过洛阳；其三是前两天白驼山主曾到过御林军统领穆大人的府上，听说是穆统领的一位公子不知怎的被人掳去，后来是白驼山主替他找回来的，那天白驼山主就是把这位穆公子送回穆府。”

此事与穆府体面攸关，本是谁也不敢说出来的。但唐希舜却毫无顾忌的说出来了。要知唐家乃是天下最难惹的一家武学世家，人人都忌惮唐家的毒功，除了他谁也没有这个胆量。

说至此处，唐希舜忽地回过头来，问徐中岳道：“徐大侠，你真的没有见过白驼山主？”

徐中岳故作镇定，说道：“不错，我是住在穆统领家中，统领府每天人来人往，或许见过也说不定，但我却确实不知谁是白驼山主。”

唐希舜道：“真的吗？这可真是不巧了。我还想向你打听他们的消息呢。因为我听说白驼山主那天来到统领府，穆统领只是邀你作陪！”

徐中岳讷讷说道：“这，这个……”

唐希舜冷冷说道：“徐大侠，你不会说我听来的也是谣言吧？要不要我把证人请出来？”

那日，白驼山主把穆良驹送回统领府，穆志遥设宴招待，请徐中岳作陪一事，统领府中的卫士是有不少人知道的。这些卫士，此际差不多都在场中，不过换上便衣，冒充一般的江湖人物而已。

徐中岳知道，唐希舜敢于这样说话，自必是在这些卫士之中，有他的朋友。而以他的身份，倘若是要那个卫士出来作证的话，即使撇开交情不谈，那个卫士也不敢不依。因为出来作证，纵然不免要给长官处罚，未必会给处死；但若得罪了唐希舜，唐家使毒的手法可是防不胜防，只怕马上就要中毒身亡！

徐中岳无可奈何，只好说道："不错，是，是有这回事。不，不过穆统领只是称呼那人为宇文先生，可并没点明他的身份。我真、真的是并没想到，那位宇文先生，就，就是白驼山主。"这话他倒是从实招来的。

姜雪君冷笑道："白驼山主臭名昭彰，穆志遥自是不便点明他的身份。但复姓宇文的人却似乎不多吧？"

徐中岳道："你不肯相信我与白驼山主并非本来相识，那也只好由你。"

蒴一山道："唐二公子，多谢你告诉我们关于白驼山主的事情。但似乎不能据此就可以断定徐中岳是杀害姜志奇的凶手吧？"

唐希舜道："此案与我无关。我的目的，不过是要澄清杀害姜志奇的凶手不是我们唐家的人而已。"说罢，退过一边。

原来唐家在武林中的地位很是特殊，他们"自成一国"，倘若不是惹到他们头上，他们是决不会无缘无故卷入江湖中的纠纷的。他们当然不能算是"侠义道"，但也不能算是邪派人物。

这次他肯站出来帮姜雪君说话，除了要澄清唐家与此案无关之外，还有一个缘故。他为了要找金狐算账，曾与卫天元"交换情报"，因此他这样做，也可以说是对卫天元的一种酬报。他帮姜雪君的忙亦即是帮了卫天元的忙了。

唐家的传统作风是重视利害关系的，这种帮忙也只能是有限度的帮忙。

唐希舜暗自思量："我已经替姜雪君的指控作了一个有利于她的证明，当众揭出了徐中岳和白驼山主暗中勾结的事实，单凭这点，我帮卫天元的忙也算得是很不少了。犯不着为他再去得罪蒴大先生。"这么一想，虽然他对"蒴大先生"的行为不以为然，却也不想做得太过分了。

他哪知道这个"蒴大先生"并不是真的蒴大先生。蒴一山用他的哥哥身份出现，在场的人谁也看不出来。

不过唐希舜的另一个想法，却是所料不差的。

要知徐中岳是有“大侠”之名的，堂堂一个“中州大侠”，暗地里却和白驼山主这样的妖人勾结，的确是单凭这一点，就足以令他在武林中的声名一坠千丈。

尽管徐中岳极力辩称他并不知道那个穆统领的贵宾就是白驼山主，但在场的人，已是绝大多数不能相信他的话了。

当下，窃窃私议之声四起。

蒯一山见形势不妙，心里想道：“事到如今，徐中岳的声名恐怕是不能顾全了，唯有尽力替他辩解吧。”

无可奈何，他只好说道：“各位都知道蒯某为人，我一向是帮理不帮亲，决不会偏袒任何一方的。不错，我和徐中岳是老朋友，就我个人来说，我是相信他的话的。但即使退一步来说，就算他和白驼山主本来相识，那也不能证明他是用了白驼山主妻子金狐的毒药来害死姜志奇呀。

“不错，根据姜雪君的指控，她的父亲是在那天和徐中岳喝酒之后，晚上毒发身亡的。但唐二公子刚才也曾说过，这种毒药是可以由下毒者所用分量的多寡来控制受害者死亡的时间的，焉知姜志奇不是在和徐中岳喝酒之前就中了毒？而下毒的人就正是金狐本人？”

姜雪君冷笑道：“然则家父毒发身亡之前，对家母所说的那番话，你又如何解释？你若忘记了，我可以再说一遍。”

蒯一山道：“好，你再说一遍。”

姜雪君道：“家父对家母最后说的那几句话是：‘你不要急于替我报仇，暂时也不要告诉女儿，他、他在洛阳的势力太大，……’话未说完，家父便即毒发身亡！”

说至此处，姜雪君冷冷地盯着蒯一山道：“家父说的这个人总不会是金狐吧？”

蒯一山道：“不错，假如这几句话真的是令尊所说，这个人当然是指徐中岳无疑了。”

姜雪君道：“家母转述家父之言，难道还会有假？”

蒯一山道：“可惜当时只有你的母亲在场。”

姜雪君怒道：“你这话是什么意思？是怀疑我的母亲捏造谎

言么?”

蒯一山不慌不忙地道:“不,我没有这个意思,令堂也是江湖上闻名的女中豪杰,我岂能怀疑她的人格。而且据我所知,她一向是感激徐中岳对她一家的照顾,她决不会无缘无故捏造谎言来陷害徐中岳。”

姜雪君冷笑道:“家母对你说过感激徐中岳的话么?我是她的女儿,难道你比我知道得还更清楚?不过,你既然相信家母说的不是谎话,那还有什么值得怀疑?”

蒯一山道:“姜雪君,你是真的不懂,还是假装不懂。唉,我以忠厚为怀,本是不愿说出来的,你既然一定要我说,那我只能说出来吧。令堂不是会说假话的人,这点我决不怀疑。但却怀疑你的转述!因为令堂没有造谣陷害徐中岳的理由,但你却有!你背夫私恋,要想得到别人的同情,最好的办法,只有把徐中岳说成是你的杀父仇人!”

许多人本来是对徐中岳颇有怀疑的了,但一听蒯一山说的这番话也似乎言之有理,就不作声了。

蒯一山继续说道:“所以我说,可惜当时没有第三者在场,否则就可以证明你转述的令堂的那几句话,是否真的是令尊之言了!”

姜雪君道:“蒯大先生,你说完没有?”

蒯一山道:“好,你说吧。”

姜雪君道:“我说你是含血喷人,你是欺负家母死了,死无对证!”

有些人还未知道这件事的禁不住向旁人打听:“原来姜志奇的妻子也死了么,她是怎么死的?”这些人恪于“规矩”,不便直接向姜雪君发问。

姜雪君作了个罗圈揖,说道:“多谢各位对家父家母的关心,还是让我来回答各位的疑问了。家母是回到洛阳那天晚上被人暗杀的,杀害她的人是个外表道貌岸然,其实却是假仁假义的老奸巨滑!”

站在崖下草坪上的那些人,初时本以为姜雪君骂的那人是徐中岳的,但一听到后来,却好像有点不对了。有些人不觉心里在想:

"徐中岳还未到四十岁年纪，说他'巨滑'这还可以，但似乎不能说是'老奸'？"不知不觉之间，就把眼光移到了蒯一山身上。

蒯一山力持镇定，说道："我倒想知道这个被你形容为老奸巨滑的凶手是谁，你可以明白的说出来吗？"

姜雪君一声冷笑，说道："你还用得着问我吗？你做过的事你自己应该知道！"

蒯一山哼了一声道："你说的是我？"

姜雪君道："不错，就是你！"

蒯一山放声大笑："好在朋友们都知道蒯某为人！"

登时有许多人喝道："姜姑娘，此事非同小可，你可不能信口雌黄！""蒯大先生德高望重，他怎会去做出那等卑鄙事情？""姜姑娘，你不想嫁给徐中岳也还罢了，怎可诬蔑蒯大先生？你说他暗算你的母亲，请问有何证据？"

姜雪君等待众人喝骂的声音静下来的时候，方始说道："我有人证，也有物证！"

蒯一山道："人证是谁？"

卫天元朗声说道："是我，那天晚上，我是和雪君一起的。当我们发现她的母亲遭人暗算之时，凶手在她的惨叫声中逃跑，我立即追上去，清清楚楚，凶手不是别人，就是这位蒯大先生！"

蒯一山道："多谢你不打自招，原来那天晚上，你是和姜雪君一起的。请问你因何晚上与一个有夫之妇同在一起？"

卫天元道："随便你怎么想，这是我们两人的事情，用不着你多管！"

蒯一山道："你做姜雪君的证人，那我们就似乎应该管一管了。"他故意用"我们"两字，希望激起公愤。果然立即就有人说道："我不想用奸夫淫妇这四个字来骂你们，但若说奸夫可以为淫妇作证，这岂非天大的笑话？"这人是徐中岳的好朋友，少林派的还俗弟子印新磨。

那个古怪的声音忽地又响起来道："我们似乎不能因人废言，他们是否有私情那是一回事，他们的证据是否捏造那又是另一回事！"

翦大先生在武林中德高望重，场上崇拜他的人当然很多，但同情姜雪君的人也还是有的。那古怪的声音一收，登时就有人说道：“这话倒也不无道理，姜雪君是说过她有人证也有物证的。即使她的人证我们不能相信，也该让她拿出物证才对。”

场中议论纷纷，躲在秘魔崖上的翦大先生却是不禁悄悄叹了口气。

上官飞凤说道：“翦大先生，你是不是怪我帮雪君姐姐说话，逼得令弟没有转圜余地？”

原来那个古怪的声音就是她发出来的。这是她独门的“腹语”功夫。

翦大先生道：“我怎能怪你，我懂得你的苦心，你是想逼使他知难而退的。唉，但可惜……”

他没有说下去，但在他旁边的汤怀义和上官飞凤都已懂得，他是在叹息他的弟弟怙恶不悛，只怕是难以洗心革面的了。

果然他在沉默片刻之后，跟着说道：“我真想不到他变得这样邪恶，我是和他同时出生，一同长大的，我知道他就像知道自己一样。他的性情虽然怪僻，心地可并不坏。唉，他怎的会变成这个样子呢？”

上官飞凤道：“翦大先生，我知道你心里难过。但祸福无门，唯人自召。令弟若是怙恶不悛，你恐怕也只好、只好……”

翦大先生道：“上官姑娘，你不用劝我。迫不得已时，我会大义灭亲的。咱们按计划行事就是。”他的计划乃是在必要之时，和上官飞凤联手，废掉他弟弟的武功。他虽然口里说要“大义灭亲”，但此际他重提这个计划，其实仍是希望上官飞凤能够保留他弟弟的一条性命的。

上官飞凤不作声，只是注视场中的变化。

翦一山是冒充他哥哥的身份的，为了维持正人君子的面目，只好说道：“好吧，姜雪君，你有什么物证，请拿出来？”

姜雪君道：“我希望先弄清楚‘物证’这两个字的含义。比方说在暗杀一类案件，最重要的物证是什么？”

翦一山道：“我是被你指控的凶手，我不便回答。”

唐希舜道："我是局外人，让我就事论事，根据武林惯例，说一句公道话好不好？"他要说话，蒯一山当然不敢反对。

## 蒯家的独门武功

唐希舜回过头来，问姜雪君道："姜姑娘，令堂是否中毒死的？"

姜雪君道："不是。"

唐希舜道："那么，像这类不是用毒害人的暗杀案件，最佳的物证就是凶手有什么独门暗器或者兵刃之类留下来了。"

姜雪君道："没有。"

人丛中有人说道："蒯大先生是从来不用兵器的。"好像奇怪唐希舜怎会不知，若是知道，这一问岂不多余？

唐希舜缓缓说道："我只是按照惯例发问，并非来判断谁是凶手的。"

姜雪君道："那么请问除了独门暗器或兵刃之外，还有什么可以算作物证？"

唐希舜道："如果从死者身上的伤痕，可以看出是谁的独门武功，那也可以算作是有力的物证了。"

姜雪君道："家母身上并无伤痕，但她死的时候，太阳穴坟起，脑袋却软得好像棉花一般。"

唐希舜仍然只是想作有限度的帮忙，问到此处，便即说道："如此说来，令堂是被一种极为怪异的掌力所毙的。但这是何家何派的独门武功，请恕在下孤陋寡闻，却是不知。在下也不想过问了。"说罢，对蒯一山一揖告退。火把映照之下，蒯一山的面色越发显得铁青。

卫天元道："据我所知，这是把绵掌和大金刚手练得合而为一的掌力，能伤内脏，也能把人体内的骨头震得一触即碎的好像用面粉捏成的粉状凝固物体，而外表则没有伤痕。这种绵掌与大金刚手合而为一的掌力，乃是蒯家的独门武功！"

姜雪君冷冷说道："物证业已指明，蒯千崖，你还有何话说？"

“千崖”是蒯大先生的本名。

蒯一山没有说话，只是嘿嘿冷笑。

他没说话，但却有人替他说话了。

是八卦掌的掌门人王殿英和梅花拳的掌门人梅清风。

这两个人是蒯大先生的好朋友，这次蒯大先生和徐中岳一起住在穆志遥的统领府中，他们心里是有点奇怪，也有点怀疑的。但此际，在听到了卫天元的指控之后，他们倒是为好友放下了心上的一块石头了。

八卦掌的掌门人王殿英哈哈笑道：“卫天元，可惜你是只知其一，不知其二!”

卫天元道：“什么其二?”

王殿英道：“不错，你说的那种刚柔合练的掌力的确是蒯家的独门武功，但可惜蒯大先生却还没有练成他的家传绝学。”

梅花拳的掌门人梅清风接着也道：“蒯大先生和我们是几十年的老朋友，他是决不会对我们藏私的。不久之前，我还与他切磋武功，据我所知，他的大金刚手已有开碑裂石之能，绵掌的功夫也已练到可以隔物传功的境界。但若说到把这两种掌力合而为一，他却还是未能做到的，恐怕最少还得苦练五年吧。”

蒯一山故意苦笑道：“梅兄，你太看得起我了。我年已老迈，现在还没练成，只怕今生也是没有指望的了。”

卫天元冷笑道：“你倒是谦虚得很，但可惜你却是在真人面前胡说假话!”

回过头来，对王殿英和梅清风道：“他怎样和你们切磋武功，我不知道。但我却是和他真正交过手的，并非试招可比。据我所知，他的武功远远比你们所说的为高!”

王梅二人变了脸色，不约而同地说道：“你怀疑我们是帮他说假话吗?”

唐希舜道：“两位不必争执，是真是假，一试便知。”

跟着，飞马镖局的总镖头马如龙也道：“不错，反正蒯大先生已是接受了卫天元的指名挑战的，不如就让他们打过了再说吧。”飞马镖局是北京城里仅次于震远镖局的第二大镖局，但马如龙却没有汤怀远那样老成持重，他性喜热闹，某些方面，甚至可以说是“好事之徒”。

人同此心，心同此理。场中的三山五岳人马，绝大多数都是抱着观战的目的来的。虽然按照武林惯例，比武之前，道理不能不讲，但这也只是“循例”而已。即使那些参加“评理”的人，最终的目的，也是希望能够看到大打一场，才能满足他们的要求。这些人对双方的辩论，亦已是感到有点厌烦了。因此，当马如龙提出“打过再说”的主张之后，登时就有许多人随声附和。

箭在弦上，蓟一山是不能不挺身应战了。

蓟一山道：“好，你虽然是指名向我们两个人挑战，但徐大侠有他自己的‘家务事’需要料理，以我的身份，也不能占你的便宜，就让我和你单打独斗吧！”

他所说的“家务事”，用不着加以解释，谁也懂得是说徐中岳和姜雪君这件“夫妻”变成“仇人”的“家务事”了。

马如龙这个“好事之徒”，立即拍掌附和，哈哈笑道：“对呀，他们这对当真是公说公有理，婆说婆有理，清官尚且难审，我们更是无从判断他们的是非曲直了。最好是让他们也单打独斗一场！”

姜雪君冷若冰霜的目光射向马如龙，但却没有说话。

唐希舜走到他的身边小声说道：“马镖头，请你说话正经一些。人家姜姑娘早已认定了徐中岳是她的杀父仇人，而且他们也未曾拜堂成亲，你怎能把他们当作夫妻？”

马如龙亦已自知失言，尴尬笑道：“朋友们都知道我有爱说疯话的毛病，多谢你的指教。一客不烦二主，最好还是请你作公证人吧。”

要知此际“评理”的阶段已告结束，双方已是到了“两阵对圆”的时候了。蓟一山是决斗的一方，当然不能由他再作公证。

唐希舜道：“其实也用不着什么公证人了，只须问问姜姑娘是否愿意接受你替她画出的道儿？”

他这话也是谁都听得懂的。这不是一般的比武，而是为了报父母之仇的决斗。这种决斗当然不会是“点到即止”，而是“除死方休”。“除死方休”哪还何须旁人替他们定出胜负？

姜雪君面对唐希舜点了点头，说道："多谢你为我说了两句公道话。徐中岳是我的杀父仇人，我愿意和他单独了断。"

徐中岳心里大喜，想道："飞天神龙我是打他不过，你这婆娘我可不信会输给你。"当下装作伤心欲绝的多情模样，叹口气道："雪君，你执意与我决斗，恩断义绝，夫复何言。我也只有随你的意了。生不能同衾，能够与你同归于尽，那也很好。"

唐希舜眉头一皱，说道："既然你们同意接受马镖头画出的道儿，大家也不必多说题外的话了。现在由蓢大先生和卫天元打第一场，不论生死胜负，第一场结束之后，姜雪君与徐中岳再作决斗！"

蓢一山暗中蓄劲，摆出前辈身份，喝道："卫天元，你进招吧！"

卫天元道："好，今日不是你死，便是我亡！"出手快如闪电，一抓就向蓢一山肩头的琵琶骨抓下去。

场中有识货的行家禁不住叫了起来："咦，这不是齐家的龙爪手吗？"

这人是北京的老拳师罗秉章，是蓢大先生的老朋友，二十年前曾经见过齐燕然使这一招龙爪手的。他深知这一招的厉害，但却不知卫天元是齐燕然亲手调教出来的徒孙。

他和蓢大先生是老朋友，蓢大先生的武功深浅如何，他当然也是心中有数。禁不住想道："飞天神龙即使没有学全齐家的武功，只凭这一招龙爪手，蓢大先生恐怕已是抵敌不住？"

哪知心念未已，蓢一山已是把卫天元这一招龙爪手破解了。

他只是随随便便的反手一掌，攻中带守，就迫得卫天元立即变招。

看似轻描淡写，其实这一掌已是他毕生功力之所聚。不过，他所用的招数仍是正宗的大金刚手招数。而且他用的这一招"金刚伏魔"，也正是他的哥哥——真正的"蓢大先生"平日最喜欢用的一招。

功力是旁人看不出来的，只有身受者知道。故此，罗秉章、梅清风、王殿英等人虽然不禁都是有点诧异，却也只道是卫天元的齐家武功学得还未到家。

卫天元在片刻之间变了八种掌法，八种掌法包含齐家的六种不同武功。招数固然狠辣异常，而看得出是齐家武功的人更加吃惊，因为齐家任何一种武功都是足以制一流高手以死命的。

此时已经有人悄悄地告诉了罗秉章，罗秉章方始知道卫天元的师门来历。

罗秉章禁不住心头战栗，和王殿英、梅清风说道："齐家武功天下第一，这名头可不是侥幸得来的。他即使学得不到家，翦大先生恐怕也有性命之忧。你们两位都是翦大先生的好朋友，不忍见他这样一个老好人死于姓卫这小魔头之手吧？"

梅清风叹口气道："你也不是不知翦大先生的为人，他是言出必行的。他说过和卫天元单打独斗，怎能要咱们帮他？"

罗秉章道："你忍心看见他被飞天神龙打死吗？"

梅清风叹道："生死事小，信誉事大。只怕他是宁愿战死在卫天元手里，也不愿咱们出手助他。"

一直没有说话的王殿英，此时忽地"咦"了一声，说道："奇怪。"

罗秉章道："什么奇怪？"

王殿英道："飞天神龙的本领固然是出乎咱们意料之外，但翦大先生的武功似乎亦已是大胜从前。"

此时他们打得越发激烈了。只见卫天元高呼酣斗，手脚起处，全带劲风。但翦大先生却往往是轻飘飘的一掌拍出，就逼得卫天元不能不向后退。站在周围的人，固然感觉得到卫天元的掌力有如天风海雨逼人而来，但在翦大先生出掌之时，他们也感觉得到如受一股暗流冲击。周围的人立足不稳，逐渐后退，腾出了一大片空地。

卫天元打得十分凶猛，身形却是不住向后移动。翦大先生一声不响，却已是转守为攻。不知不觉之间，把卫天元逼得退到岩石的旁边了。站在翦大先生这边的人都松了口气，心里想道："毕竟姜是老的辣！"

秘魔崖是一块倒垂的硕大无朋的岩石，卫天元被逼到崖边，那已是退无可退了！

此时连上官飞凤都不禁有点为他担心了。

按照翦大先生和她所定的计划，他们是早就该出手的。由翦大先生去揭破弟弟的假冒，她则立即用“幻剑”与卫天元合力将翦一山制伏的。

但奇怪的是，翦大先生却一直没有表示。他们是说好了由翦大先生发号施令的。

上官飞凤忍不住道：“卫天元已被逼到崖边，我看，应该是出手的时机了。”

翦大先生道：“且慢，且慢！”他凝神观战，神色似乎显得一片迷茫。

上官飞凤心中一动，想道：“莫非卫天元是有意诱敌？”凭她的武学见识，她看得出卫翦两人的武功是在伯仲之间，卫天元纵然稍有不如，但也不至于给翦一山逼得步步后退的。

翦大先生忽地又好似自言自语地喃喃说道：“奇怪，奇怪！他是谁？他是谁？”

上官飞凤莫名其妙，正想问他“他是谁”是什么意思，但已是无暇发问了。一个令人意想不到的变化，吸引了她的注意力。

卫天元在间不容发之际，突然从翦一山身旁斜掠出去。

他的身法奇妙之极，旁人还未看得清楚，他已脱出险境。而且当他从翦一山身旁掠过之时，还反手给了翦一山一掌。

翦一山挥袖一拂，只听得“啪”的一声，卫天元的手掌好像打在铁板上似的，说时迟，那时快，翦一山亦已转过身来了。他的衣袖被掌力所震，此时方始开了一道裂缝。

王殿英全神观战，卫天元的身法固然令他吃惊，翦一山的这一下还击也是他始料之所不及，禁不住“啊呀”一声叫了出来，心里想道：“想不到翦大先生的内功竟是如此深厚，看来前几天他和我试招，乃是故意让我的了。”

卫天元笑道：“我伤不了你，你也伤不了我，但你的衣袖已给我毁了，算你输了半招吧。还敢不敢再打？”其实翦一山能以衣袖抵挡他的铁掌，这份功夫是只有在他之上，决不在他之下的。

翦一山哼了一声，喝道：“有胆的，你莫逃！”卫天元身法快极，转眼间已掠出七八丈外，但翦一山也不慢，如影随形，跟踪追上。卫天元心里暗笑："你这老鬼，终须也着了我的道儿!"原来他倒不是有意贬低对方武功，而是恐怕蓟一山不肯上当，用的激将之计。

蓟大先生在秘魔崖上观战，脸上那副茫然的神色越发重了，喃喃说道："奇怪！奇怪！不对，不对!"

上官飞凤虽然还是不能完全明白他的话中含意，但也隐隐猜到几分，起了思疑的了。要知蓟一山是因练功不慎，走火入魔，以致半身不遂的。按常理说，半身不遂的人，即使在完全医好之后，轻功也练不到那么高明的境界的。上官飞凤心想："蓟大先生的奇怪大概是指此而言，但'不对'又是说的什么呢?"

卫天元和蓟一山再度交锋，出招比前缓慢得多，但蓟一山却反而没有刚才那样轻松了。王殿英等武林高手看得出来，他们两人已是进入内力比拼的阶段。蓟一山似乎稍占上风，但也决不能在一时间可以分出胜败。

卫天元和蓟一山过了几招，忽地说道："梅掌门、王掌门、罗师傅，你们三人是正人君子，请你们去看看那块岩石!"

双方比拼内力，胜负未决之前，那是谁也不能摆脱的。蓟一山目露凶光，杀机陡然，猛的一掌劈下。卫天元说话分神，这一掌就不免吃了亏了。

双掌相交，声如郁雷。卫天元哼了一声，倒退三步，嘴角沁出血丝。

但他仍在说道："马总镖头，你说话虽然不大正经，但为人正派，我也还是相信得过的。请你也作个证人，和他们三位一起，过去看看那块岩石!"

马如龙本来是个性喜热闹的"好事之徒"，卫天元未说他已是心痒难熬，待得卫天元这么一说，他自是欣然应命了。当下哈哈笑道："飞天神龙，我不管你是正是邪，有新鲜的事儿可看，我老马总是要去看看的。多谢你信得过我，我也不必做什么证人啦。"他摆明了只是看热闹的，大摇大摆的就跟在王殿英等人之后，向那块岩石走过去。

卫天元退而复上，负伤力战，仍是和蓟一山缠斗不休。

蒯一山一来是摆脱不了他的缠斗，二来在马如龙说了这番话之后，他亦是不能阻止的了。

王、罗、梅、马四人来到那块岩石下面，那块岩石是卫天元刚才背靠着它与蒯一山激战的。

罗秉章惴惴不安，端详片刻，喃喃说道：“这块岩石似乎并没有什么古怪之处呀？”

八卦掌的掌门人王殿英最为正直，但因与蒯大先生多年老友的关系，他举起手来，想摸那块岩石却还不敢摸下去。

梅花拳的掌门人梅清风在王殿英旁边，面色沉重，心里也隐隐猜到几分了。但他与王殿英一样心思，暗自想道：“蒯大先生为什么要隐瞒自己的武功呢？难道他真的是杀害姜夫人的凶手？他的谎言若给拆穿，那就对他大大不利了。这证人还是让别人做吧！”

倒是那个声明不做证人的马如龙忍耐不住，他见王殿英不敢摸下去，便即说道：“是呀，这岩石表面看来没什么古怪，但不知内里可有古怪？待我摸一摸试试。”

一摸下去，内里的“古怪”果然立即就出现在他们的面前。

一摸之下，只见粒状的碎石簌簌而落，有的小石块甚至在一摸之下变成粉末！

那块岩石又大又厚，当然不可能全部变成碎粒和粉末，但剥落的一层也有约莫一寸厚。不问可知，是给蒯一山的掌力震得石质松化所致的了，这一掌力也是足以震世骇俗了。这刹那间，他们四个人都是目瞪口呆，说不出话来！

马如龙呆了片刻，说道：“王掌门，你见多识广，请问这是什么武功，如此厉害？”

王殿英没有答他，却叹了口气，回过头来，对罗秉章和梅清风道：“你们看呢？”

罗秉章也不敢独自发言，说道：“不如咱们同时说出来，看看是否所见略同？”

“这是金刚手和绵掌合而为一的掌力！”三人同时说出来了，不是“略同”，而是完全一样！

王殿英面色铁青，沉声说道：“蒯大先生，恭喜你练成了家传的武林绝学，却为何对老朋友也加隐瞒？”

此言出自王殿英之口，登时好像大石投下波心，全场为之震动。

要知姜志奇的妻子被人暗杀，卫天元指控“翦大先生”是杀人凶手，最有力的证据就是他所用的独门武功。而对这个指控的否认，最有力的证据，也正就是王殿英等人替“翦大先生”作了证明，证明他根本就没有练成这种家传的独门武功。

但现在替“翦大先生”作过证明的人，却亲口说出刚好是完全相反的事实了，也等于是反过来作了卫天元的证人了！静默片刻，场中哗然之声大作，人人都在看着“翦大先生”，看他有何话说？

翦一山沉声说道：“你们相信我也好，不相信我也好，现在我是和飞天神龙在作生死决斗！一切都要等待这场决斗过了再说！”

他这话也说得未尝无理，生死关头，他岂能向众人从容解释？而且尽管他练成家传武功这件事实和姜夫人被害的这件事实有极大关系，但毕竟未能在两者之间画上等号。

他口中说话，出手却丝毫不缓，一掌接着一掌，攻得越发急了。卫天元在他排山倒海般的掌力攻击之下，那是绝不可单独罢手的，别的人也没有这个本领将他们分开。

激战中卫天元又硬接了翦一山的一掌，一条血线从他的嘴角流出来了。

马如龙低声说道：“你们不劝翦大先生罢手，卫天元只怕性命不保。这、这岂不是让、让他……”底下的话马如龙没说出来，但王殿英等人当然明白，他要说的是“杀人灭口”这四个字。

王殿英神色郁怒，看得出他是内心交战，但终于他还是只能叹了口气。

## 第三个翦大先生

就在此时，忽听得一个苍老的声音喝道：“什么人胆敢冒充我的弟弟！”

突然飞出一道剑光，刺向那人的咽喉——正是上官飞凤的幻剑。

一个身材高大的老人突然从秘魔崖上跳下来。

众人一见这个老人和场中那个自称“翦大先生”的人一模一样，无不诧异！

有些人是知道翦大先生有一个孪生兄弟的，早已有点怀疑那个人是“翦二先生”了，但却想不到连“翦二先生”也是假冒。听到翦大先生揭穿真相，更是吃惊。

那个假冒“翦大先生”的人，一声大喝：“翦千崖，谁叫你来多管闲事，你这是自己找死！”大喝声中，一掌震退卫天元，立即就向真的翦大先生扑去！

突然远处有个声音传来：“慕容老怪，休得伤害我兄！”

接着只听得叮叮之声，宛如繁弦急奏。原来这个人是跛了一足，手中拿着一根铁拐杖，以拐杖点地，跳跃而来的。

又是一个和翦大先生相貌一模一样的人。不过众人都已知道，这个人才是真的“翦二先生”，亦即是翦大先生的弟弟翦一山了。

翦一山来得快极，他的声音初起之时好像还隔着一个山坳，转瞬之间，就来到了秘魔崖上。

他来得虽快，但还是迟了。

只听得“砰”的一声，翦大先生摔出了三丈开外。

但就在那人一掌击翻翦大先生之时，斜刺里突然飞出一道剑光，刺向他的咽喉，这一剑也是快到极点。

是上官飞凤的“幻剑”。“幻剑”不但来得快，而且是从那人意想不到的方位刺来。

那人武功奇高，左手骈指一弹，右掌仍是向翦大先生劈下。

但这一弹却没弹着“幻剑”，上官飞凤的剑锋已是从他的面门划过，声如划破皮革，那人的面皮突然裂开。

也幸好有上官飞凤这一下奇袭，虽然未能令那妖人受创，却也削弱他击向翦大先生那一掌的威力。

不过，翦大先生也还是受了重伤。他摔出三丈开外，爬也爬不起来。王殿英、梅清风等人赶忙上前施救。

从那妖人对翦大先生痛下杀手，到上官飞凤出剑对妖人奇袭，几下连环动作，不过刹那间事。

翦一山来到了。一见哥哥受伤，又惊又怒！

翦一山飞快跑来，叫道："哥哥，是我错了。你、你、你怎么样?"

翦大先生受伤之后，初时还不觉得怎样，渐渐感觉寒冷，此时已是冷得牙关打战，他忍着痛苦，嘶叫道："你还不赶快给我报仇?"

翦一山抬眼一望，只见那妖人双掌翻飞，卫天元和上官飞凤竟似有抵敌不住之势，要不是上官飞凤的剑法奇幻无比，卫天元恐怕早已被他伤了。翦一山略一迟疑，心里想道："我若是先救哥哥，这两人只怕性命难保。"主意打定，大吼一声，便向那妖人扑去。

那妖人冷笑道："翦一山，你当初对我说过什么话来?"

翦一山道："不错，你于我有恩，我是要报答你的。但我不是已经把家传的武功，拿来与你交换了么?"

那妖人道："你受的是什么恩，为何不说清楚? 哼，你受的是活命之恩！我传了你逆练真气的法子，你才能解脱走火入魔之厄；我又用了五年功夫，治好了你的半身不遂之症，令你的武功恢复如初。你说过甘愿赴汤蹈火，报答我大恩的!"

翦一山喝道："别的事也还罢了，你伤了我的哥哥，我决不能饶你!"

那妖人冷笑道："忘恩负义的家伙，你要杀我，那就来吧，算我当初瞎了眼睛!"

翦一山大怒喝道："慕容垂，你听着，大丈夫恩怨分明，今日我就和你算算恩仇总账。不错，你医好了我，但却也是为了利用我的。你得了我翦家的武功，又冒我之名为恶，这些我都不和你计较。但你伤了我的哥哥，我非杀死你不可！我这身武功，是你帮我恢复的，你死了之后，我把这身武功还给你就是!"说罢，举起拐杖，朝那妖人打下。

那妖人左掌荡开上官飞凤的剑招，右掌一带，将铁拐引过一边，冷笑道："翦一山，你拼着自废武功，也要杀我吗? 但你这话，说了等于没说!"

翦一山怒道："我这话是当着天下英雄说的，你以为我会像你这样无耻抵赖！”

那妖人冷笑道：“你真的不懂我的意思？你要杀我，恐怕也没那么容易吧？我若拼了一死，和你相斗，你即使不死，也非重伤不可，那时，你的武功不用自废，亦已废了。无论如何，咱们总算有过一段交情，你又何苦，定要与我拼个两败俱伤。”他一面说话，一面抵挡三个人的进攻，竟然还是抵敌得住。

蓢一山冷冷说道：“我可以把性命赔给你，但你可别想我能饶你！”拐杖翻飞，攻势更劲。

在蓢一山向那妖人指名喝骂之后，众人方始知道这个妖人名叫慕容垂，但却是没人知道这慕容垂是什么来历。

众人看了片刻，不觉都是大为诧异。

当慕容垂和卫天元单打独斗之时，虽然是他略占上风，但两人的武功似乎也是相差不远。

到了上官飞凤与卫天元联手斗他的时候，他虽然抵敌得住，但已显然转处下风了。

蓢一山的武功是只有在卫天元与上官飞凤之上，决不会在他们之下的。但说也奇怪，到了三人合力围攻慕容垂的时候，慕容垂反而似乎没有刚才那样吃力，虽然守多攻少，却是可以扳成平手了。

激斗中慕容垂的脸上突然出现一层青气，欺到卫天元身前，一掌拍下。

蓢一山叫道：“小心他的寒冰掌！”

慕容垂的掌势来得急劲之极，卫天元想要避开已是不能，只好和他硬对一掌。

双掌相交，卫天元只觉好像碰着了一块烧红的铁板一般，登时浑身发热，闷热得几乎透不过气来，只好跃出圈子。

他伤上加伤，已是无力助战，只能坐在地上喘气。

慕容垂笑道：“这是火焰刀，不是寒冰掌。你哥哥中的才是我的寒冰掌！”

蓢一山大吃一惊，不觉向哥哥望去。他稍一分神，给慕容垂一轮猛攻，攻得他手忙脚乱。

蓢大先生在梅清风、王殿英等人合力施救之下，虽然冷得如坠冰窟，却还可以忍受。沉声喝道：“目中有敌，心中无敌。你忘了么？我还活着呢！”“目中有敌，心中无敌”乃是翦家家传的对敌口诀。翦一山一凛，连忙镇摄心神，凝神应战。

翦大先生喘过口气，和王殿英等人说道：“我知道这个慕容老怪是什么人了。他是白驼山主宇文雷的师兄，寒冰掌与火焰刀正是白驼山这一派的邪门武功！”他是在听见这两种武功的名字之后，方始想起的。

他一说出慕容垂的来历，王殿英等也都恍然大悟了。原来寒冰掌与火焰刀虽然非常厉害，但也极其耗损真气。慕容垂与卫天元交手的时候，不敢使用这两种武功，一来是怕暴露身份，二来也是不愿耗损真气之故。因为他用翦家的武功已足应付。

翦一山攻势急劲，心情也是极其焦急。他是深知寒冰掌的厉害的，倘若不能赶快结束这场战斗，哥哥的性命只怕难保。

慕容垂猜透他的心思，守稳门户，冷冷说道：“翦千崖，不错，你现在还是活着，但你是决计活不过三天的了。翦一山，你若想保全令兄性命，我劝你还是别要和我作对的好。你应该知道，火焰刀与寒冰掌之伤，是只有我才能医的！”

翦一山急怒交加，拐杖打出去，不知不觉，章法已乱。

翦大先生沉声喝道：“弟弟，听着，死生事小，你切不可为我玷辱家门！目中有敌，心中无敌，怎么你又忘了？”

翦一山道：“哥哥，你教训得对。我误交匪人，已是玷辱家门，一错不能再错了。”

但尽管他在说了此话之后，便即强摄心神，但心中有所挂牵，却是无论如何，也达不到“目中有敌，心中无敌”的境界。

激斗中慕容垂一个“龙形穿掌”，斜身滑步，侧袭翦一山。翦一山横掌一封，挡了个空。慕容垂的掌势已是忽地中途转向，闪电般地就拍到了上官飞凤的后心。他这一下“声东击西”的打法，变化之奇，出手之快，竟是不在上官飞凤的“幻剑”之下。

上官飞凤头也不回，反手就是一剑。这刹那间，双方超卓的武功，都已抖露出来。

她的背后就似长着眼睛一样，剑尖对准了慕容垂掌心的“劳宫穴”。“劳宫穴”倘被刺穿，慕容垂所练的邪派内功，最少也得废掉一半。

慕容垂变掌为指，中指一弹，“铮”的一去，弹个正着。

上官飞凤的剑并没给他弹出手去，但已是不由自己地打了一个寒噤。这刹那间，她只觉一股冷气从剑尖上传到她的掌心，自掌心迅速侵入她的体内。原来慕容垂已经练成了“隔物传功”本领，只须碰着对方所握的兵刃，便即可以伤人。

慕容垂哈哈笑道：“翦老二，你看清楚了吧，这才是寒冰掌！”

哪知笑声未绝，上官飞凤的剑尖本是在颤动不休，看来已是掌握不牢的，却突然抖起无数剑花，连人带剑，扑到了慕容垂身上！

掌风剑影之中，两人倏地由合而分。慕容垂一声狂号，好像受了伤的野兽，上官飞凤则已倒纵出三丈开外。

原来在这瞬息之间，慕容垂身上已是受了三处剑伤。

上官飞凤冷汗湿透衣裳，心里也在暗暗叫了一声“侥幸”。这一招她用得险极，也幸亏慕容垂的“隔物传功”尚未练到炉火纯青境界，隔着一把长剑，阴煞之气传到她的身上，威力已是打了折扣。否则，她虽然练有独门内功，只怕也得大病一场。

这一下突如其来的变化，看得众人目定口呆。慕容垂寒冰掌的厉害，固然令人震惊；上官飞凤的“幻剑”之奇幻，更是令得场中的剑术名家都不敢相信自己的眼睛。

但一浪高于一浪，众人心神未定，眼前又已出现了更其惨酷的场面。

慕容垂好像发了狂的野兽扑上前去，翦一山的铁拐竟然给他震得飞上半空！

紧接着只听得“蓬”的一声，两人都是双掌齐出，硬对硬地碰上了！

慕容垂晃了一晃，好像一根木头似的倒下去。口里还在叫道：“你，你们还、还不赶快……”但这句话他已是说不完全了，“动手”二字叫不出来，鲜血倒是从七窍之中流出来了。他在地上动了两下，身躯忽地蜷缩，好像变成了一团肉泥。

也不知翦一山是否受伤，不过他的嘴角已见有血流出。他抹去血迹，哼了一声冷笑道：“萷家的武功，你还差那么一截儿。你冒充我，也只是差这一点你还冒充不来！”

原来慕容垂身受剑伤，已是不能使用火焰刀与寒冰掌了，只能用他练成未久的大金刚手与绵掌合而为一的掌力，一用到萷家的武功，他当然是比不过萷一山了。

不过，萷一山伤得虽然不算很重，但亦已是疲态毕呈，当他转过身向他哥哥走过去的时候，身子已是摇摇晃晃。

忽地众人只觉眼睛一亮，原来是一支蛇焰箭射上空中。蛇焰箭通常是用来作讯号的，箭一射出去，就带着一溜蓝色的火焰直上遥空。

有经验的江湖人物一见蛇焰箭，就知必将是有大事发生了。

果然是一波未平，一波又起……

好像预先约好似的，四面八方，许多人异口同声喝道：“飞天神龙为患武林，作恶多端，咱们决不能将这大魔头放了！”

于是有的人在叫要报“杀父之仇”，有的人喝骂要报“夺妻之辱”，有的人要为朋友两肋插刀，有的人要为师门挽回面子。根据他们的说法，他们的师长和朋友都是受过卫天元欺侮的。

四面八方，少说也有几十人之多，一窝蜂地抢上前去围攻卫天元。

这些人说得好像煞有介事，其实都是一派胡言。

在此之前，这些人十之八九和卫天元还是未见过面的，哪来许多仇恨？他们不过是奉命行事而已。

在他们背后的主子就是御林军统领穆志遥。穆志遥当然不会在这种场合露面。

萷一山正在向哥哥跑去，萷大先生用尽气力喝道：“救朋友要紧！”

这件事情是早就在他的意料之中的。但始料之所不及的是，不但他自己受了伤，卫天元和上官飞凤也都受了伤了。上官飞凤的“幻剑”若是使不出来，她的“幻剑灵旗”还能有效么？现在他只能寄望于弟弟了。但他却不知道，他的弟弟也是受了伤的。

说时迟，那时快，已是有三个人抢先跑到了卫天元身边。

这三个人是穆志遥手下的一等卫士，但若把他们的武功拿来与武林中的一流高手相比，则还是相差甚远的。

穆志遥这次请来对付卫天元的人，其中也不乏真正的一流高手，不过，也正因为他们是真正的一流高手，多少要顾着一点身份，自是不屑与卫士争功，去打一个受了重伤的人。

卫天元盘膝坐在地上，恍若视而不见，听而不闻。

三名卫士，口中喝着要报父母之仇，手里刀枪齐举，向卫天元斫戮！

卫天元蓦地一声大喝，双臂一振，一支长矛，一杆花枪飞上半空。

“你们见鬼去吧！”大喝声中，卫天元已是把左右两名卫士抓了起来，好像抓着稻草人似的抛了出去。第一名卫士摔得头破血流，爬也爬不起来。第二名卫士更惨，他给卫天元抛出去，恰好碰着第三名卫士，额头碰着额头，一声惨呼，两个人同时毙命。

跟着跑来的几名卫士，不觉都是大吃一惊，急忙止步。

卫天元冷笑道：“你们有多少个父亲，好，都算是我杀的吧，我也不在乎多杀几个！要报仇的赶快来！”

这几个人都是穆志遥的卫士，抱着同样心思，以为卫天元业已受了重伤，这才敢来争功的。一见卫天元居然还能发掌毙敌，哪里还敢向前？卫天元作势反击，顿时把他们吓跑。

但接着来的两个，却不是等闲之辈了。一个是少林派的还俗弟子印新磨，一个是崆峒派四大弟子之一的司马都。这两个人可是真正的一流高手。

卫天元冷笑道：“你们是来报杀父之仇还是来报夺妻之辱？”

司马都面上一红，喝道：“我是看不过眼你的猖狂，嘿，嘿，听说你的武功是齐勒铭所传，我偏不信邪，倒要看看你这号称天下第一的齐家武功有多厉害！”其实他也是被穆志遥收买了的，所谓要见识齐家的武功云云，不过是为了维持自己一流高手的面子而已。

卫天元冷笑道：“你的武功如何，我不知道。你的面皮之厚，我却是甘拜下风。不过，看在你面皮厚的份上，我也不能让你失望。就让你见识见识齐家的十分之一的武功吧。”谁都听得懂他的意思，这话的弦外之音是，他如今所能施展的武功是只有原来所学的十分之一了。

王殿英愤然说道：“不要脸，欺负别人受伤，才敢讨教，崆峒派的面子都给你丢尽了。”

司马都满面通红，只当听不见，沉腰坐马，使出“通臂拳”，就向卫天元小腹捣去。通臂拳乃是长拳，拳重力沉，他是蓄意和卫天元硬碰硬打的。

卫天元小腹一收，像一张纸似的贴在石壁上。手掌轻轻一拨，反切司马都脉门。司马都一拳打歪，几乎碰着石壁，慌忙收招。卫天元这一招虽然占了上风，但印新磨却已看出他的确是受伤不轻了。否则这一拨就能借力打力，令得司马都整个人都摔到那块凸出的崖石上。

印新磨倒是比较坦白，他见司马都抵敌不住，挥舞禅杖，便即加入战团，喝道：“我和徐大侠是好朋友，用不着别的理由我就可以杀你！”

卫天元哼了一声道：“那你最好先给自己念往生咒！”他贴着石壁，避免背腹受敌，和两大高手周旋。

秘魔崖形如狮子张嘴，卫天元站在咽喉部位，背靠石壁作战，地形倒是对他相当有利。要来攻击他的人虽然很多，却是插不进手去。

不过所谓“有利”，也只是拖延时间而已。即使他能够击败印新磨和司马都，跟着必定有人补上。敌方高手源源而来，在车轮战之下，终须还是丧命无疑。何况他就是对付眼前这两个强敌，亦已渐渐支持不住了。

唯一可以替他解困的，就只有上官飞凤了。但可惜她亦已是被人堵截，闯不过去。

那些人早已知道上官飞凤的厉害，蛇焰箭的讯号一发，立即分出人手来对付她。而且堵截她的都是一流高手。

上官飞凤被慕容垂的“隔物传功”所伤，侵入她体内的阴煞之气虽然不多，伤得也不算重。但“幻剑”的威力却是不免打了折扣。她伤了两名高手，随即便给困在核心。根本就腾不出手来打起她父亲的旗号。

蒯一山回过来，向上官飞凤走去。他走得很慢，显然受伤也是不轻。

不过，他来得却也恰是时候。

那些人见他走路都好似有气没力的样子，根本就不理会他。

只有一个与他有点交情的人冷冷说道："蒯二先生，你已经报了兄仇，这件闲事，你就不必理了。"

蒯一山咳了一声，说道："不错，闲事我是不会理的。"

哪知他说了这话，却突然挤了进去。声如霹雳，陡地喝道："矛老六，诸老三，你们两个也算得是成名人物，怎的如此无耻，欺负一个受伤女子！"

大喝声中，他已是双掌齐出，把这两个人打得变成了滚地葫芦，转眼之间，又从滚地葫芦，变成了瘫作一团肉泥。

这两个人正在向上官飞凤痛下杀手的那一刹那，被他以绵掌和大金刚手合而为一的掌力击毙的。

他回过头，对那个和他相识的人说道："不错，我不会多管闲事，但这位上官姑娘于我有救命之恩，我可不能不管！"一掌又把这人打翻。

说话之间，他已经和上官飞凤站在一起，上官飞凤是看得出他乃是强运玄功，其实已是强弩之末的，说道："蒯二先生，我不想连累你，你让我单独应付吧。"

蒯一山道："好，随你的便，我也不想多管你的闲事了！"说罢，突然反手一掌，向上官飞凤的背心拍下，拍个正着。

这一下突如其来，令得众人都是吃惊不已。蒯二先生怎的忽然把朋友当作敌人，打起上官飞凤来呢?

但更奇怪的事情还在后头。这一掌拍下，上官飞凤非但没有跌倒，反而好像精神大振了！她本来已是只有招架之功的，随着那一掌拍下，突然剑光暴长，登时就有两人中剑倒地，第三名高手给她刺中虎口，兵刃脱手飞上半空！

上官飞凤一剑得手，回头说道："多谢。"围攻她的敌人，本来还剩下几个的，此时亦已慌不迭地逃走了。

蒯一山道：“别客气，我也还有未了结的事情，咱们各干各的吧!”

说罢，他脚步蹒跚地重新向哥哥走去，似乎比刚才还更显得疲累不堪，而且嘴角还有血丝沁出。

但穆志遥那些手下，震于他刚才的神威，只道他又是重施故技，故意装成这个样子，谁也不敢再去招惹他了。

他们哪里知道，蒯一山这一次却并不是假装的。

原来他刚才打上官飞凤的那一掌，用的也正是“隔物传功”。

不过，他的“隔物传功”却与慕容垂的“隔物传功”不同，他是用来救人，不是用来伤人。他是把功力传给上官飞凤，真气从她后心输入，一举就替她化解了侵入体中的寒冰掌阴劲，令她血脉畅通，功力恢复如初。但他本来是受了伤的，这一下“隔物传功”又几乎消耗了他一半功力，他剩下来的功力已是不到原来的三成了。此时倘若有个一流高手与他硬拼，只怕他不死也得重伤。

那一边，司马都和印新磨双战卫天元，已经取得绝对优势。在他们背后的还有数十人之多，源源不绝而来。虽说由于地形关系，人多也是插不上手，但卫天元被困在一隅，背靠石壁死战，这形势却已是插翼难飞了。

上官飞凤来得也恰好是时候。

只听得她一声叱咤，剑花错落，转眼间就刺伤了六七个人，每个人都是被刺着虎口，以至兵刃脱手飞出的。旁人纷纷躲避。

说时迟，那时快，印新磨的禅杖刚向卫天元打下，肩头的琵琶骨已给剑尖穿过，禅杖脱手，反而打着了司马都。

司马都脑袋开花，倒了下去。卫天元腾地飞起一脚，把印新磨也踢翻了。

就在这瞬息之间，上官飞凤出剑如电，把周围的七八个汉子全都刺中了穴道，兵器纷纷脱手，外围的人慌不迭地躲避。

上官飞凤挽了一个剑花，左手拿出一面令旗，迎风招展，喝道：“昆仑山上，幻剑灵旗。不服灵旗，幻剑诛之!”

这次奉了穆志遥之命，来捕杀卫天元的人，本来有六七个真正的一流高手在内。其中只有两人是受了伤的。余下的四五个一流高手，倘若齐心合力，上官飞凤与业已是强弩之末的卫天元绝对抵挡不了他们的进攻。

但余下的五名一流高手之中，有三个是知道幻剑灵旗的来历的，灵旗一出，这三个人登时面上变色，齐声说道："上官姑娘，请恕我们无知冒犯。"

上官飞凤微微一笑，说道："不知不罪，你们走吧！"

这三个人一走，另外两名一流高手虽然不知"幻剑灵旗"的来历，但"见机行事"却是懂的。这两个人急忙跟着逃跑，刚跑到山下，追上了前面那三个人，这才敢歇下来查问根由。

另外那些不是一流高手的门客、卫士之类，也有五六个是知道"幻剑灵旗"的来历的，他们不敢公开向上官飞凤请罪，但却悄悄地告诉了与他们有交情的同伴。

转眼间已经有一半人走了。

剩下的那一半，有些在交头接耳，打听"幻剑灵旗"究竟是什么"来头"，有些则尚在摇旗呐喊。但高手已经尽走，他们也只能是仗着人多，乱喊一通而已，谁也不敢向前。而且看着"风势"越来越是不对，一面呐喊，一面也在悄悄溜走了。

蓟一山对场中的纷扰，恍若视而不见，听而不闻。他缓缓举步，调匀气息，终于走到了哥哥身旁。他跪了下去，说道："哥哥，我实是无颜见你！"

王殿英见他神色怪异，心中一动，连忙说道："蓟二先生，你力诛妖人，已是无愧于蓟家的侠义家风。和妖人说过的话，根本无须放在心上！"

要知蓟一山曾受过慕容垂医治半身不遂之恩，而他也曾说过大丈夫要恩怨分明的话。王殿英是怕他在杀了慕容垂之后，实践诺言，自残相报。

蓟一山面目毫无表情，不置可否。忽道："让我来！"

王殿英和梅清风正在为蓟大先生施救，但他们的内功造诣还不及蓟大先生，虽然他们已是源源不绝地把真气输入蓟大先生体内，但只能使到翦大先生的痛苦稍稍减轻，仍然冷得牙关打战。

梅清风喜道：“你能医好寒冰掌之伤?”

翦一山淡淡说道：“慕容垂以为他这两种邪门功夫天下无人能治，他说错了。可惜我不能令他亲眼见到！他能医我也能医!”

王梅二人见他说得如此肯定，心想他与慕容垂彼此传授武功，这话大概可以相信，于是就让他来一试。

过了一会，只见翦大先生头上冒出热腾腾的白气，面色渐渐恢复红润。

“我的真气已经可以运转自如了，弟弟，你可以住手啦。”翦大先生喜道。

果然他的弟弟一放开手，他马上就能够站了起来。

但大大出乎他的意料之外的是，他站了起来，弟弟却倒了下去!

翦一山突然“哇”的一口鲜血吐了出来，一根木头似的，“卜通”倒在地上。

“我说过要自废武功的，不过，并不是只为了把武功还给慕容垂，我是用残存的功力医好了哥哥，纵然今后变成废人，也值得了!”

他表明心迹，脸上还在露着笑容，人已昏迷过去。

翦大先生捶胸痛哭：“弟弟，你何苦如此!”

此时场中的骚乱渐近尾声，穆志遥的人已走了十之七八。

卫天元听得翦大先生的号叫，大吃一惊，赶忙向他走去。留下上官飞凤对付敌方残余。

哪知又有一件更加令他震惊的事情发生了。就在翦大先生那声号叫之后，他听到了姜雪君尖锐的叫声!

原来是姜雪君遭了徐中岳的毒手。她已经被徐中岳抓起来了。

卫天元这一惊非同小可，突然间，也不知哪里来的气力，大吼一声，就向徐中岳奔去。

这事情是怎样发生的呢?

姜雪君一直盯着徐中岳的，徐中岳在混乱之中逃跑，立即给她发现。

“徐中岳，你罪恶满盈，还想逃么?”姜雪君一声斥叱，宝剑出鞘，连人带剑，追踪急刺。

徐中岳脚步一个踉跄，不知是否心慌失足还是给石头绊着了脚，身向前仆。

姜雪君大喜，一招“白虹贯日”，剑尖上吐出碧莹莹的光芒，刺到了徐中岳的后心。

只听得“叮”的一声，剑尖刺着的好像不是血肉之躯，徐中岳突然反手一抓，就扣着了姜雪君的虎口，姜雪君宝剑坠地，人也落在他的手中了。

原来徐中岳身上披着软甲，他自知剑术绝不是姜雪君的对手，故而诈摔跤，拼着受一点伤，以诱敌之计，出其不意，反袭对方。近身缠斗的三十六路小擒拿手法可是他的特长，果然一击成功。

软甲给宝剑划破一道裂缝，徐中岳背部也受了点伤，他忍住疼痛，哈哈笑道:“雪君，你也真够狠毒，居然想要杀害亲夫。嘿嘿，只要你答应和我回转洛阳拜堂成亲，我还可以饶你。”

姜雪君气得双眼翻白，几乎就要晕了过去。

卫天元在徐中岳的哈哈大笑中赶来了。

有两名统领府的卫士上前拦截，给他一掌一个打翻。

卫天元冷喝道:“不错，我是受了伤。但受了伤也还能够杀人，谁若不信，请来一试!”

此时在上官飞凤的“幻剑灵旗”威胁之下，穆志遥的人已经逃了十之七八，剩下的人见卫天元还是如此勇猛，谁也不敢替徐中岳卖命了。

“把雪君放下!”卫天元喝道。

徐中岳却是一点也不慌张，慢条斯理地说道:“你若想要姜雪君的性命，赶快退下，否则你纵然杀了我，你也只能得到姜雪君的尸体!”

卫天元也给气得几乎爆炸了。

哪知就在此际，突然又有他意想不到的事情发生。

徐中岳正在得意洋洋，纵声大笑。不知怎的，笑声忽然冻结！

他脸上的肌肉，亦已在痉挛变形，十分可怖。

“你、你好……”只说得三个字，双手一松，就四脚朝天地倒下去了。一双眼睛还是睁得大大的，充满惊骇已极的神情，好像对发生在自己身上的事情还是不敢置信似的！

姜雪君朝天一揖，说道：“爹爹，你在天之灵可以安息了，女儿已经给你报了仇了！”

事情的变化如此离奇，谁也想不到死的反而是徐中岳。

唐希舜忽地叫道：“高明，高明！这是穆家的毒针吧？”

他没有指名，但谁也知道他是向姜雪君发问。

姜雪君当然没有回答。原来她的确是在指甲缝里藏着一枚毒针，趁着徐中岳狂笑之际，突然刺入他的肩井穴的。

卫天元此时方始心神稍定，受了过度的惊吓之后，两条腿都几乎不听他的使唤。

“雪君！”他大喜若狂，叫出姜雪君的名字，一时间却不知说些什么话好。

姜雪君没有应他，只是朝着躺在地上的徐中岳一指，像是在说：“你不要看一看么？”

卫天元瞿然一省，走上前去，撕开徐中岳的上衣，只见他的肩头上一排月形的齿印。

十三年前的某一个晚上，卫天元的父亲被一班不明来历的强敌围攻（后来才知是大内高手），那时卫天元还是个十岁大的孩子，他跑去要帮他的父亲，被一个蒙面人抓着，他挣脱不开，情急之下，就在他的肩头狠狠一咬。

待到卫天元学成之后，经过几年的明查暗访，才找到一些线索，综合这些线索判断，那个蒙面人很可能就是徐中岳。他之所以蒙面，因为他本是卫天元父亲的朋友，那些大内高手就是由他带引来的。

现在这排齿印又重现在卫天元的眼前了。

卫天元悲喜交集，虎目蕴泪，说道：“不错，他果然是出卖我爹爹的仇人。雪君，你报了令尊之仇，也替我的父亲报了仇了。”

姜雪君忽然低声说道:“元哥，我对不起你!”

卫天元莫名其妙，说道:“雪君，你说什么。我多谢你还来不及呢！咱们走吧?”

姜雪君道:“上官姑娘在等着你呢。她是刚刚和你共过患难的人，你回去她那里吧。”

卫天元一时未能会意，说道:“对啦，我知道上官姑娘也曾帮过你的大忙的，她是咱们的好朋友，咱们一起走吧。”眼光望过去，上官飞凤正在秘魔崖下“狮嘴”那边缓缓向着他们走来。

姜雪君纹风不动。

卫天元道:“咦，你怎么啦?你，你是受了伤么?”他是武学的大行家，一搭姜雪君的脉门，虽然觉得脉息稍弱，却看不出她有受伤迹象。

姜雪君忽地凄然一笑，说道:“元哥，你听我说。你有你的去处，我有我的去处。”

卫天元怔了一怔，说道:“你这是什么意思，你我都是历尽艰辛，受尽磨折，好不容易今日才得排除障碍，重新相聚。从今之后，咱们是永远也不要分开啦!”

被压抑多年的感情，突然好像洪水一样，冲破堤防，他不由自己地激动起来，也顾不得是在众人注视之下，便向姜雪君倾吐情怀了。

此时天色已经大白，姜雪君的面色更加苍白。

苍白的脸上却忽然绽出花朵似的娇艳笑容。

“元哥，多谢你。听见你这样说，我，我很高兴！真的真的非常高兴！上官姐姐，我把他交给你啦!”

脸上的笑容还未收敛，上官飞凤也还未来到他们跟前，卫天元握着她的那只手却已经感到冰冷了。

上官飞凤赶忙跑来，仔细一瞧，只见她的眉心隐隐有团黑气。

卫天元已是惊得说不出话来。

上官飞凤叫道:“唐二公子，快来，快来!”

卫天元这才蓦然一省，四川唐家是以擅于制炼毒药暗器被称为“天下暗器第一家”的，既然擅于使毒，也就擅于解毒。这位唐二公子（唐希舜）正是卫天元新交的朋友。

唐希舜到来了。

“唐兄，她是否中毒？请你务必救她！”卫天元只能把希望完全寄托在他的身上。

唐希舜只看了一看，就摇了摇头，说道：“迟了！”

卫天元吼道：“什么迟了？”

唐希舜道：“这是孔雀胆和黑心兰合炼的毒药，要是刚入口就给我发现或许还有挽救希望，但她是早就服下的，恕我无能为力了！”

卫天元呆若木鸡，好像灵魂已出了窍。

上官飞凤摇着他的身子叫道：“卫大哥，你醒醒，你醒醒！死者已矣，你自己也该保重啊！”

卫天元对周围一切恍似视而不见，听而不闻。活着的只是他的躯壳。他的心魂早已追随姜雪君去了。上官飞凤哪里能唤醒他？

上官飞凤抱着他，只觉他的身体已在僵硬，手脚也在渐渐冰冷了。上官飞凤本来是个很有主意的姑娘，此时亦已吓得六神无主了。

汤怀义道：“可惜蓟二先生武功已废。”

上官飞凤虽然心慌意乱，这句话是听得懂的。卫天元是受了寒冰掌之伤，蓟二先生兼通正邪两派内功，这寒冰掌之伤，除了慕容垂之外，他也能治。但可惜蓟二先生的内功早已在替他哥哥治伤的时候耗尽了。汤怀义这话说了等于没说。

唐希舜道：“他受的寒冰掌之伤，不算很重，但也不轻。只不过，不过。……”

上官飞凤燃起一线希望，叫道：“唐二公子，你给想想办法！”

唐希舜叹了口气，说道：“他自己不想活，我又有什么办法？”

原来以卫天元本身的内功造诣，假如有一个兼通正邪两派上乘内功心法的人为他施救，那还是有希望的。但首先必须他自己有求生的意志，他才能够运功配合。

就在唐希舜叹息声中，忽听得卫天元一声叫道：“雪君！”这是撕心裂肺的呼喊，他晃了一晃，登时就倒了下去，不省人事了。

也不知过了多久，卫天元开始有了知觉。

感觉所得，好像是躺在地上。却不知身在何处。

虽说有了一点知觉，人却还在梦中。

梦境迷离，迷离的梦境中有姜雪君在。

姜雪君对他拈花微笑，忽然又变得满身鲜血。他大叫一声，睁开眼睛。

眼前有一个人，正在用柔软如绵的小手抚摸他的脸。“元哥，你醒来啦。”

卫天元叫道：“雪君，雪君，你不要离开我，不要离开我啊！”

眼前的女子叹了口气，唉，不是姜雪君，是上官飞凤。正是：

好梦岂期成恶梦，旧人换了变新人。

欲知后事如何？请听下回分解。

# 第四回　境换情移　空怀旧侣<br>心亡物在　相对无言

## 阵阵疑云

上官飞凤叹口气道："人死不能复生，卫大哥，你看开点吧。"

卫天元眼睛睁得大大的，脸上一副茫然的神气道："你说什么，谁人死了？"

上官飞凤道："雪君姐姐已经死了三天了！"

卫天元叫道："我不相信，我不相信！你骗我的，你骗我的！刚才我还看见她手里拿着一朵花呢！"

上官飞凤凄然道："卫大哥，你的梦也该醒了！雪君姐姐，她，她是死在你的怀中的！"

卫天元逐渐恢复了记忆，嗒然若丧。

上官飞凤道："别胡思乱想了。卫大哥，你听我说吧，你必须振作起来，面对，面对……"

卫天元嘶声叫道："不，不，我要先问你，问你……"

上官飞凤道："你歇歇再说吧。你要知道的，我都会让你知道。"

卫天元道："我现在就要知道！你说，你说她是在我的怀中的，那你为什么把我们分开？她在哪里，她在哪里？"

上官飞凤道："她已经死了，我们怎能让你和死人长在一起？雪君姐姐，她、她早已躺在棺材里了！"

卫天元道:“不，不!她死了我也和她一起!”牙关打战，说到后面几个字，已是话不成声。

上官飞凤心痛如割，说道:“瞧，你的寒毒又发作，你再这样，你会死的!”

卫天元心道:“我死了倒好。”但他已经说不出来了。

上官飞凤把一颗药丸塞入他的口里，双掌贴着他的胸口，只觉如触坚冰，她咬牙忍受，运用本门的内功心法，将真气输入卫天元体内。

“卫大哥，你的内功造诣本来比我深厚得多，我知道你练过默运玄功的大周天吐纳法，你试试意存丹田，凝聚真气。”

卫天元毫无反应，好像业已麻木不灵了。

上官飞凤一面替他推血过宫，一面说道:“那天你昏迷不醒，我只好将你背下山去，老王早已准备好一辆马车停在山下，马不停蹄地跑了两天，方始摆脱追兵。我必须找个地方给你养伤，但追兵还在后头，距离虽已拉长，停下来还是不行的。

“幸亏老王给我出了个好主意。他知道这山上有座古庙，古庙早已荒废，人迹罕至。他叫我把你藏在古庙养伤，他独自驾车从另一条路逃走，引开追兵。”

此地是离开京师有三百多里的荒山野庙，你是昏迷了三天三夜才醒的!

“目前虽然暂时摆脱了追兵，危险尚还未过。穆志遥手下能人甚多，万一给他们查到这个地方，我一个人决计对付不了。卫大哥，你必须赶快好起来，才可以脱离险境!”

上官飞凤费尽唇舌，无非想要卫天元振作起来，最少也得先有求生的意志!

哪知卫天元已是身如槁木，心似死灰。对她的苦口婆心，仍是毫无反应。

上官飞凤给他推血过宫，可以察觉他根本就没有默运玄功和她配合。

离开京师的时候，上官飞凤是准备有足供两人十天之用的粮食的，她煮了小米粥喂给卫天元吃，卫天元像个活死人一样，粥是咽下去了，但却是食而不知其味，一切任由上官飞凤摆布。食物只能令他苟延残喘，未能令他恢复一两分生气。

他连话也不说了。第二天如此，第三天还是如此。

第四天早上，上官飞凤对他说道："卫大哥，你一向是个拿得起放得下的人，我问你，你究竟是要死还是要活?"

卫天元这才开口说话："我的躯壳活着，心早已死了。飞凤，我不想连累你，你要走你就走吧!"

上官飞凤银牙一咬，说道："好吧，卫天元，你既是这样自暴自弃，那恕我也不能理会你了!"

她果然说走就走，天黑了也不见回来。

这晚月色很好，供桌上也有一盏上官飞凤业已点燃尚未熄灭的长明灯。

卫天元整天没有进食，身子好似虚脱一般，但奇怪的是，人却比以前清醒了。

他不想求生，但生理上还是感觉饥饿。也不知是否饥饿的感觉，不太过度的饥饿，是令人脑袋特别清醒的。

卫天元当然不会仔细琢磨何以会比以前感觉清醒的原因，只在心里想道："听老人说，临死之前一刻是特别清醒的，莫非我现在就是如他们所说的回光返照吧?"

他有了一点气力，抖抖索索从行囊中摸出一块小石头。

这块石头并不是什么宝石，但在他心中的分量，却比宝石还更珍贵。

小小的一块石头勾起他童年的回忆。

在他们屋后的山上，有一种石头叫做乳青石，和云南的大理石相似，石上常有天然的美丽花纹，有的像是山水画，有的像是人物画。小孩子最喜欢拾这种石头来玩。

有一天他和姜雪君在山上找到形状相似的两块石头，更巧的是，石头都有花纹，而花纹都像一只鸟儿，一只鸟儿较大，昂首振羽，一只鸟儿较小，样子也似乎"温柔"些。卫天元把这两块石头戏称为鸳鸯石，他自己要了"鸳石"，把"鸯石"给了姜雪君。那时姜雪君只是一个七八岁的小姑娘，还不懂"鸳鸯"的意思，他讲给她听，姜雪君便道："好呀，元哥，我也是喜欢永远跟你在一起的。既然鸳鸯是一对恩爱的鸟儿，至死也不会分开，那么咱们就做鸳鸯吧。"

人亡物在，他对姜雪君的深情如今是只能对这块石头诉说了。

他叹了口气，把白居易《长恨歌》中的两句诗改了两个字，念道："悠悠生死别兼旬，魂魄不曾来入梦。"心中默祷："雪妹，你等等我吧，不久我们就能相会的了。但在黄泉路上相会之前，今晚你能够来到我的梦中，和我先见上一面么?"

供桌一灯如豆，他在不知不觉之间朦胧入梦了。

果然在梦中见着了姜雪君，这次姜雪君手上拿着的不是一束野花，而是那块"鸯石"了。

不但见着了姜雪君，还听见了姜雪君的声音。

奇怪，怎的不似梦了！

"元哥，元哥!"声音摇曳，若远若近，但却很有"真实感"，不像是在作梦!

他被这声音从梦中唤醒，睁开眼睛，坐了起来，一看，姜雪君果然是在他的面前。

他大叫："雪君!"他一出声，姜雪君就转过身跑了。

"雪君，别走！要走你也该带我走啊!"也不知哪里来的气力，他居然能够站起来了!

可惜气力不加，他要去追赶姜雪君，只跨出两步，就跌倒了。

他爬起来，咬咬指头，很痛，确实不是在作梦了。

供桌一灯如豆，但这如豆的灯光，却令他的眼睛陡然一亮。

供桌上出现奇事。

有一碗热气腾腾的小米粥，有一盘笋炒山鸡片，还有一壶酒，而且已经替他斟满一杯。

酒香扑鼻，他一闻就知是他家乡的松子酒。他和姜雪君的父亲都是喜欢喝这种自酿的松子酒的。他的父亲并不禁止孩子喝酒，小时候他也陪父亲喝过松子酒的。

他也曾经有过怀疑，刚才是不是自己眼花看错人呢?

闻到酒味，他的怀疑消失了一大半。

“上官姑娘是决不会知道我喜欢喝这种松子酒的，而且那一声元哥分明是雪君的声音，我决不会听错。”

死了的人怎么还能为他送来酒食？

“哦，敢情她已经给人救活过来，是上官飞凤和我走了之后的事？”

他不敢怀疑上官飞凤骗他，但心里却非常希望姜雪君真的业已复活，因此他只能把自己的设想当作事实了。

心中有了希望，也就有了求生的意志了。

“可惜我没有气力，刚才抓不住她。唯有盼望她下次再来了。”

要有气力，先得吃饱。于是他把那盘山鸡片和小米粥吃得干干净净，酒也喝了半壶。

山鸡肉很鲜，显然是在这座山上猎来的。过去几天，上官飞凤只是给他肉脯送粥，哪有如此鲜美滋味？

“她专诚来服侍我，却为何又要逃呢？”他又在揣测姜雪君的用心：“啊，我明白了，她是要我赶快好起来，要我自己能够追上她，她才愿意和我说话。”

说也奇怪，他喝的松子酒好像是对症的灵药，喝过之后，浑身暖和。他的寒毒本来是在每一天将近天亮的时候就要发作的，这晚竟然延至天亮之后方始发作，而且也远远没有昨天的厉害。

这个白天他整天都在打坐运功，饿了就吃上官飞凤留下的干粮。

到了晚上，他把供桌的长明灯剔亮，聚精会神，等待姜雪君来到。

盼呀盼的，始终是芳踪藐藐。

月影西移，约莫是过了三更的时分了，依然不见人来。

卫天元已是神思困倦，仍然不敢合上眼睛。

忽然一阵风吹来，这阵风吹得好奇怪，有罩的长明灯本来是不易被风吹灭的，竟然也给吹灭了。

卫天元听见好像有物体放在供桌上的声音，急忙跳起来，一手就抓过去。

声如裂帛，那人的衣裳被他撕了一幅，但人却走了。

卫天元追出去一看，但见星河耿耿，明月在天，哪里还看得见姜雪君的影子？

姜雪君的轻功他是知道的，若在平时，他当可以追得上姜雪君，但现在他的轻功不过恢复一两分，无论如何是追不上的了。

他回到破庙，把长明灯重新点亮。

一看那人留下的东西，不觉呆了。

供桌上有一坛酒，有一只烧得喷香的雪鸡。

但最令他触目惊心的是他手中之物——他撕下的那幅破衣。

烧变了灰他也认得的，而且确是姜雪君的衣裳。

湖水绿的绸衣上有几点血渍，是姜雪君和他逃出徐家的那天晚上，他的血溅上了姜雪君的衣裳的。姜雪君为了留作纪念，是以一直没有把血渍洗掉。

他还能有什么怀疑呢？衣裳是姜雪君的，那个人还能不是姜雪君么？

打开酒坛，果然又是他家乡的松子酒。他喝了个半醉，一觉睡到大天光。

不知是他熟睡中没有知觉，还是松子酒的功力，应该在天亮发作的寒毒他竟然毫无感觉，也不知究竟发作了没有。

这一天他仍是整天运功自疗，比起昨天又好得多了。

但如是者接连过了两天，却没见姜雪君来了。

第三天晚上，临睡之前，他把"鸳石"放在供桌上默祷：雪君，倘若你真的是活在人间的话，请把一件信物留给我，我就放心了。

似乎很可笑，姜雪君倘若还没有死，她不是鬼神，又怎能通灵？但卫天元一片痴心，却没感到矛盾，他是诚心祷告的。

这晚他睡得很酣，第二天醒来一看，只见供桌上多了两样物件。

一坛酒和一块石头！

那块石头和他的"鸳石"并排放在一起，形状一模一样。

是姜雪君的"鸯石"。

他喜极而呼："雪君，你的苦心我知道了。我答应你，我一定会振作起来。十天之内，我也一定能够医好自己。到时，你可别要再躲我了。”

他希望姜雪君听得见他的说话，但听不见也不打紧，“待我的功力恢复，你要躲也躲不开。”他心里想道。

心中有了希望，身体好得比他预期还快。不过七天，体中的寒毒已是给他运用上乘的内功全都净化，他的武功亦已恢复了。

但姜雪君却一直没有出现。

“雪君为什么还是要避开我呢？难道是因为齐师妹的缘故？”他想了起来，姜雪君是曾经苦劝过他，要他为了报答师门恩义，和齐漱玉结为夫妻的。

“唉，雪君，咱们一起经过了这许多患难，你怎的还是不懂我的心？我的心里就只有你一个人啊！”

姜雪君没有出现，他只好自己去找她了。

第九天他的功力已是差不多完全恢复了，这天晚上，又是一个月光明亮的晚上，他左等右等，不见姜雪君出现，忍不住又跑到树林里找她。

和上两个白天一样，鬼影也没发现。

“难道她已经离开此地？”他不禁有点担心了。

将近天明，仍然找不到姜雪君，他思疑不定，只好回到那座破庙。

想不到在林子里找不着的人，一回来就见到了。虽然见到的只是背影，但穿的就是那一身衣裳，还能不是姜雪君么？

那个背向着他的女子正在向庙中窥探。

卫天元心中暗笑：“真是踏破铁鞋无觅处，得来全不费功夫，原来她对我也是同样的放心不下，偷偷地跑来看我了。跑来偷看，想必是要知道我是否已经痊愈。没看见我，恐怕她也有点思疑不定吧。好，且待我悄悄过去，一把抓着了她，吓她一跳。”

他的脚步放得很轻，但因心情紧张，呼吸却不免比平时急促。

也不知是否因为这个缘故，给那女子察觉了。

卫天元一抓抓空，那女子身形飘闪，一溜烟似的跑了。

月已西沉，是接近天亮的时分了。但黎明之前，却也是分外黑暗的。

不过，卫天元虽然没有看见姜雪君的脸孔，她身上穿的那件衣裳却还是上次所穿的那件衣裳，下摆给他撕去了一幅，也还是保留原状，未加缝补。

“雪君，我已经听你的话活下来了，你为什么还是避不见我？”卫天元大叫。

姜雪君没有回答，跑得更快了。

卫天元大笑道：“好，你要我抓着你才算数么？那咱们比比轻功吧。”

他以为很快就可以追上姜雪君，哪知距离竟是越拉越远。

卫天元思疑不定：“难道是因为我经过这场大病，轻功已是远不如前？”他本来是自信功力已经恢复的（功力恢复，轻功即使疏于练习，也不至于有太大影响。），此时也不觉信心有点动摇了。

不知不觉，东方露出了鱼肚白，姜雪君的轻功身法也看得比较清楚了。“奇怪，怎的她的身法也好像和以前两样，难道是在这十几天当中，她忽有奇遇？是她的轻功大有进境，还是我的轻功退步呢？”他思疑不定，姜雪君的背影都几乎看不见了。

他大急之下，忽地心生一计。“哎哟”一声，自行失足，倒在地上。

那女子吃了一惊，只道他病体尚未痊愈，当真是力竭倒地，急忙回过头来，跑来扶他。

卫天元一跃而起，两人面对着面，此时天色亦已大白，看得清清楚楚了。

卫天元呆了一呆，失声叫道：“是你？”

那女子道：“对不住，是我。”

原来这女子是上官飞凤，不过身上穿的是姜雪君那套衣裳而已。

卫天元也不知是感激她好还是责备她好，半晌说道：“原来这都是你定下的计谋，那松子酒……”

上官飞凤道：“不错，我在松子酒里放了用天山雪莲炮制的碧灵丹。但若不是先令你有求生的意志，什么灵丹妙药也没有用。”

卫天元叹道：“你何苦为我浪费如此珍贵的灵丹，我早已对你说过，我即使能够活下去，活着的也只是躯壳罢了，不如死了还好！”

上官飞凤道：“你以为死了就可以对得住姜姐姐么？”

卫天元道：“我但求心之所安。”

上官飞凤冷冷说道：“卫天元，你心里就只有一个姜雪君，没有你的父亲了么？”

卫天元一愕，说道：“你这话是什么意思？”

上官飞凤道：“你只知为姜雪君殉情，对得住你死去的父亲么？”

卫天元道：“雪君已经替我报了杀父之仇了。”

上官飞凤道：“哦，你以为杀了徐中岳，就算得已经报了父仇？”

卫天元道：“还要怎样？”

上官飞凤道：“不错，徐中岳是出卖你父亲的人，但充其量也只是帮凶而已，还不是头号的帮凶呢！”

卫天元道：“那你说主凶是谁？”

上官飞凤道：“据我所知，策划那次事件的是穆志遥，围攻令尊，他也有份。”

卫天元道：“但据我所知，爹爹已是把当晚围攻他的八个大内高手都杀掉的。”

上官飞凤道：“不，有一个当时只是受了重伤，还没死掉的。那个人就是穆志遥。令尊后来之所以因伤至死，主要的原因也是因为给穆志遥斫了一刀，他的刀头上是淬了剧毒的。”

卫天元那晚听得厮杀之声跑出来看的时候，八个大内高手已经有一半倒下，穆志遥是脸朝地倒在同伴的血泊之中的，恶战结束之后，卫天元的父亲已经受了重伤，急于逃走，当然是无暇去验看每具尸体了。故此卫天元并没有认出其中一个是穆志遥。

不过，他想起了当晚的情形，却是不能不相信上官飞凤的话，他呆了一呆，问道：“你怎么知道得这样清楚？”

上官飞凤道：“是震远镖局的总镖头汤怀远对我说的。据他说穆志遥就是因为策划那次事件有功，才得以升任御林军统领的呢。”

汤怀远和穆志遥的“交情”不错，虽然这只是汤怀远一种敷衍达官贵人的手段，但由于手段运用得好，他也曾经是给穆志遥当作是“自己人”的。是汤怀远说的，当然不假了。

卫天元叹口气道：“穆志遥是御林军统领，要报此仇，恐怕难了。”

上官飞凤道：“穆志遥也只能算是头号帮凶，未能算是主凶呢。主凶应该是当今的皇帝！你想想看，倘若你的爹爹不是反清的帮会首领之一，穆志遥为什么要去杀他？”

卫天元知道她说得有理，低下了头不敢回答。

上官飞凤继续说道：“为子不肖，焉得为人？我想你的爹爹也曾勉励过你，盼你继承他的遗志的吧？”

卫天元出了一身冷汗，喃喃说道：“为子不肖，焉得为人。上官姑娘，多谢你提醒我。但大仇人是皇帝，这，这又叫我怎，怎能……”

上官飞凤道：“我当然不是叫你去刺杀皇帝，多少反清义士的目的也不在于杀清廷的皇帝一人。这道理，我想你应该比我更加明白。”

卫天元道：“我明白。反清的义士，他们是要驱除鞑虏，还我河山。”

上官飞凤道：“你明白就好，那你说，你舍弃有用之躯，但求一死，对得住你为了反清而被清廷鹰爪杀害的父亲么？”

卫天元汗流浃背，捶胸说道：“我真糊涂，忘了爹爹的遗志。上官姑娘，多谢你救我一命，免我做了不孝之子。”

上官飞凤道：“你知不知道，你若自以为一死可以了事，非但对不住你的父亲，也对不住雪君姐姐！”

卫天元怔了一怔道：“此话怎说？雪君的仇，她已经亲手报了。”

上官飞凤道：“她的父亲是给徐中岳毒死的，徐中岳哪来那样厉害的毒药？”

卫天元想了起来，说道：“好像唐希舜说过，是穆家的毒药？”

上官飞凤道：“不错，穆家金狐是白驼山主的妻子，徐中岳用来毒死姜志奇的毒药，是白驼山主从妻子手中拿来送给徐中岳的。姜志奇和你爹爹一样，都是反清义士。和你爹爹不同的只是，他不属于反清的帮会而已。”

卫天元道：“我知道，家父生前的反清活动，是曾经得过姜伯伯许多帮忙的。他当然可以称为反清义士。我明白了，怪不得徐中岳要毒死他，原因还不仅是因为要娶他的女儿，怕他作梗呢。”

上官飞凤道：“还有穆志遥用来伤你爹爹的那把毒刀，刀头上涂的毒药，也是得自白驼山主之手的。”

卫天元道：“如此说来，白驼山主也是我和雪君共同的仇人了?”

上官飞凤不作正面答复，却道：“撇开继承你爹爹的遗志不谈，如今你也应该知道，你的仇人不仅只是徐中岳一个了吧!”

卫天元道：“不错，他们背后的主子暂且不提，一个穆志遥再加上一个白驼山主，已经是足够我对付的了！我怎么还能够死呢?”

人总是难免有消沉的时候的，何况卫天元是在病毒折磨之下而又失了爱侣。

现在他体中的寒毒已经消散，心底的阴霾也跟着消散了。

他抬起头，迎着朝霞，沐着阳光，和上官飞凤走出阴暗的树林。

“飞凤，我有一事未明，那块石头你是怎样得来的?你好像知道它的来历?”卫天元一面走一面问她。

“在秘魔崖之战的前一天晚上，我曾经见过雪君姐姐。”上官飞凤答道。

卫天元道：“她给你的?”

上官飞凤点了点头，说道：“她恐怕见不着你，叫我设法把这块交还给你。石头的来历我倒是还未知道的。唉，要是我早就知道，我就会懂得她的心意，不会替她做这件事了。”

卫天元叹道：“是啊，她把鸯石交还我，那是已经萌了与我诀别之意了。”

上官飞凤继续说道：“我本来不知道它有什么意义的，后来见你取出同样的石头，放在供桌上，口中喃喃有词，似在祷告，我就猜到这是你们的定情之物了。”

卫天元苦笑道：“那时她只是个七八岁的小姑娘，我把两块石头命名为鸳鸯石，当时心中想到的，也只是希望能够像鸳鸯一样永不分开。唉，恐怕也只能说是两小无猜的天真愿望吧？说到‘定情’，只有期之来世了。”

## 不知是对是错

上官飞凤默然不语，心头思潮如涌：“这件事我是做对了还是做错了呢?”

走了一程，卫天元又再问道：“我喜欢喝家乡的松子酒，也是雪君告诉你的吧?”

上官飞凤说道：“那天晚上，她整晚都是和我谈论有关你的事情。小时候，你怎样陪她到山上去采野花、捉鸟儿、捡石子，以及你喜欢的是些什么事物，她都和我说了。”

卫天元道：“你能够在荒山野岭，酿制我家乡的松子酒，我真佩服你的本事!”

上官飞凤笑道：“这是我从五十里外的三河镇，特地请来一个颇有名气的酿酒师傅，在山下一个农家加工调制的。好在他知道有这种松子酒，故此虽然不是早就酿好，他用相同的白酒，临时加上香料调配，也将就混得过去。你觉得怎样，还可以入口吧?”

卫天元道：“高明极了，要不是酒中有点药味，我都分不出来。”随着笑道：“飞凤，我知道你神通广大，做这点小事，在你当然算不了什么。”

上官飞凤佯嗔道：“我都是为了你的好，你却还在埋怨我么?”

卫天元道：“哪里的话。你为我浪费了天山雪莲炮制的碧灵丹，我感激你都来不及呢。”

上官飞凤道：“不准你再用浪费这两个字。你的性命要比一千颗、一万颗碧灵丹都更宝贵。莫说两颗碧灵丹，只要是我能拿得出来的东西，我都愿意用来换你。”

卫天元叹道：“唉，你对我的恩情，我这一生恐怕也是难以报答的了。”

说过这话，他又沉默下来，不作声了。

不知不觉已经走出阴暗的树林，上官飞凤道：“你准备上哪儿?”

卫天元却答非所问，说道：“飞凤，请你告诉我，雪君，她、她埋葬在什么地方?”

上官飞凤道：“我想她现在大概还在路上，未曾下葬吧?”

卫天元一怔道：“什么叫做还在路上?”

上官飞凤道：“楚天舒将她的灵柩运回扬州去了。”

卫天元道：“为什么要运去扬州?”

上官飞凤笑道：“你忘记了楚天舒的老家就在扬州么?他是雪君姐姐的师兄，雪君姐姐父母双亡，已经没有别的亲人。她的丧事他来料理，自是义不容辞。”

卫天元皱起双眉，上官飞凤道：“怎么，你不高兴让楚天舒料理她的丧事?”

卫天元仍是默然不语，似乎在想着什么心事。

上官飞凤道：“按情理说，你和她是从小一起长大的邻居，楚天舒虽然与她份属同门，却是去年才相识的。俗语说远亲不如近邻，论关系应该是你和她比较深的。只可惜你们还未定下夫妻名分。”

卫天元道：“我不是要和别人争什么名分，楚天舒自愿料理她的丧事，我也不想和他争夺。只不过她的父亲是葬在故乡莱芜的，我觉得雪君和她母亲的遗骸都应该迁回原籍莱芜，和她的父亲一起安葬。”

上官飞凤心里暗暗好笑：“他分明是不愿意雪君葬在楚家的墓地，想不到他在人死之后，还吃这种劳什子的干醋。”

“要不是你这么一提，我几乎忘记要把一件事情告诉你了。”上官飞凤想了一想，说道。

“什么事情?”

“姜伯母是死在洛阳的，雪君离开洛阳之时，是将母亲的灵柩寄放在鲍崇义的家中的。”

"这件事我知道。"卫天元道。

上官飞凤道："鲍崇义是姜伯伯的好朋友，也是楚天舒的父亲——扬州大侠楚劲松的好朋友。"

"那又怎样？"卫天元问。

上官飞凤道："雪君姐姐在死前三日，曾经到过震远镖局，见过当时尚在震远镖局养伤的楚劲松。她托楚劲松转知鲍崇义，希望他们能够为她的父母合葬。"说至此处，叹口气道："父母合葬之事，本是应该由她自己料理的，她却托之别人，看来她是早已萌了死志了。"

卫天元禁不住又流下泪来，说道："我就是弄不明白，为什么她在亲手报仇之后，还要服毒自尽？太不合情理了！"

上官飞凤道："我也弄不明白，不过，那天晚上她和我的谈话中，却透露过一点心事，也不知是不是为了这个原因？"

卫天元连忙问道："她透露的是什么心事？"

上官飞凤道："她曾经坐过徐家的花轿，虽然没有与徐中岳正式拜堂成亲，她也引以为耻。可能她是害怕她若做了你的妻子，会连累你受别人耻笑。"

卫天元道："这是我和她两个人的事，与别人何干？她若有这个想法，那真是太傻了！"

上官飞凤道："人死不能复生，你也不必追究她的死因了。咱们还是回到原来的话题吧。"

卫天元望向远方，一脸迷茫的样子，良久，良久，方始说道："她托鲍崇义为她的父母合葬，咱们就更不能让她孤伶伶地葬在另一个地方了。她自有生以来，都是和她的爹娘相依为命的。"

上官飞凤道："楚劲松父子也曾想到这一层，但在秘魔崖大战之后，穆志遥正在追查你的同党……"

卫天元哈哈大笑："我独往独来，哪有什么同党？"

上官飞凤似笑非笑地望着他道："真的没有？我如今不是在你的身边么？"

卫天元笑道："你是我的朋友，不是我的同党。"

上官飞凤道："你的朋友也不单是只我一人吧？"

卫天元道："这倒说得是，帮忙过我的人都是我的朋友。翦大先生、翦二先生、汤怀远兄弟、唐二公子都可以算得我的朋友的。"

上官飞凤道："楚劲松虽然未曾在秘魔崖露面，也没有帮过你的忙。但他和汤怀远一样，虽然没有公开站在你这一边，却也没有去做穆志遥的帮凶。因此他们都是受到嫌疑的人物。"

卫天元道："我明白。"

上官飞凤继续说道："穆志遥现今正在追查你的同党，楚大侠身受嫌疑，怎能把雪君姐姐的灵柩运回她的故乡莱芜，让她和父母葬在一起？是以只能先回扬州，待事情冷了下来，再作打算了。楚大侠是个大有名望的人，穆志遥未找到他的把柄，目前大概是还不会对他动手的。"

卫天元道："楚大侠的伤好了没有？"

上官飞凤道："早已好了，他是和妻儿一起回家的。他的妻子就是你的师叔齐勒铭的前妻，亦即是齐漱玉的生身之母，听说齐漱玉也有前往扬州会母的打算，但我没见过她，也不知是否已成事实。倘若是真的话，他们一家子倒是可以团圆了。"

卫天元想起这个曾经对他痴心相爱的师妹，不觉又是一阵心酸，想道："这次的事情，想必是伤透她的心了。我对不住她，但愿她在楚家能够得到幸福。"

上官飞凤道："还有一个人是和楚劲松一起去扬州的，你猜是谁？"

卫天元没有猜，一副心不在焉的样子。

上官飞凤只好自问自答："这个人就是震远镖局的汤总镖头。他是假借视察扬州分局的业务为名南下的，真正的目的当然也是为了避过这场风头。"

卫天元对旁人的事情似乎并不感到兴趣，只是默默前行。

他们早已走出幽暗的树林，此时是正在下山了。

上官飞凤忍不住问道："你准备上哪儿？"

卫天元抬起头来，说道："飞凤，多谢你将我从鬼门关上拉回来，你对我的恩义我永远也不会忘记。我打算去扬州走一趟。雪君她是为我而死的，不管她下葬没有，我都应该去拜祭她。咱们就此……”

他想说的是“咱们就此别过吧”，一个“别”字还没出口，上官飞凤已在说道：“那很好呀，我也正想到扬州去走一趟。”

卫天元一怔道：“你也要去扬州?”

上官飞凤道：“是呀，我从来没有到过江南，扬州是江南的名城，我正好趁这机会到扬州一游。何况我和雪君姐姐虽然相识的日子很浅，但交情却是不能算浅呢。”

卫天元不作声。上官飞凤道：“怎么，你不欢迎我和你同行么?”

卫天元道：“不是这个意思。只是此去扬州，路途遥远。咱们孤男寡女，万里同行，恐怕、恐怕有些不便。”

上官飞凤“噗嗤”一笑，说道：“你素性洒脱不羁，怎的忽然这样迂起来了。你若是怕不便，咱们可以扮作、扮作……”

卫天元道：“好，你既然一定要去，那咱们就扮作兄妹吧。”

上官飞凤笑道：“扮作兄弟也可以。”

卫天元道：“不，还是扮作兄妹好些。”原来他是想到，假如扮作兄弟，路上宿店，却要两间房间，恐怕会惹起别人奇怪，那就更不“方便”了。

上官飞凤道：“随你的便。不过，我可还得花一番工夫。”

卫天元说道：“花什么工夫?”

说话之时，已到山下。山下有一辆马车停在路旁。上官飞凤道：“这是我早就给你准备好的。不过咱们相貌并不相似，要扮作兄妹，就得先花一番改容易貌的工夫。你等会儿。”

上官飞凤上了马车，过了大约半枝香的时刻，方始出来。卫天元定睛一看，只见她好似换了个人。服饰换了，脸型变了，除了那双眼睛还保有原来的神采之外，她已经变成了一个相貌平庸的乡下姑娘，这种只能从服饰上看得出是中产人家出身，但相貌却毫无特色的乡下姑娘，是到处都可以见得着的。

卫天元赞道：“你的改容易貌之术真是奇妙，要是路上相逢，我一定认不出来。”

上官飞凤道：“我有爹爹精心炼制的易容丹，要想改容易貌，不过举手之劳。你上去换衣裳吧，换好衣裳，我再替你化装。”

卫天元道：“我所需要的化装用品，你也替我准备好了?”

上官飞凤笑道：“不把一切都准备好了，怎么能够动身? 认出我还不打紧，你是钦犯，认出了你，事情可就大了!”

卫天元道：“你猜你在我的眼中，像个什么?”

上官飞凤道：“像个丑八怪，是么?”

卫天元道：“像个法力无边，神通广大的仙女。这个仙女，不但神通广大，而且心思周密，别人想不到的事情，她都想到了。”

上官飞凤笑道：“别乱弹琴了，赶快换衣服吧。”

卫天元换好衣服，经过她用易容丹为他化装之后，上官飞凤给他一面镜子，卫天元揽镜自照，只见自己也变成了一个相貌平庸的乡下少年。而且更妙的是，脸型也改变得和上官飞凤相似，看起来的确有几分像是兄妹了。

上官飞凤道：“你记住了，咱们是南下投亲的兄妹。你叫张龙，我叫张凤。你绰号飞天神龙，咱们是改姓不改名。”

卫天元道：“好，凤妹妹，这就请上车吧。为兄替你赶车。”阳光灿烂，上官飞凤笑靥如花。卫天元的心里也充满生气，忘了悲伤了。

第三天他们到了保定。保定正是卫天元旧日家居之处，不过他的老家是在郊区，不是在城里。姜雪君原籍莱芜，但她的父亲却是早就搬来保定和卫家做了邻居的。保定乃是姜雪君的出生之地。

卫天元到了保定，不由得心事如潮了。

## 是鬼? 是人?

保定是他熟悉的城市，他很容易就在横街小巷之中找到了合乎他们身份的小客店，要了两间房间。卫天元把房钱先付，说明是南下投亲的兄妹，客店的掌柜果然丝毫也没怀疑。

到了午夜时分，卫天元悄悄起来，推窗一看，无月无星，正是适合于夜行人出动的“好天色”。他换上黑色的夜行衣，便即溜出客店。

保定虽是直隶（即今河北）的省城，但以卫天元的轻功，摸黑出城却也并非难事。出了城不过半个时辰，他便回到他老家所在之地了。

卫姜二家以前是在郊区的一座小山岗下比邻而居的，附近本来还有几家人家，那次出事之后，他们两家已给烧成平地，附近的几家人家也早已搬走了。

卫天元练过上乘武功，目力异乎常人。虽然无月无星，他聚拢目光，凝神望去，对眼前的景物，也还隐约可辨。

可是他哪里还能找到熟悉的儿时景物，一别十年有多，劫后归来，不但人事全非，景物也都变了！

他们两家变成一片瓦砾，瓦砾场上，野草丛生，屋后的荷塘，变成了一池臭水。而且由于没有居民料理，每年雨季，由山上流下来的石头，也堆满在瓦砾场中。

卫天元满腹辛酸，在瓦砾场中幻出当年情景。他和姜雪君是常在晚上出来捉蟋蟀的，他听见了蟋蟀的叫声，心里想道："现在野草丛生，蟋蟀一定比从前更多了。唉，可惜却是见不着雪妹了。"

他在心里叫着"雪妹"，不料却听到了一个"真实的声音"在叫"元哥"！

声音虽然飘忽，似有如无，但从那凄冷的叫声，他一听就听得出是姜雪君的声音。

他扑过去，黑暗中依稀似见人影一闪，闪入乱石堆中！

卫天元心情激动，不觉叫了出来："雪君，雪君，不管你是鬼是人，求你让我一见！"

他一出声，果然就有黑影应声而出！

不是鬼，是人！而且是两个人！

但可惜不是姜雪君，是两个彪形大汉。

这两个人齐声喝道："卫天元，你好大胆，居然还敢回来？哼，即使你是飞天神龙，今番也叫你插翼难飞！"

卫天元一掌劈去，当先那人竟不避招，身形一俯，左掌直插咽喉，右手横肱撞胁。卫天元喝声"来得好！"一个"穿掌"化解对

卫天元头晕目眩，忽听得清脆的声音喝道：“贼子，胆敢用歹毒的暗器伤人，看剑！”来者正是上官飞凤。

方攻势，反扭他的右臂。双方使的都是极其凌厉的反击手法。

说时迟，那时快，第二个汉子亦已从他的左翼攻来，使的是一对判官笔，点向卫天元胁下的“气俞穴”，黑暗之中，认穴竟是不差毫黍。

卫天元不敢轻敌，往旁一个斜身滑步，使出“龙爪手”功夫，反扣他的肩井穴。与此同时，和另一个汉子已是对了一掌。

只听得“嗤”的一声，卫天元的衣裳被撕了一幅，那两个汉子亦已给他的掌力震退三两步。不过这两个人都是一退复上，显然没有受伤。而且卫天元使出了齐家绝技之一的龙爪手，也未能够抓着使判官笔那汉子的琵琶骨。

卫天元心头一凛：“穆志遥手下，居然还有如此高明的人物，倒是不可小觑了！”当下全力施为，拳掌兼施，有如铁斧开山，巨锤凿石。那两个汉子在他大施刚猛的打法之下，似乎有点怯意，未露败象，便即转身。

卫天元满腔郁闷，无处发泄，正要发作在这两人身上，他大喝一声：“是你们自己来送死的，还想逃么？”飞身扑上。和卫天元对过一掌的那个汉子反手一扬，喝道：“给我倒下！”

喝声还未停止，只听得“蓬”的一声，他发出的暗器已是在卫天元头顶上方爆炸，立即把卫天元的身形笼罩在一团烟雾之中。

卫天元忙使一招“横扫六合”，把烟雾荡开。只觉有极其浓烈的异香直攻鼻观。他只不过吸进一点香气，但已觉得头晕目眩，摇摇欲坠。

就在此时，忽听得一个清脆的声音喝道：“贼子，胆敢用这等歹毒的暗器，看剑！”

卫天元又喜又惊，来的不是别人，正是上官飞凤！

黑暗中只听得几下金铁交鸣之声，跟着便听得狂呼奔跑之声，那两个汉子似是受了伤，跑了。

上官飞凤走到他的身边，说道：“你怎么样，运一口气试试，中毒没有？”

卫天元运气三转，恢复了一半精神，说道：“这迷香倒是特别，我现在还像喝醉了酒一般。不过真气仍可运转自如，相信绝不致中毒。”

上官飞凤吁了口气，说道：“这我就放心了。你知道那是什么暗器吗，那是西藏天魔教的香雾弹，分有毒无毒两种，但即使是没有毒那种，也可令人沉睡三天！卫大哥，想不到你的功力不但恢复如初，而且大胜从前了，真是可喜可贺！”

卫天元也曾听人说过香雾弹的厉害的，想了一想，恍然大悟，笑道：“这不是我的功力大增之故，而是拜你的松子酒所赐。你给我喝的松子酒，是有天山雪莲炮制的碧灵丹溶化其中的，我喝多了这种松子酒，自是百毒不侵了。不过，我也有一件想不到的事情。”

上官飞凤道：“什么事情？”

卫天元本来想把见着姜雪君的事说出来的，他心里猜疑不定，不知见到的是“鬼魂”还是上官飞凤的故技重施假扮姜雪君？但转念一想，却暂且忍着不说，先来一个试探。

“怎的你也会跑到这里来？”卫天元笑道。

上官飞凤早就料到他有此一问，笑道：“你溜出客店之时，我就跟踪你了。不过你大概一心在想着雪君姐姐，有个人跟着你，你也丝毫没有察觉。”

卫天元心头卜通一跳，说道：“那么，你是在我之后，而并非在我之前来到这里的了？”

上官飞凤道：“是呀，你因何这样问我？”

卫天元连忙问道：“你见着雪君没有？”

上官飞凤笑道：“你见着她了？”

卫天元道：“是，我见着她了！但却不知是她的鬼魂，还是，还是……”

上官飞凤笑道：“人家说日有所思，夜有所梦。你却是坐行皆梦，只因无时无刻不在想着雪君姐姐，也难怪就会不是梦中也能见着她了。”

卫天元道：“我的确是见着她的，并非作梦！”

上官飞凤笑道：“你知道见着的是谁吗？”

卫天元道：“难道是你？”

上官飞凤道：“不错，是我。我见你在瓦砾场边如痴似傻地徘徊，还在唉声叹气。我知道你准是在想念雪君姐姐，因此我就从你的身旁边绕过，躲在乱石堆中，想扮雪君姐姐，和你开个玩笑。”

卫天元思疑不定，说道：“但你穿的是黑色衣裳，我见到的那个女子，穿的却是白色衣裳！”

上官飞凤道：“黑夜之中，你看得这么清楚？”

卫天元道：“当时我只看见她的影子一闪即没，假如她穿的是黑色衣裳，她躲闪得又这么快，黑暗中我一定连她的影子也看不见的。”

上官飞凤道：“你只看见一个人的影子，怎能断定是她？”

卫天元道：“她烧变了灰我也认得！而且她平日最喜欢着的是白色衣裳，当我看见那影子的时候，曾感觉眼睛陡然一亮，可知是白影不是黑影。”

上官飞凤噗嗤一笑，说道：“在那古庙之中，你也曾经两次把我当成雪君姐姐！我可是有血有肉的人呢，并未烧成了灰！”

卫天元给她驳得哑口无言，只能重复说道：“但你穿的可是黑色衣裳，怎能现出白影？”

上官飞凤笑道：“你看这是什么？”她摇一摇手腕上戴的玉镯，说道：“这玉镯是汉白玉，你看见的那团白影就是这个东西！”

卫天元口中没说，心里则在想道：“玉镯的光影和人的影子我怎能分不出来？”接着又想到了刚才未曾想到的一点：“前几天我还在病中，神智未清，这才把飞凤误认雪君。但刚才我可是清醒的呀！”但因上官飞凤一口咬定他刚才所见的影子就是她，而且即使按照迷信的说法，死了的人就变成鬼，鬼也是没有影子的。卫天元只能疑幻疑真，不能和她辩驳下去了。

上官飞凤笑道：“天就要亮了，快点回去吧。天亮之前是分外黑暗的，若还在此逗留，更要疑心生暗鬼了。”

卫天元忽道：“飞凤，我求你一件事情。你答应了我才走。”

上官飞凤道：“你这人真是难缠，又有什么事情？”

卫天元道：“此事不费吹灰之力。请你叫我一声元哥。”

上官飞凤道：“好端端的为什么要我叫你元哥？”蓦地一省，笑道：“敢情你是听见雪君叫你？你要我模仿雪君的声音再叫你一声？”

说至此处，叹口气道：“元哥，你再这样胡思乱想下去，会变神经病的。所以我不能模仿雪君的声音再叫你了。唉，你这样痴念成狂，说不定听见蟋蟀的叫声，也会当成是她在呼唤你呢！”

卫天元心道：“不对，我听到的决不是蟋蟀的叫声！”

姜雪君的声音好像还在他的耳边，“元哥，元哥！”是那样凄凉欲绝的呼唤！

不错，上官飞凤会“腹语”，会模仿别人的声音，但姜雪君那样凄凉欲绝的呼唤，她是决计模仿不来的。因为感情不能伪装。卫天元也正是因此，才要试一试她的。

可是上官飞凤执意不肯，他又怎能勉强她呢？而且他自己也觉得有点委屈上官飞凤了。

正在他心乱如麻，疑真疑幻之际，上官飞凤幽幽叹了口气，说道：“每个人都是但求心之所安的，要是你认为死了的人在你的心中所占的位置，比活着的人还更重要，那你就留在这里伴雪君姐姐的鬼魂吧。我也不勉强你和我走了。”

卫天元内疚于心，不觉说道：“你是对我最好的人，我知道，你对我这样好，我怎会把你当作无关紧要的人？请你别这样说，你这样比骂我还难受。”

上官飞凤脸上绽出笑容，说道：“你真的这样认、认为我是对你最好的人？不见得吧？”

卫天元道：“当然，爷爷对我也是非常好的。但我是他抚养成人的，他把我当作孙儿一样，对我好是应该的。”

上官飞凤道：“我对你好就不应该吗？你是不是觉得咱们素昧平生，我对你好乃是别有……”

卫天元道：“不，不是这样说。你，你别多心……”

上官飞凤道：“那该怎样说？”

卫天元叹道：“唉，我也不知该怎样说。总之我感激你。而且，正因为你我本来素不相识，我更加感激你！”

上官飞凤叹道：“我并不是对每一个素不相识的人都这样好的。唉，我也不知道为什么要对你这样好？”

卫天元心中一动，不知怎样回答才好。

上官飞凤看他一眼，忽地说道："除了你的爷爷，恐怕我也还不是对你最好的人吧？"

卫天元道："不错，漱玉师妹对我也是非常好的。不过，我始终都是把她当作小妹妹。"言下之意，齐漱玉对他的"好"和上官飞凤对他的"好"似乎不可相提并论。

上官飞凤似笑非笑地说道："哦，你把她当作小妹妹，那你把我当作什么？"

卫天元道："你不怪我说出心中直话？"

上官飞凤笑靥如花，说道："我正是要你说出心中的话。"

卫天元说道："好，那我就直说吧。你的年纪虽然比我轻，但做人处事，却比我老练得多，也精明得多。在我的心里，是把你当作姐姐一般的。"

上官飞凤脸上的笑容突然凝结了，但随即还是勉强笑道："好，那么你应该做一个乖弟弟，听姐姐的话了。"

卫天元道："是，我听姐姐的话。咱们这就同去扬州。"

走了一程，卫天元想起一事，问道："凤姐，在京师之日，你可曾见过我的齐师妹？"

上官飞凤道："没有。"

卫天元道："那你怎么知道她是要去扬州？"

上官飞凤道："汤怀远说的。而且据情理推测，她的父亲已经随银狐而去，难道她不想到扬州去见见她的母亲吗？"

卫天元道："这推测很合理，我也希望在扬州能见到她。"

上官飞凤道："你没有见过她的母亲吧？你们若是在扬州相会，那就是一家子共庆团圆了。"弦外之音，似讽似妒。

卫天元默不作声。他并不是一个木头人，上官飞凤虽然没有对他明言，但上官飞凤对他的心意，他是早就感觉到了的。

他感到内疚于心："可惜我的心早已交给雪君了。唉，想不到我平生最重的是恩怨分明，却欠下了两个少女的恩情，无法偿还！"

他心中想到的另一个少女，不用说当然就是他的师妹齐漱玉了。他知道他虽然是把齐漱玉当作小妹妹看待，但这个小师妹却是对他一往情深的。

他希望见到这个小师妹，但也着实有点害怕，害怕和上官飞凤同去扬州，会惹出更多的烦恼。

上官飞凤也好似有着什么心事，不过两个人都是一样，没有把心事和对方说出来。

卫天元当然不会知道，上官飞凤不但是见过齐漱玉，而且还是齐漱玉的救命恩人。同时，也是楚天舒的救命恩人。不过他们两人都不知道。

那天，齐漱玉按照银狐穆娟娟给她的地址，找到了上官飞凤在北京的住所。

她没有见过上官飞凤，甚至对上官飞凤的来历也毫无所知。

她第一次听到上官飞凤这名字，是姜雪君告诉她的，姜雪君告诉她，这个上官飞凤是个本领高强，行径古怪，神出鬼没的“奇女子”。她曾经得过她的帮忙。而且这个上官飞凤“似乎”还是和卫天元颇有交情的朋友。她用“似乎”这两个字，那是因为卫天元从没和她提过有这个朋友，但从上官飞凤代替卫天元来帮忙她的那件事情来看，她又的确好像是和卫天元并非泛泛之交。

而那天穆娟娟指引她去找上官飞凤，也正是因为上官飞凤可以帮她的忙的。

齐漱玉相信穆娟娟不会骗她，更相信姜雪君不会看错人，因此虽然她也从没听过卫天元提起过有上官飞凤这个朋友，她还是去找她了。因为她正需要上官飞凤帮她寻找师兄，也需要她帮忙师兄脱离险境。

想不到她在那座神秘的大屋却没有找着上官飞凤，倒是出乎她的意料之外，碰上了楚天舒。

更想不到的是她和楚天舒同遭不测，险死还生。当他们还在等待上官飞凤的时候，宇文浩已经来到。楚天舒中毒昏迷，而她也中了宇文浩的毒针。宇文浩是金狐穆好好的儿子，这毒针是比四川唐家的暗器更厉害的穆家毒针。幸好她在未曾倒下之前，先把宇文浩吓走。

当楚天舒醒来之时，已是身在一座古庙之中了。齐漱玉躺在他的身旁，尚还未醒。当时楚天舒有如坠入五里雾中，却不知道这件事情正是上官飞凤的“杰作”。

此际，上官飞凤和卫天元一路同行，默默无言，想的就正是这件事情。

那天她回到家里，发现了业已昏迷，不省人事的楚天舒和齐漱玉。

本来她可以让他们留在自己的家里，救活他们的。但她忽然动了一个“古怪”的念头，说是“古怪”，却也是有着她的目的的。

她是想用移花接木之计，让楚天舒和齐漱玉在共同患难之中，能够有比兄妹更进一步的感情。

不错，上官飞凤已经知道齐漱玉的母亲是楚天舒的继母，他们是份属兄妹的。

但这个“兄妹”，也仅仅只是“名分”上的兄妹而已，他们不同父亲，也不同母亲的。即使按照当时的礼教习俗，毫无血统关系的异父异母的所谓“兄妹”，也是可以成亲的。

问题不是在于“兄妹”的名分，在于齐漱玉的心上只有一个卫天元。楚天舒的心上恐怕也只有一个姜雪君。（虽然他只是心中暗恋，不敢像齐漱玉之喜欢卫天元那样表现出来。）

最好的办法莫过于叫他们共同经历一场患难，彼此对对方都有救命之恩，那就容易使得他们因感激而生情感了。

因此，上官飞凤把他们送到那座古庙，并且给他们留下用天山雪莲炮制的碧灵丹。

经过她的安排，楚天舒先醒过来，再用碧灵丹救活齐漱玉。

单有碧灵丹还是不能替齐漱玉拔除穆家的毒针之毒的，因此她又留下字条，指教楚天舒如何为齐漱玉拔毒疗伤的法子。在楚天舒的功力恢复一半之后，就可以替齐漱玉打通奇经八脉了。

上官飞凤想起这件事情，不觉心里有点不安，暗自想道：“这件事情，做得不大光明，要是给元哥知道真相，恐怕他会看不起我了！”

但转念又想："不过，我这样做也算不得是损人利己，元哥并不爱他师妹，齐漱玉痴恋无益；而姜雪君即使还在人间，她也决不会嫁给楚天舒的。他们这一对失意人正是同病相怜，要是我能够替他们撮合良缘，对他们也有好处啊！"

他们已经默默走了一段路程，卫天元忽地回过头来说道："飞凤，你怎么一直没有说话？"

上官飞凤道："你不是也没说话么？"

卫天元叹口气道："我心情乱得很，不想说话。但我可以听你说话。"

上官飞凤笑道："你是想听一些可以令你开心的话吧？"

卫天元苦笑道："还有什么事情能令我开心？"

上官飞凤笑道："你不是记挂着小师妹吗？到了扬州，相信你一定见得着她的。到时说不定她还有喜讯告诉你呢？"

卫天元道："什么喜讯？"

上官飞凤似笑非笑地说道："天机不可泄漏，到时你自会知道。"

卫天元道："你的行事和说话，都是往往令人感到神秘莫测。好，那咱们就加快脚步，早日赶到扬州去吧。"

他眉宇之间的忧郁似乎减了几分，但神情还是那样落漠，对有关师妹的消息，也没兴趣问下去了。

上官飞凤暗暗好笑，想道："他哪知道，那座古庙，也正是他的小师妹养过伤的地方。但要是到了扬州，他们师兄妹见面谈了起来，齐漱玉恐怕就会猜得到是我的所为了。我倒要预先想好一套说话应付才好。"原来卫天元和楚齐二人都是在同一座古庙养伤的。上官飞凤两次担当了护送病人的角色，后一次她把卫天元送到那座古庙之时，正是齐漱玉和楚天舒离开古庙的第二天。

## 兄妹南归

楚天舒和齐漱玉正在南归的路上。

他见齐漱玉好像有点闷闷不乐，便逗她说话道："你从来没有到过江南，是吗？江南的景色可真美呢，而扬州尤其是江南的名胜之区，和苏州、杭州一样出名的。唐朝的诗人杜牧有一首诗道，青山隐隐水迢迢，秋尽江南草未凋。二十四桥明月夜，玉人何处教吹箫。这首诗就是写扬州的。我知道你会吹箫，到了扬州，我陪你遍游二十四桥，你教我吹箫。”

齐漱玉笑道：“我不是玉人，也不会教你吹箫。我倒是想起另外两句诗。”

楚天舒道：“是哪两句？”

齐漱玉道：“腰缠十万贯，骑鹤上扬州。”接着笑道：“我身上可是一文钱都没有，到了扬州，你就得大大破费了。”

楚天舒笑道：“你好像忘记了一件事情。”

齐漱玉道：“哦，忘记了什么事情？”

楚天舒道：“忘记了你已经是我的妹妹了。我的就是你的，你怎么还和我说这样的话？”

齐漱玉苦笑道：“说真的，我真是没想到你我会变成兄妹。你爹爹的病都好了吧？他是不是早已回家了？”

楚天舒知道她想问的是谁，原来当他们回到京城时，楚天舒的父亲和继母早已离开了。

楚天舒道：“我们回到京师的时候，爸爸和妈妈已经离开镖局三天了。是汤总镖头送他们回扬州的。”

齐漱玉心里想道：“妈妈果然还是回到楚家去了，大概她也知道爹爹已经跟银狐走了吧？唉，她和爹爹那段姻缘本来不是出于自愿，即使没有银狐插入来，恐怕她和爹爹也是不能白头偕老。但求妈妈能够安度晚年，他们老一辈的事情，我们做小辈的也无谓多管了。”问道：“为什么要汤总镖头护送你爹回家，难道他的病还未……”

楚天舒道：“听说爹爹的病还未十分痊愈，但亦已好了一大半了。不过，他真实的病情在镖局里也只有汤总镖头才最清楚。汤总镖头对外扬言，则还是说他的病情相当严重的。”

齐漱玉诧道：“为什么？”

楚天舒道：“汤总镖头要不是这样说，他哪有借口离开京师？”

齐漱玉道："他不是要到扬州去视察分局业务的吗？我是听得镖局里的一个镖师说的。"

楚天舒笑道："不错，对镖局里的人，他是这样说的。"

齐漱玉道："哦，那他对什么人才用这个借口？"

楚天舒道："对御林军的统领穆志遥。"

齐漱玉如有所悟，屈指一算，说道："我们回到京师的时候，他们已经离开三天，那即是说，他们是在秘魔崖之战的前两天离开的了？"原来她和楚天舒是刚刚在秘魔崖之战过后的第二天回到京师的。

楚天舒道："正是。"

齐漱玉道："我明白了，他们是要避开秘魔崖之战。"

楚天舒道："不错，汤总镖头和爹爹一样，他们都是不愿意和你的卫师兄交手的。汤总镖头和爹爹是好朋友，穆志遥也知道的。他护送好友回家养病，穆志遥自是不便阻拦。"

齐漱玉忽道："哥哥，我想问你一件事情，请你老实告诉我。"

楚天舒道："什么事情？"

齐漱玉道："姜姐姐是不是真的死了？"

楚天舒一惊道："你怎么知道？"

齐漱玉叹道："这么说竟是真的了，怪不得前天晚上我看见你眼眶红肿，想必你已经大哭了一场。"

楚天舒低下了头，说道："你的病刚好，我是怕你伤心，才瞒住你。"

齐漱玉叹道："哥哥，你真傻，你一个人伤心，岂不更加难受！"蓦地心底起了疑云："他怕我伤心，恐怕还不仅仅是因为姜姐姐死于非命。"要知她是曾经有过一段日子要把姜雪君当作情敌的，虽说她后来因为同情姜雪君的遭遇，非但没有恨她，还和她做了朋友。但无论如何，她们之间的交情也只能说是"不错"而已，怎也比不上楚天舒和姜雪君的交情之深的。她心里想道："听到姜姐姐的不幸消息，伤心当然是免不了的。但你都抵受得起，又何至于害怕我伤心欲绝？"

楚天舒好像知道她的心思，说道："妹妹，我和你都可说得是死过一次的人了，凡事总要看开一些才好。”

齐漱玉道：“你放心，我经历过的伤心事情也太多了，任何不幸的消息，我都经受得起。”顿了一顿，接着说道：“所以，你也不妨告诉我了。”

楚天舒道：“你要知道什么？”

齐漱玉道：“我要知道那天秘魔崖上的事情，姜姐姐，她是怎样死的？”

楚天舒道：“你不是已经知道了么？”

齐漱玉道：“我只是听到别人的一言半语，知而不详。”

楚天舒道：“我也是听得别人说的，恐怕也是不尽详实。”

齐漱玉道：“无论如何，你知道的一定比我详细得多。”有一句话她没说出来的是：“因为别人对你无须像对我一样避忌。”

楚天舒无可奈何，只好把他听来的有关秘魔崖之战的情形，对齐漱玉说了一些，最后说道：“听说雪君是在杀了仇人之后，服毒自尽的。”

齐漱玉吃一惊道：“她因何要服毒自尽？”

楚天舒叹口气道：“你问我，我却问谁？唉，除非雪君师妹能够死而复活，否则恐怕谁也不知道内里原因！”

不过，他口里是这样说，心里可不是这样想。他想的是：“倘若在这世界上还有一个人知道的话，这个人一定是卫天元。但卫天元即使知道，恐怕他也是讳莫如深，怎肯对我说呢？”

齐漱玉忽地问道：“她死的时候，卫师兄是在她的身边吧？”

楚天舒涩声说道：“听说雪君是死在他的怀中的。”

齐漱玉想道：“姜姐姐能够死在心爱的人的怀里，死也可以瞑目了。”悲痛之中，不觉也带了几分妒意。问道：“她的后事，谁人料理？”

楚天舒道：“听说就是那个奇女子上官飞凤出头，承担了她的后事。”

齐漱玉皱眉道：“又是这个不知来历的上官飞凤！但姜姐姐和她不过是一面之交，怎的却要把姜姐姐的后事让她承担？”

楚天舒叹口气道：“要是我在场的话，我一定把她的遗体运回扬州，留待他日与她的父母葬在一起的。但当时，唉……”

齐漱玉道：“当时的情形怎样？”

楚天舒道：“不但你的卫师兄受了伤，蓟大先生、蓟二先生等人都已受了伤了。知道家父是雪君师叔的人，只有一个汤总镖头的弟弟汤怀义在场。据汤怀义说，当时还有许多人要和卫天元为难的，这些人十居八九是穆志遥请来的。幸得上官飞凤出头，以幻剑灵旗，震慑了那些穆志遥请来的妖人，那些妖人有的还反过来听她命令。这才把风波压下。”

齐漱玉吃一惊道：“这个上官飞凤竟然如此神通广大！知道她是什么来历没有？”

楚天舒道：“已经略有所知，待会儿再说如何？”

齐漱玉道：“好，你先说当时情形。”

楚天舒道：“雪君死在卫天元的怀里，卫天元也晕倒了。当时形势十分混乱。上官飞凤叫人把他们两个抬下山去。汤怀义因她是救卫天元的人，不便阻拦。他要照料蓟大先生，也没有跟下山去。据一个先下山的镖师说，山下早已停了一辆马车，他看见姜雪君的尸体就是给搬上这辆马车走的。”

齐漱玉连忙问道：“那么我的卫师兄呢？他的伤怎样，下山之时，醒了没有？”

楚天舒道：“那个镖师是正在逃走的，不敢走过去看。也不知卫天元是醒了没有，但他却看见卫天元是在上官飞凤扶持之下，一同上了另一辆马车的。这辆马车是在装载雪君遗体那辆马车开了之后才来的。”

齐漱玉大为着急，说道：“那么，我的卫师兄如今是在何处，你已是不知道的了？”

楚天舒忽地叹了口气，说道：“有一句我说给你听，你可别怪我多疑。”

楚天舒道：“听汤怀义说，他们的交情似乎很不寻常。”

齐漱玉道：“这是当然的了，否则她怎会那样一心一意，帮忙元哥。”

楚天舒道：“她这次用幻剑灵旗来救卫天元，恐怕还含有别的意思呢。”

齐漱玉莫名其妙，怔了一怔，说道：“什么叫做别的意思？”

楚天舒道：“翦大先生是知道她来历的，他已经说给汤怀义知道。汤怀义都和我说了。我先问你，你知不知道幻剑灵旗是什么东西？”

齐漱玉道：“我正想问你呢。”

楚天舒道：“我以为你的爷爷曾经和你说过，你既然尚未知道，那我就从头说起吧。昆仑山绝顶，隐居有一家复姓上官的人家，是西域著名的武学世家。他家的剑法奇幻无比，故此称为‘幻剑’。上官飞凤就是这家人家的女儿。她的父亲上官云龙，据说剑法之精，几乎已是天下无敌。”

齐漱玉听得“几乎”二字，问道：“是不是还有人抵敌得住他家的幻剑？”

楚天舒道：“不错，这个人就是你的爷爷。”

齐漱玉大感兴趣，说道：“爷爷从未谈过这段比剑的故事，愿闻其详。”

楚天舒道：“据翦大先生所说，这段比剑的故事，大约是发生在二十年前。那时上官云龙的幻剑刚刚练成，你的爷爷上昆仑山找他比剑，接了他十三招九十一式的奇幻剑法。到了第十四招，亦即是到了上官云龙家传剑法的最后一招了，你的爷爷本来已是无法抵御，非受伤不可的，好在你的爷爷内功比他高强，以内力封住他的剑势，他的剑尖离开你爷爷的胸膛只有三寸，再也不能向前刺进分毫，两人哈哈一笑，当作和局收场。但你的爷爷年纪比他大得多、多了二十年功力，方始能够和他扳成平手，在剑法上恐怕还得承认是上官云龙的剑法天下无敌的。”

齐漱玉心想：“怪不得爷爷在二十年前闭门封刀，比剑输给上官云龙，恐怕也是原因之一。这次比剑，恐怕也是他平生第一次有失面子的事，也怪不得他不肯和我说了。”问道：“那么灵旗又是什么事物？”

楚天舒道：“灵旗是上官世家的旗号，就好像是每个著名的大镖局都有它自己的镖旗一样。”

楚天舒继续说道："上官云龙住在昆仑山上，虽然很少下山，但却得到西域十三家门派的拥戴，奉他为宗主。西域武林中人，都知道有这样四句话：昆仑山上，幻剑灵旗。不奉灵旗，幻剑诛之。"

齐漱玉道："如此说来，这上官云龙岂不是西域武林的第一号人物了？"

楚天舒道："他岂只是威震西域，他做了西域十三家门派的宗主，至今已有二十多年，中原黑白两道的首脑人物，许多人也都知道有那四句话。名门正派的高手或者还不怎样害怕他的幻剑灵旗，邪派中人却是闻幻剑灵旗之名而丧胆的。"

齐漱玉道："怪不得上官飞凤亮出幻剑灵旗，穆志遥请来的那些三山五岳人马就不敢和卫师兄为难了。但你说她这次使出幻剑灵旗来救卫师兄，恐怕还含有别的意思，那又是什么意思呢？"

楚天舒道："我已经说过，这灵旗乃是上官世家的旗号，好像镖局的镖旗一样。这灵旗上官云龙极少使用，因为他已经无须打出旗号，就可以号令西域的武林了。不过，除了用来号令武林之外，上官家的灵旗还有一个用途。"

齐漱玉见他似乎想说又不想说的样子，不觉疑心大起，说道："别卖关子了，爽快说吧。还有什么用途？"

楚天舒道："像镖局的镖旗一样，镖旗是用来保护本镖局的镖银的。上官家的灵旗倘若不是由上官云龙本人亲自用来号令武林，而是由他的家人使用的话，更说得确切一些，他只有一个女儿，这灵旗由他的女儿使用的话，就只能是用来保护他们这一家的家人的了。亮出灵旗，即是要别人知道这个人是上官这一家的家人。"

齐漱玉皱眉说道："你说得这样啰里啰唆，我却还是不怎样明白。他只有一个女儿，那，那……"

楚天舒道："对不住，我只能说到这个地步，词不达意，那也没有办法。"

齐漱玉叠声说了："那、那、那又，……"之后，蓦地恍然大悟，说道："我明白了，那位上官姑娘已经是把卫师哥当成她家的成员之一，那、那即是说……"她心里一阵酸，话声戛然而止。但谁也听得明白，"那即是说，她已经把卫天元当成夫婿了。"

“卫师兄不知是否已经知道她这次打出灵旗的用意?”齐漱玉好像是自言自语，又好像是问楚天舒。

楚天舒涩声道:“我不是你的卫师兄，这话恐怕只有问他自己才能知道。”齐漱玉感觉到他的目光中已是好像有对她怜悯的神色。

齐漱玉心头一跳，说道:“哥哥，你不要瞒我，我知道你要说的是什么!”

楚天舒道:“你别胡猜乱想。”

齐漱玉道:“什么胡猜乱想，你以为你不告诉我，我就不知道吗?”

楚天舒道:“你知道了什么?”

齐漱玉道:“你若把我当作妹妹，你就该让我知道真相，我受得住的!卫师兄和那位上官姑娘早已有了私情，是吧?”

原来她的确是已经“知道”的，不过在未曾得到进一步的“证实”之前，她仍未敢相信而已。

她的“知道”，乃是耳闻，而非目击。

她和楚天舒回到北京那天晚上，是住在震远镖局的。那天晚上，她在无意之中听见两个镖师背后说人闲话。

一个说道:“如此说来，翦大先生虽然维护那个小子，那小子是正是邪，还未知道呢。”

另一个道:“是呀，即使他报仇一事无可非议，但他也是一个负心汉子!唉，他的旧情人还是武林中著名的美人呢，遭他抛弃，如此下场，真是可怜!”

第一个镖师笑道:“这小子倒是艳福不浅，刚刚失了旧爱，又得新欢。”齐漱玉一出现，他们立即停止交谈，但那古怪的笑容却还挂在那个镖师脸上。

齐漱玉再糊涂，也猜得到他们说的那个“小子”是谁了。

现在，她的这个猜测，更从楚天舒的语气和神色之中得到了证实。

她咬着嘴唇，口角沁出血丝，心头已在滴血。她不仅是为自己伤心，更加为姜雪君感到不值。“他怎能是那样的人?那样一个负心的人!”她不愿意相信，一千个不愿意相信，一万个不愿意相信！尽管从楚天舒的脸色她已知道“不妙”，但还抱着万一的希望，希望从楚天舒口中说出的话不是那样，即使那只是骗她的话也好。

楚天舒怜悯的目光抚慰着她，说道：“不错，我也听得人家这样说。但人言未必足信，你就当作没有听见吧。好在，你还没有受到他的伤害！”

楚天舒是把听来的“闲言闲语”信以为真的，他不愿意欺骗齐漱玉，因此他所能给予她的安慰，也只能说到这个限度了。

但这样的“安慰”，说了等于没说。“人言未必足信”，“未必”而已。反过来说，也是未必就是捏造的啊。

齐漱玉不愿意相信她的“元哥”是“那样的人”，但却不能不信了。

“足信也好，不足信也好，哥哥，你说下去！”齐漱玉道。

“你要知道的，我都已经说了。”楚天舒道。

齐漱玉道：“不，我知道你还有些话是未曾说出来的。你一开头，就叫我别怪你是多疑。那么，是什么事情令你‘多疑’？这件事情，你都未曾说出来呢？”

楚天舒给她缠得没有办法，心里想道：“事情的真相，她总是会有一天知道的。告诉她也好，让她断了对卫天元的痴情，她纵然免不了要大大的伤心一次，那也还是值得的。胜于让她继续那永远没有结果的痴恋，日后更加伤心！”

他想了一想，说道：“那只是别人的猜测之辞，甚或只能算是流言蜚语而已。”

齐漱玉道：“是流言或是事实，我会自己判断的。你说出来吧。”

楚天舒道：“镖局有人议论，说是姜雪君之所以服毒自杀，是因为她已经知道了卫天元爱上了别人！”

齐漱玉道：“你说的这个‘有人’，可是汤怀义么？”

楚天舒道：“不错，那日秘魔崖之战，他是在场的。他说卫天元和上官飞凤那日并肩作战，态度十分亲热。因此，他认为卫天元那日没有受伤，恐怕也会跟上官飞凤走的。”

齐漱玉道："但姜姐姐是死在他的怀中的。"

楚天舒道："他们毕竟是相爱过多年的人，在姜雪君临终之际，卫天元总也不免有点悔意吧？而姜雪君死在他的怀里，也正是对他的一种惩罚啊！"

齐漱玉打了个寒噤道："惩罚？"

楚天舒道："她是要让他永远欠下感情的债，这不是最重的惩罚吗？"

齐漱玉又打了个寒噤，说道："不，我知道雪君姐姐的为人，她不会是存心让元哥受到惩罚的。她死也要死在元哥怀里，那只能是表示她对元哥的一往情深，生死不渝。"

楚天舒道："我说过这只是别人的猜测，我也相信雪君不会有此存心。不过她有没有这个存心是另一回事，……"他本来有些话要说下去的，但一看齐漱玉忍着眼泪的模样，却是不忍说下去了。

但齐漱玉当然知道他要说的是什么，而她自己也正是这样想的。

"不错，雪君姐姐即使没有这个存心，但元哥若是还有良心，他又怎能不终生抱疚？"

又再想道："唉，假如元哥真是移爱于那位上官姑娘，可真是对不起雪君姐姐了。最伤心的还应是她！嗯，死在情人的怀里虽然是种幸福，但假如情人早变了心，就不能这样说了。假如换了是我，我是不会做这种傻事的。但也不可能是我，元哥，他、他从来没有像对雪君姐姐那样待我！"

突然她明白了楚天舒刚才说的"好在你还没有受到伤害"那句话的意思了。是呀，没有爱又哪来的伤害？从卫天元来到她家的第一天开始，他就是一直把她当作小妹妹的！

楚天舒不禁有点担心，说道："妹妹，事情已经过去，你莫再想它了。"

齐漱玉也不知听见他这句话没有，忽道："哥哥，你真好！"

楚天舒一怔道："我有什么好？"

齐漱玉道："雪君姐姐死了，我知道你也是非常伤心的。你却抑制住自己的伤心，对我还是那么体贴，只是怕我伤心！”

楚天舒心中悲痛，勉强笑道：“你是我的妹妹嘛，我当然不忍见你伤心！”

齐漱玉忽地有个“滑稽”的感觉：“元哥那才真正像是我的亲哥哥，这个‘哥哥’却是来得有点莫名其妙。不过，他对我却好像真的比元哥还好。”由于这个哥哥来得太过“突然”，她直到如今，还是不很习惯于把楚天舒叫做哥哥的。

楚天舒道：“你还在想你的卫师兄吗？”

齐漱玉咬着嘴唇道：“我，我不知道。”

楚天舒忽道：“你若把我当作哥哥，我求你一件事情。”

齐漱玉道：“你说。”

楚天舒道：“你要哭的话，现在就痛痛快快地大哭一场吧！我试过的，哭过之后，总会好些。”

齐漱玉没有哭，眼睛望向远方，仍然好像在想心事。

楚天舒柔声说道：“妹妹，别这样痴想了，这样下去，会弄坏身子的。听哥哥的话，痛痛快快地大哭一场吧。”

齐漱玉这才回过头来，缓缓说道：“求我的事情，就只是要我大哭一场吗？”

楚天舒道：“但愿你哭过之后，能恢复原来模样。”

齐漱玉道：“原来的我是什么模样？”

楚天舒道：“一个天真活泼的小姑娘。”

齐漱玉道：“你不是也曾说过，要我忘掉过去的么？”

楚天舒道：“忘掉过去不愉快的事情，但我却盼望重新见到你的笑容。”

齐漱玉道：“你何不说得简单明白一些，你是要我忘掉一个人呢？”

楚天舒叹道：“要忘掉一个人是不容易的，不过……”

齐漱玉道：“不过，你希望我能够慢慢忘记他，是么？”

楚天舒点了点头。齐漱玉道：“为什么？”

楚天舒心道：“她这样迷迷惘惘，不点醒她恐怕是不行了。”说道：“你再想念他，今后恐怕也是难以见到他了。除非你到昆仑山去，昆仑山与扬州相隔何止万里之遥？路途遥远还不打紧，昆仑山上还有一位上官姑娘呢！”

齐漱玉忽道：“你忘记了姜姐姐么？”

楚天舒道：“我和她不同。”

齐漱玉道：“有什么不同？你不也是永远见不到她了么？”

楚天舒呆了一呆，说道：“你也说得对。我和她是死别，你和他是生离。这一点是相同，但是……”

齐漱玉道：“但是什么？你不爱姜姐姐？”

楚天舒叹口气道：“我不否认，我对她是曾有过爱慕之心，亦仅止于爱慕而已，待我知道她的心里只有你的卫师兄之后，我早已不存非分之想了。我和她不过是同门之谊。而且她对你的卫师兄，亦是始终如一，从来没变过心。”弦外之音，卫天元乃是负心汉子，不值得她去思念。

齐漱玉心里也是暗暗叹了口气，想道：“元哥是否对姜姐姐负心，我不知道。但一直以来，他的心里也是只有姜姐姐一人的。唉，我和舒哥其实都是同病相怜！”

“你错了！”她抬起头来，对楚天舒道：“元哥他回来也好，不回来也好，我并不恨他！要恨也只是恨我自己。恨自己是用不着大哭一场来发泄的。”

楚天舒对她的话似乎感到意外，说道：“你、你恨你自己？”

齐漱玉说道：“不错，恨我自己。过去的我，正如你说的那样，说得好听是天真，其实乃是幼稚。元哥一直把我当作小妹妹看待，我却一厢情愿痴恋于他。去年他跑到洛阳去阻止姜姐姐嫁给徐中岳，我曾经在他面前哭过，希望他不要去做这件事情，他没有听我劝告。如今他又跟那位上官姑娘走了，我知道同样也是劝不转他的。不过，这次我是不会哭了。”

吐出了她心中的积郁，虽然没有哭出来，脸色已经不似刚才那样沉暗，开朗多了。

楚天舒道：“你不恨别的人吗？”

齐漱玉道：“说老实话，我有点恨那位上官姑娘。恨她在姜姐姐手中夺走元哥。”

楚天舒道："我对她说不上恨，但却也多少有点疑心。"

齐漱玉一怔道："疑心？"

楚天舒道："那天我们在她的寓所没找到她，却碰上那白驼山的小妖人。未免太巧合了吧？"

齐漱玉道："你怀疑她和那小妖人是有勾结？"

楚天舒道："她这一家，本就是介于邪正之间的人物。白驼山主也是在西域的。那小妖人受她指使，也不稀奇。"

齐漱玉道："但那碧灵丹是谁留给咱们的？"

楚天舒说道："也可能是那位上官姑娘。她指使那小妖人伤了我们，又由她暗中救了我们。这样，一来可以将咱们送出京师，免得你在她与卫天元之间也插上一脚。二来若是她的阴谋败露，咱们也还是必须感激她的救命之恩。"

齐漱玉悚然一惊，说道："若是当真如你所言，她这样的工于心计，那就更可怕了！"其实上官飞凤并没有他们想像的那样坏，但他们的猜测，却也可说得是对了一小半。

齐漱玉叹道："这位上官姑娘为了得到她所喜欢的人，可也说得是煞费苦心了。但我却有一件事情想不明白。"

楚天舒道："什么事情？"

齐漱玉道："她为什么要把姜姐姐的灵柩运往西域，难道她不怕卫师兄睹物思人。我不相信卫师兄忘得了姜姐姐，尤其姜姐姐是死在他的怀中的。"

楚天舒道："雪君的遗体虽然是由她收殓，灵柩却未必是运往西域。"

齐漱玉道："你说她会另外择地安葬姜姐姐？但卫师兄也会问起的呀。他若是不能亲自为姜姐姐料理后事，怎得安心？"

楚天舒道："那就是他们的事了，那位上官姑娘能干之极，想必她有应付卫师兄之法，咱们也不必为她杞人忧天。"

他料想上官飞凤自有应付之法，倒是料得很准。但他却怎也料想不到，上官飞凤乃是对卫天元撒下大谎，说是由他把姜雪君的灵柩运回扬州的。

齐漱玉点了点头，说道："你也说得是，只要那位上官姑娘真的是那样深爱卫师兄，能够给卫师兄以幸福，我也不会恨她了。”

在楚天舒的善言开解之下，齐漱玉果然愁思渐减，未到扬州，她的脸上已经恢复了笑容。

卫天元与上官飞凤改容易貌，各怀心事，同往扬州。

虽然是各怀心事，但一路同行，两人之间的感情倒也日益增进了。

卫天元对江湖上的事情甚为熟悉，上官飞凤的见闻比他还更广博，两人谈些江湖轶事，武林异闻，路上一点也不寂寞。卫天元平生从没交过一个真正的朋友，和姜雪君也只是童年伴侣，分开之后，便即会少离多。这次得与上官飞凤万里同行，纵然还未能说得上他已经爱上了上官飞凤，但也渐渐觉得她的友谊的可贵，甚至引为平生知己了。

不知不觉，他们已经从冰雪满途的北国来到了春光明媚的江南，正是杂花生树、群莺乱飞的时节。这个时节，北国都已解冻，江南则更是暖风吹得游人欲醉了，卫天元的那颗冰冷的心，亦已是在不知不觉之间解冻了。正是：

春风吹得情怀热，旧梦如烟莫再寻。

欲知后事如何？请听下回分解。

# 第五回　谣诼纷纭　问谁能解<br>世途艰险　岂得无愁

## 近乡情更怯

这一天他们到了金陵（即今南京），金陵曾经做六个朝代的京都，龙盘虎踞，气象不凡。市况繁华，那是更不消说了。卫天元见天色尚早，说道："咱们不要在市区寻找客店，我带你到一个地方，包你欢喜。"

上官飞凤道："我知道金陵是你旧游之地，我当然唯你马首是瞻。只可惜你急着要去扬州，否则我倒想请你做我的向导，在金陵多玩几天。"

卫天元道："金陵的名胜古迹甚多，的确是值得畅游一番，待扬州回来，我再陪你玩几天吧。不过咱们现在去的地方，也是金陵名胜之一。"

他们原来乘坐的那辆马车，因为拉车的马是"口外"（张家口外）的名种马匹，马车又是北方的大车，这种马车的形式，南方是少见的。他们恐怕到了江南，会惹人注意，早已在途中抛弃了。

卫天元带路，向水西门走去，在走过一条繁华的街道之际，忽然发现两个汉子匆匆横过街道，到一家文具店买东西，这两个汉子似曾相识。

卫天元低声说道："这两个汉子，好像就是我们在保定那天晚上，在我的老家的那片瓦砾场上的那两个鹰爪？"那晚卫天元和他们交手，是几乎着了他们的暗算的。

上官飞凤道："不错，我也认得是他们。你要不要趁这机会报仇？"

卫天元道："不必了，反正咱们已经改容易貌，他们也不认得我，我不想惹事了，任由他们去吧。"

上官飞凤道："这两个粗汉，却跑到文具店做什么，倒是有点古怪。"她故意从那文具店门口走过，这才发现，原来他们买的乃是拜帖，此时正在请店子里的掌柜书写。

走过那间文具店，上官飞凤说道："他们是大内卫士身份，想必不会无缘无故跑来江南。只不知他们要拜会的乃是何人？"

卫天元道："咱们又不想招惹他们，理他们拜会什么人干嘛？"

不知不觉之间，他们已是走出了水西门，只见有个湖，湖光潋滟，湖中的荷花虽然还没盛开，但荷叶田田，却是更添景色。湖的两旁绿柳成行，湖滨有一家客店。

上官飞凤赞叹道："这地方真好！湖名叫做什么？"

卫天元道："说起这个湖名，你一定特别感到兴趣。"

上官飞凤道："为什么？"

卫天元道："它是因一个像你这样美貌的少女而得名的。"

上官飞凤道："胡扯，她的相貌若是像我这样平庸，后人哪里还会记得她的名字。这点自知之明我还是有的，你要比也该用你的、你的师妹比才对。"

卫天元道："齐师妹当然长得不算难看，但也还够不上称作美人。不过，我知道你想说的是谁。"上官飞凤的确是想说姜雪君的，话到口边才改。

上官飞凤后悔不该勾起他对姜雪君的思念，忙赔笑道："不要谈论今人了，还是说说这位古代的大美人吧。"

卫天元道："这个女子名叫莫愁，据说是南齐时的绝世佳人，她住在这个湖边，艳名远播，引得不少王孙公子来一瞻她的美色，于是也就把这个湖叫做莫愁湖了。"

上官飞凤道："天色未晚，咱们绕湖走一周吧。"

湖边有座汉白玉（一种质地佳美的石头）牌坊，牌坊两边写有一副对联：

“憾江上石头，抵不住仙流尘梦，柳枝何处，桃叶无踪，转羡他名将美人，燕息能留千古韵；

问湖边月色，照过来多少年华，玉树歌余，金莲舞后，收拾这残山剩水，莺花犹是六朝春。”

上官飞凤道：“好！情、景、时、地、人都写到了，样样贴切，真是佳联！”

再过去是一幢古老的建筑，卫天元道：“这座楼名叫胜棋楼，相传是明太祖朱元璋和他的大功臣中山王徐达赌棋的所在，那局棋是明太祖输了，便将湖地赐给徐达，并建此楼以垂永念的。”

胜棋楼门口也挂有对联，联道：

“六朝名胜此重经，有美人兮，每当艇泛湖心，呼之欲出；

千古河山同一局，登斯楼也，缅想棋当国手，嗣者其谁？”

上官飞凤道：“感慨遥深，亦属佳作。”

湖边还有几座供游人休憩的凉亭，每个凉亭内也都有三五副对联不等。上官飞凤对这些对联甚感兴趣，一发现佳联，就不由得停下脚步，摇头晃脑地读出来。

一

粉黛江山，亦是英雄亦儿女；
楼台烟雨，半含水色半天光。

二

红藕花开，打桨人犹夸粉黛；
朱门草没，登楼我自吊英雄。

三

我独携半卷离骚，借秋水一湖，来把牢愁尽浣；
君试读六朝乐府，有美人绝代，与偕名士争传。

四

三月莺花，六朝金粉；
半湖烟水，一局枰棋。

五

才经过禅关，却怜桃叶飘零，六代湖山谁作主？

且收入游记，待看荷花开遍，一船书画我重来。

这些对联，或扣莫愁的故事，或扣胜棋楼的故事，辅以金陵曾为六代帝都的史实，情景交融，怀古慨今，虽然不及牌坊那副长联，也都写得甚为贴切。

卫天元笑道："你这样一副一副联语读下去，天黑了还未能走到前面那间客店呢。明日起个早，再来细读吧。"

上官飞凤道："啊，这副对联也很好，让我读一遍，记牢了再走。"

"英雄有将相才，浩气钟两朝，可泣可歌，此身合画凌烟阁；

美人无脂粉态，湖光鉴千顷，绘声绘影，斯楼不减郁金堂。"

读罢，上官飞凤说道："上联写徐达，已经不错；下联写莫愁，更见才情。"

卫天元笑道："我知道你为什么喜欢这一联，美人无脂粉态，那不也是写你吗？"

上官飞凤嗔道："你又来了！"

卫天元道："我说的是真心话，美人并不是单凭面貌的。美人固然难得，无脂粉态的美人更加难得！"上官飞凤看他面上并无忧郁之色，方始知他是真心夸赞自己。

上官飞凤笑靥如花，忽地说道："你也别把我想得太好，假如有一天你发现我是坏人，你怎么样？"

卫天元道："你怎么会是坏人？"

上官飞凤道："多谢你相信我。不过你也知道我是任性行事的，说不定有一天我真会犯了大错，令你也认为是不可饶恕的坏事呢？"

卫天元笑道："你我之间，根本就用不上饶恕这两个字！我的性命都是你给捡回来的，假如你真的犯了滔天大罪，要被罚进地狱，我也陪你同进地狱！"

说话之间，不知不觉已经来到那座湖滨旅舍。是一座园林式的旅舍，园中有假山池塘，亭台楼阁。客人住的房间也不是像普通客店那样排在一起，而是一幢幢的小楼房，坐落园中各处，自成门户的。客人来开房间，租的就是一幢小楼房，而不是单一的房间。一幢楼房之中，最少也有两间卧房。

卫天元要了一幢雅致的楼房，里面的日常用品无不齐备，除了要用饭之外，无需侍者招呼，可以闭上门户，就像一个小家庭一样。

上官飞凤道：“呵，这样的旅舍真好，怪不得你敢担保我一定喜欢了。我岂只喜欢，就是在这里过一世我也情愿。”

卫天元道：“江南还有许多好地方呢，你游遍江南，再说这个话吧。”

上官飞凤道：“咦，你怎的好像是有点闷闷不乐的样子，在想着什么心事么？”

卫天元道：“没有呀。”

上官飞凤道：“你别骗我，我瞧得出来的。是因为碰上那两个鹰爪么？”

卫天元道：“那两个鹰爪我压根儿没放在心上。”

上官飞凤道：“那是为了什么？”

卫天元没回答，半晌方始叹了口气，说道：“不知怎的，我有点近乡情更怯的感觉。”

这样的回答当真是有点“不伦不类”，按说卫天元的家乡又不是在江南的，他的“近乡情更怯”之“情”从何说起？

但上官飞凤却是一听就懂了。近乡情更怯，“怯”的是怕见人事变更，而并非害怕重回故里。

从金陵到扬州，不过两日路程。不错，扬州不是卫天元的家乡，但在扬州，却有他的“亲人”。一死一生，死了的是姜雪君，活着的是齐漱玉。

“即使他确信雪君姐姐已经死了，雪君姐姐也还是活在他的心中的。他们曾经海誓山盟，情谊之深，恐怕还在一般的‘亲情’之上。何况还有一个真的是如与他情同兄妹的亲人齐漱玉？死者已矣，生者何堪，到了扬州，他在哀悼雪君姐姐之余，恐怕也难免有对不住小师妹之感吧？他现在尚未知道我的安排，也难怪他会近乡情更怯了。”

吃过晚饭，上官飞凤见他还是心神恍惚的样子，便道：“今晚月色很好，一早就寝，未免可惜，不如咱们同去游湖，领略‘艇泛湖心’，遥想：‘有美人兮，呼之欲出’的情味。”

卫天元笑道：“我的‘莫愁’就在身旁，‘美人’是不待‘呼之’，已经出现了。”

他不愿扫上官飞凤之兴，笑话说过，就陪她去了。

两人雇了一艘画舫，刚刚离岸，只见又有一对少年男女，来到湖边租艇。

那男的对个船娘说道：“我会使船，只须把船租给我就行了，不用你来撑了。”

他给的船租比别人多了几倍，船娘接过白花花的银子，眉开眼笑，诺诺连声，心里想道：“你们在船上打情骂俏，嫌我碍手碍脚，我也乐得清闲。”

少年扶女伴上船，船头晃了两晃。少女道：“哎，小心点儿，我可有点信不过你的撑船本领?”

少年笑道：“你怕掉在水里变王八?”

少女道：“呸，我变了王八你好光彩么?”

上官飞凤一看那少年的身法，再听他落下船头的声音，看得出那少年是练过轻功，却又故意在脚踏船头时用重身法使得船儿摇晃，吓那少女一跳的。心里想道：“看来他们是一对在热恋中的男女，但他们不要船娘，是不是也因有些私话不愿给第三者听见呢?”

卫天元忽地低声说道：“我知道这两个人。”

上官飞凤道：“是朋友还是仇敌?”

卫天元道：“说不上是朋友，但大概也不算是敌人。至少在我这方面是这样想的。”

上官飞凤道：“如此说来，你是和他们结过一段不大不小的梁子的了?”

卫天元道：“不错，这男的名叫孟仲强，是昆仑派的弟子。”

上官飞凤道：“孟仲强，这名字倒似乎有点熟。哦，对了，他是昆仑四秀中的人物。”昆仑四秀，乃是昆仑派第二代弟子最杰出的四位。

卫天元道：“你知道他?”

上官飞凤道：“只是听人说过他的名字。昆仑山绵延数千里，西起于阗（新疆境内），东接秦岭（陕西境内），我们是在西昆仑绝顶的星宿海，他们是在东昆仑与秦岭相连的山上，平素从无往来，不过他大概也会知道西昆仑有我们这一家。”

卫天元接着说下去：“那女的名叫凌玉燕，是青城派的门徒。前年八月，我在前往洛阳的途中，与他们路上相逢，是曾结下一点不大不小的梁子。”

上官飞凤道：“哦，前年八月，赴洛阳的途中？”似乎想说什么，却没有说出来。

原来前年八月，正是洛阳的“中州大侠”徐中岳迎娶洛阳第一美人姜雪君那个月份。孟凌二人那次和崆峒派的名宿游扬一起，去喝徐家的喜酒，而卫天元则是因为要拆散徐姜的婚事而赶往洛阳的。

上官飞凤没有问下去，但卫天元想起那天的事情，却是不免又触动了心上的创伤了。

那天他赶去阻止姜雪君与徐中岳成婚，而齐漱玉却赶来阻他前往。那次路上相逢，齐漱玉抢了凌玉燕的坐骑，卫天元则打落了凌玉燕的宝剑，又把孟仲强摔下马背。

卫天元心里叹了口气，想道：“那天我心绪不宁，火气也实在是大了一些。但现在徐中岳和姜雪君都已死了。这点鸡毛蒜皮的事情，纵然他们还记在心上，我也没有心情旧事重提，去向他们道歉了。要记恨就由得他们记恨吧。”

孟仲强并没吹牛，使船的本领倒是真的不错。此时已经划到前面去了。

忽地隐隐听得孟仲强叹了口气，凌玉燕道：“孟师兄，你好像心烦意乱？”

孟仲强道：“我不知应该相信哪种话才对？”

凌玉燕道：“这么说，敢情你还不相信卫天元这小子是个大坏蛋？”

上官飞凤微笑道：“说到你的头上来了。毕竟是女孩儿家气量狭窄一些，看来这位凌姑娘对你的旧恨，好像还未消呢。”

卫天元道：“且听孟仲强怎样说。”

但却没有听到孟仲强的回答。

上官飞凤笑道："你是否大坏蛋，大概他一时间尚未能下个断语吧。"

卫天元走出船头，对舟子说道："请你跟着前面这条小船，但也不要靠得太近。这点银子给你，当作茶钱。"

舟子笑道："你和他们是很熟的朋友吧？"

卫天元笑道："不错，我想看看他们是怎样打情骂俏，但却不想惊动他们。"

舟子心想："他们放下画舫的珠帘，你又怎能看见？"但他得了"茶钱"，客人怎样吩咐，他当然怎样照办，不即不离地跟着前面那条小船。他是在江南水乡长大的舟子，划船的本领，又比孟仲强高明多了，轻舟过处，波荡无声。湖上也不只他们两条小船，孟凌二人根本没注意到有这么一条小船跟着他们。

卫天元回到舱房，方始听得孟仲强说道："我不知道。但我知道申公达是江湖上出名的包打听。有人故意把他的名字读作申公豹的。申公豹是《封神榜》中一个专门喜欢讲别人坏话，喜欢挑拨是非，唯恐天下不乱的人物。"

卫天元心想："原来是'顺风耳'申公达讲我的坏话。哼，这人也太喜欢说别人的闲话了，我与他无冤无怨，怎的他却要和我过不去呢。"

心念未已，只听得凌玉燕已在说道："说他是申公豹，未免言过其实。他还未至于这样坏的。"

孟仲强道："但'言过其实'若是拿来送给他呢？"

凌玉燕笑道："这倒合乎他的头寸了。不过他虽然常常犯了说话不尽不实的毛病，这次他说的有关卫天元的'坏话'，我们是有几分相信的。"

孟仲强道："为什么？"

卫天元也想知道为什么，当下凝神细听。

孟凌二人说话的声音越来越小，不过卫天元和上官飞凤都是练有上乘内功的人，听觉异于常人。

他们说话虽然很轻，还未到耳语程度。卫天元默运玄功，凝神细听，每个字都听得见。

只听得凌玉燕说道："申公达的话虽然不能尽信，但梅清风却是信得过的人，他是一派掌门，又是秘魔崖之战在场的人。申公达说的那些事情，其实他也差不多知道了的，他正是害怕楚大侠父子会上卫天元的当，才叫我到扬州去告诉他们的。"

孟仲强道："这么说，你是因为梅清风相信了申公达，你才相信?"

凌玉燕道："当日在场的人，还有少林、武当、峨嵋、华山、嵩山各派弟子，他们也都相信了。"

孟仲强道："你知不知道梅清风是徐中岳的老朋友?"

凌玉燕道："我知道。但梅清风也是个正直的人。他不会为了偏袒徐中岳而诬陷卫天元的。"

孟仲强道："这可难说得很。徐中岳以前不也是有许多人认为他是正直的君子的吗？否则他哪来中州大侠的称号？但现在，你我都知道他是伪君子、真小人了。"

凌玉燕怫然不悦，说道："徐中岳如何能与梅清风相比？而且他之所以要对付卫天元，那也是与徐中岳被杀一事完全无关的。姜雪君与徐中岳同归于尽，他对姜雪君还表示同情呢。"

孟仲强道："对了，那天梅家之会我没在场。他们到底说了卫天元一些什么，我只是略有所闻，知而不详，你是否可以对我再说一遍?"

凌玉燕想了一想，说道："是啊，这件事情，我也正想问你，那日秘魔崖之战，卫天元是多亏了一个女子帮他，他方能脱险的。这件事你知道了么?"

孟仲强道："听得人家说过。"

凌玉燕道："你知不知道那女子是谁?"

孟仲强道："不知道。"

凌玉燕道："那女子复姓上官，双名飞凤。"

听到这里，卫天元微笑对上官飞凤道："说到你的头上来了。"

孟仲强道："上官飞凤，这名字我可没听过了。"

凌玉燕道："昆仑山上，幻剑灵旗。不奉灵旗，幻剑诛之。你是昆仑派弟子，这四句话你总该听过的吧？”

孟仲强瞿然一省，说道：“这四句话说的是上官云龙。哦，莫非那上官飞凤就是上官云龙的女儿？”

凌玉燕道：“不错，正是上官云龙的女儿。”

孟仲强道：“那又怎样？”

凌玉燕道：“那又怎样？请问上官云龙是何等人物？”弦外之音，似乎是说孟仲强明知故问。

孟仲强想了一想，说道：“大概是介乎正邪之间的人物吧？”

凌玉燕道：“正气多些，还是邪气多些？”

孟仲强道：“这可难说得很。他住在西昆仑绝顶，与我们相隔不止千里之遥，我对他的为人，所知实是不多。”

凌玉燕道：“那你何不干脆说是‘不知道’呢？这‘难说得很’四字如何解释？”

孟仲强道：“我对他略有所知，都是从本门各位长辈的口中听来的。他们所说的并非一样。有的说他邪中有正，有的说他正邪参半，有的则说他是个野心勃勃的魔头。”

凌玉燕道：“因此你在三种说法之中，采取当中的一种说法。大概你也以为这是比较忠厚的一种说法了，对吗？”

孟仲强默认。

凌玉燕道：“有没有谁说他是正人君子的？”

孟仲强道：“这倒没有。”

凌玉燕道：“我好像听你说过，你们昆仑派的弟子曾经有几个吃过他的苦头，你们昆仑派对他也一直是不敢放松戒备的？”

孟仲强道：“不错，因为无论如何，他总不能算是正派中人，我们对他，自是必须奉行‘有备无患’的格言。但那几个同门，却是被他属下的邪派中人所伤的。西域有十三个门派拥他为宗主，但他也只是遥摄而已。他的下属，龙蛇混杂，做出坏事是难免的。伤了昆仑弟子一事，恐怕他未必知道呢。”

凌玉燕道：“你倒是忠厚得很。但纵容部下为恶，也是应负罪责的吧？”

孟仲强听她说得有理，点了点头，说道：“你说得对。他是邪气多些。”

凌玉燕道：“岂止多些邪气而已。你要不要知道第四种说法?”

孟仲强道：“是申公达的说法?”

凌玉燕道：“梅清风和华山派五老之一的天玑道人也是这样说的。”孟仲强道：“他们怎样说?”凌玉燕道：“他们说上官云龙是天下第一大魔头!”

## 恶毒的谣言

孟仲强道：“他是天下第一大魔头，那白驼山主呢?”

凌玉燕道：“你以为只有白驼山主才能称得上是天下第一大魔头?”

孟仲强道：“白驼山主的武功或许不及上官云龙，但论到为非作歹的程度，依我看，上官云龙恐怕是远远不及他的。只以白驼山主制炼的神仙丸来说，就不知害了多少人。”

凌玉燕道：“你也是只知其一，不知其二。”

孟仲强道：“什么其二?”

凌玉燕道：“白驼山主只是上官云龙手下的一个小伙计而已，白驼山主出面主持贩毒，但幕后制造毒品的主脑却是上官云龙!”

孟仲强道：“是谁说的?”

凌玉燕道：“是天玑道长说的。无玑道长是华山长老之一，他的话你总可以信得过吧。”

孟仲强不言语了。

上官飞凤握着卫天元的手，说道：“卫大哥，你相信我吗?”

卫天元点了点头，说道：“我知道这些谣言，是和你家有仇的人捏造出来中伤令尊的。”

他这样回答，不啻是向上官飞凤表示，用不着她说出来，他已经知道她心里想说的是什么了。不必上官飞凤分辩，他已相信。

上官飞凤叹道：“我的爹爹行事，有时虽然不近情理，但却绝对没有制毒贩毒之事。不过，据我所知，那个天玑道人却是与爹爹素无瓜葛的，更谈不上是仇家。不知何故，这臭道士要如此恶毒诬蔑我的爹爹。”

卫天元道：“你别气愤，将来总可以查个水落石出的。现在先留心听他们说吧。”

只听得孟仲强道：“好吧，就算如你所说，上官云龙是天下第一大魔头，那也与他女儿无涉。卫天元与他的女儿有交情，又怎能据此而说卫天元也是坏人？”

凌玉燕道：“你知不知道姜雪君是自杀死的？”

孟仲强道：“听人说过。听说她是在报了父母之仇之后，自杀而亡。”

凌玉燕道：“而且还是死在卫天元怀中的呢！”接着说道：“她报了仇为什么还要自杀？你是聪明人，难道还想不到其中道理？”

孟仲强笑道：“多谢你的夸赞，但这点自知之明我还是有的。我若算得是聪明人，你就该是女中诸葛了。还是你说出来吧，我懒得猜了。”

凌玉燕道：“其实这道理一点也不难猜，姜雪君当然是因为意中人移情别恋才自杀的。”

孟仲强道：“你是说卫天元爱上了上官飞凤？”

凌玉燕道：“他们一到京师就在一起，出双入对，形迹亲热得很呢。这是许多人亲眼见到的，还能有假？”

孟仲强道：“我也听说他们曾在秘魔崖并肩作战，不过……”

凌玉燕冷笑道：“还有什么不过？我还听到一个可靠的消息，说是他们在秘魔崖事件之后，业已双宿双栖了呢！”

上官飞凤气得牙关格格作响，卫天元柔声道：“天玑子和申公达都是一丘之貉，狗嘴里不长象牙，咱们又何必去理会他们捏造的这些谣言！”

上官飞凤道：“你心目中的名门正派弟子也相信呢。”

卫天元笑道：“凌玉燕这丫头是曾经吃过我的苦头的，那次我打落她的宝剑，也的确是我理亏。难怪她要记恨于我的。不过，她为了恨我而传播这个谣言，却是连累了你了。但只要咱们是光明磊落，管它有多少人相信这个谣言。”

上官飞凤的气平了一些，说道：“好吧，看在你欠人家一笔旧债的份上，我也姑且放过这个丫头吧。”

孟仲强叹道：“倘若如你所说，我可真的要为姜雪君感到不值了。你还记得吗，那次咱们与卫天元道上相逢，他正就是为了赶往洛阳，阻止姜雪君成亲的。”

凌玉燕道：“或许他是受了那妖女的引诱，方始变心也说不定。但一个容易变心的男子，无论如何也不能算是好人了！”

孟仲强道：“你说得对。不过，不是好人，也未必就是大坏蛋。听你的说法，似乎天玑道长和梅清风这班人，要知会武林同道，对他们鸣鼓而攻之呢。”

凌玉燕道：“不错，天玑道长他们是要对付这两个无耻的男女，但却并不是为了他们在私情上的行为无耻。”

孟仲强道：“那是为了什么？”

凌玉燕道：“因为他已经变成天下第一大魔头最得力的助手。”

孟仲强笑道：“有人在西昆仑的星宿海上，亲耳听见上官云龙这样当众宣布的么？否则他的人手安排，外人又从何得知？”

凌玉燕正容道：“你这句俏皮话，可是说得太不高明了。”

孟仲强道：“好，那我就请教高明。”

凌玉燕嗔道：“我当然不算高明，但这种显而易见的事，又何须高明指教。上官云龙只有一个女儿，卫天元娶了他的女儿，就是他的半个儿子了。他最重用的人不是女婿，还能是别的人吗？听说上官飞凤是用她父亲的旗号救卫天元脱险的，他家的幻剑灵旗，将来恐怕都要传给卫天元呢。”

孟仲强也并非对卫天元有什么特殊的好感，只不过对别人的说法尚在疑信之间而已。听得凌玉燕这么说，他就不作声了。上官世家的灵旗曾在秘魔崖上出现，此事他是早已知道了的。

凌玉燕继续说道：“卫天元是武林第一高手齐燕然的衣钵传人，上官云龙得了他更加如虎添翼，他当然是巴不得有这个女婿的了。哼，说不定这件事还是她们父女早有预谋的呢！”

孟仲强道：“这件事……”

凌玉燕道：“当然是指那妖女勾引卫天元的事了。那妖女知道父亲的心意，所以才不惜想方设法，把姜雪君害死，将卫天元抢了过来!”

上官飞凤听到这里，花容失色，在卫天元耳边说道:“这回是我连累你了，看来咱们还是分手的好。”

卫天元紧握着她的手，说道:“飞凤，我求你应承一件事情。”

上官飞凤道:“你说。”

卫天元像是欲说还休的样子，半晌说道:“还是待游湖过后，回到岸上再说吧。”

上官飞凤不知他葫芦里卖的是什么药，笑道:“什么事情，这样神秘。若是机密之事，回到岸上说也好，免得给人偷听了去。”

卫天元道:“这我倒不怕。谅孟仲强和凌玉燕也没有那么高深的内功，听得见咱们说话。”原来他们是用上乘内功，把声音凝成一线，送入对方耳朵的，比“耳语”声音还小，船头的舟子也听不见的。

上官飞凤道:“既然不怕，因何不说?”

卫天元微笑道:“还是先听别人说吧。”

只听得孟仲强叹道:“卫天元是好是坏，姑且不论，他搭上了上官云龙的女儿，恐怕是他今生最大一件错事了。嗯，齐家的衣钵传人和天下第一大魔头成了亲家，也难怪侠义道要提防他了。不过，据我所知，扬州楚大侠虽然和他交过手，听说也还是对他颇有好感的。”

凌玉燕道:“正是因为这个缘故，天玑道长和梅清风才要我赶往扬州，免得楚大侠父子上他的当。”

孟仲强道:“那妖女不是和卫天元一起回家的么，何须这样着急就要你赶往扬州报讯?”

凌玉燕道:“他们已得到确实的消息，那妖女和卫天元已是改变行程，来了江南了。”

上官飞凤吃了一惊，强笑说道:“他们的消息倒是灵通得很。”

卫天元暗暗纳罕，想道:“我和飞凤都是业已改容易貌了的，怎的还是给旁人知道了。”

哪知连这件事情都给旁人知道了，只听得孟仲强道:“他们已经来了江南?”凌玉燕道:“听说那妖女颇擅易容术，天玑道长估计，他们潜来江南，一定不敢以本来面目示人。说不定他就是和咱们住在同一间客店呢。”

孟仲强笑道：“怪不得你要和我出来说话，原来你是害怕隔墙有耳，给他们偷听了去。不过，即使他们此刻也是正在金陵，恐怕他们也不会知道来找这间客店吧？”

凌玉燕道：“也难说不会发生这种巧事。有备无患，总是好些。给人偷听还不打紧，遭了他们毒手，就不值了。”

卫天元听到这里，不觉笑道：“莫愁湖边只有一间客店，看来他们也是这间客店的贵客了。不过这丫头恐怕做梦也想不到，她要躲避咱们，却还是给咱们听见了。”

上官飞凤道：“别人把你设想得那样坏，你还好笑。”

“你以为卫天元没有这样坏么？”凌玉燕在那条船上，也是这样问孟仲强。

孟仲强道：“我想他不至于只为了咱们要往扬州报讯，就杀了咱们吧。尽管这是对他不利的事。”

凌玉燕道：“姜雪君都给他们害死了，你还不相信卫天元是个大坏蛋？”

孟仲强道：“我也没有说他是好人。但好坏有时是很难截然划分的。有的人，他可能今天做了一件坏事，明天又做了一件好事。”

凌玉燕道：“是好的多还是坏的多，总还可以比较的吧？”

孟仲强道：“不错。但大是大非容易比较，小是小非那就很难放在天秤上来称了。”

凌玉燕道：“我不想听大道理，你干脆说，你对卫天元是怎么一个看法吧？”

孟仲强道：“我对他所知不多，不敢乱下断语。我只能说有关卫天元的另一种说法。崆峒派的游扬你总信得过吧？”游扬是那年和他们一起去洛阳喝徐中岳喜酒的人。

凌玉燕道：“游叔叔我当然信得过的。他说卫天元是好人吗？”

孟仲强道：“他只告诉我一件事情。”

凌玉燕道：“什么事情？”

孟仲强道：“卫天元的父亲就是曾经做过义军首领之一的卫承

纲，十多年前，卫承纲的确是被徐中岳害死的。卫天元为父报仇，并非如别人所说，他是要抢徐中岳的妻子。卫天元目前未投入义军，但最少亦已是站在一条路上的了。咱们昆仑派和青城派，不也是虽然没有公开反清，但也是暗中帮忙义军的吗？”

凌玉燕道：“义军中也未必没有坏人，卫天元寡情薄义、负心别恋一事，不管怎样都是应该受人非议。”

孟仲强道：“游扬也不是要帮他，但他却不能不帮扬州大侠楚劲松。”

凌玉燕道：“哦，原来他也是怕楚大侠受卫天元的连累。”

孟仲强道：“不错。但他的出发点却和天玑道长这班人不同。”

凌玉燕道：“怎样不同？”

孟仲强道：“楚劲松这次避开秘魔崖之战，已经引起穆志遥的怀疑。听说穆志遥已经暗中派了高手南下，用这些高手来监视楚劲松，看他是不是和卫天元有来往。”

凌玉燕道：“如此说来，倘若卫天元去找楚劲松，那岂不就是自投罗网了？”

孟仲强道：“是呀。所以游扬老前辈叫我到扬州报讯，好让楚大侠有所准备。这个做法也含有在暗中保护卫天元的用意。”

凌玉燕道：“这我可不懂了，楚大侠若不是亲自出面，怎能在暗中保护卫天元？”

孟仲强道：“就是要他亲自出面。”

凌玉燕道：“那不是反而令他受了连累吗？和游老前辈的原意岂不相违？”

孟仲强道：“游老前辈不是要楚大侠帮卫天元打架，但却可以将计就计。”

凌玉燕道：“怎样将计就计？”

孟仲强道：“天玑道长那班人不是正在知会武林同道，要对付卫天元吗？楚大侠可以将计就计，在扬州出面主持此事，消息传了出去，卫天元自是不敢到他的家里了。”

凌玉燕道：“但卫天元如果真的是已经助纣为虐，放走了他，岂不为患武林？你知不知道，天玑道长和梅清风的计划刚好和你说的那个计划相反，他们是想楚大侠设法诱捕卫天元的。”

孟仲强道：“楚大侠一生行事光明磊落，他不肯这样做的。”

凌玉燕道：“但为了武林除患，楚大侠也未尝不可通权达变。俗语也有说的，对尧舜讲礼仪，对桀纣用刀兵。卫天元若然真的是大坏蛋，还须对他光明磊落吗？”

孟仲强道：“你的意思怎样？”

凌玉燕道：“这要看你的意思。你若是和我一样主张，楚大侠就不会放过卫天元了。”她没有正面回答，但已不啻说出她是同意天玑道人那班人的主张了。

孟仲强道：“那我怎样向游老前辈交代，游老前辈是想保护卫天元的。”

凌玉燕道：“梅家之会，游老前辈并不在场。要是他知道了卫天元和上官云龙的关系，他的主意也会改变的！”

孟仲强本来想说：“这不过是你的揣测而已”，但一来他不愿拂逆凌玉燕的意思，二来他也确实不敢断定卫天元是好是坏。心中举棋不定，只好不说话了。

凌玉燕道：“怎么样？你还拿不定主意吗？”

孟仲强委决不下，说道：“我不欲楚大侠为难，他在京师已经避开秘魔崖之战，显然是想置身事外的。咱们又何必将他卷入漩涡？”

凌玉燕道：“只可惜事到如今，已是不容他置身事外了。你想想卫天元和那妖女是业已改容易貌了的，他们到了扬州，只怕也没人认得他们。除了等待他们自投罗网，还有什么更好的办法？”

孟仲强道：“你怎拿得准他们一定会到楚家？”

凌玉燕道：“我不是对你说过了吗，天玑道长早已打听到他们潜来江南的消息，这消息是十分可靠的。”

孟仲强道：“那也不见得卫天元一定会去拜访楚大侠呀。”

凌玉燕道：“有一件事情也许你尚未知道，卫天元的师妹齐漱玉如今正是在扬州楚家。他不去找楚大侠也要去见见他的师妹的。何况凡事总是有备方能无患，任何一种机会都不能放过。这句话也是天玑道长说的。”

孟仲强道："好，那咱们就把天玑道长和游老前辈这两方面的意思，都转达给楚大侠就是。他怎样做由他自己决定。"

凌玉燕道："但他若不出手对付卫天元，穆志遥只怕就要对付他了。"

孟仲强叹道："我也知道有这一重危险，但事情的两面，依我想都是不该瞒骗楚大侠的。否则岂不是陷楚大侠于不义？"

凌玉燕道："卫天元迷恋妖女，投靠魔头，那已是属于妖邪一流了。楚大侠对付他，怎能说是不义？"

孟仲强道："这是你的想法，楚大侠怎样想，咱们不知道，还是由他自行决定的好。"

凌玉燕知道孟仲强的脾气，虽然一百件事情有九十九件他会依从她，但若他执拗一件事情，那也是很难说得服他的。当下只好同意，说道："好吧，咱们只管把口信带到，以后就是楚大侠的事了。依我想，他是该会赞同天玑道长这一派的主张的。正经事已经说完，咱们可以放松心情游湖了。"

孟仲强苦笑道："我可还没心情游湖。"

凌玉燕嗔道："你这人真煞风景，好，你要回去，那就回去吧。"

卫天元道："咱们怎样？"上官飞凤道："让他们先回去，我倒是还想游湖呢。"

## 向妖女求婚

她口里是这样说，心中却另有所思："天元不知要我答应什么事情，一定要到岸上才和我说？"

小船在湖中兜了一个圈子，卫天元估计孟凌二人早已回转客店，他见上官飞凤好像有点心神不属的样子，便道："月亮已过天中，咱们也该回去了。"

回到岸上，卫天元默默前行，并没为她解开那个疑团。上官飞凤不便催他，只好与他并肩漫步。

画船都已靠岸，游人早已散了。只有他们二人在翠堤踏月。

上官飞凤低声吟诵一副对联："才经过禅关，却怜桃叶飘零，六代湖山谁作主？"

这是上联，下联尚未背诵出来，卫天元忽地回过头来说道："湖山或许咱们不能作主，咱们自身的命运却是可以由得咱们作主！"

上官飞凤心中一动，说道："天元，你心里在想什么？"

卫天元道："你先告诉我，你是在想什么？"

上官飞凤道："我想、我想……我们还是分手的好！"

卫天元道："你怕了那些恶毒的谣言？"

上官飞凤道："不是我怕，我只是不想你受牵累。那些侠义道口口声声骂我是妖女，你和我在一起，不怕身败名裂么？"

卫天元道："天玑道人、申公达、梅清风那些人也不见得就是侠义道。"

上官飞凤道："但他们的话却是有许多人相信的。人言可畏……"

卫天元哈哈大笑起来。

上官飞凤道："你笑什么？"

卫天元道："我以为你是独往独来的女中豪杰，什么都不怕的。谁知你却害怕人言，嘿嘿，这不是很可笑么？"

上官飞凤道："我不觉得可笑。因为这不是我一个人的事情，是牵连了你的！"

卫天元道："你知道我怎样想吗？"

上官飞凤道："这正是我要问你的呀！"

卫天元道："其实我已对你说过了，咱们自身的命运该由咱们自己作主。"

上官飞凤道："我还是不懂你的意思。"

卫天元忽地柔声说道："飞凤，你愿不愿意做我的妻子？"

上官飞凤又惊又喜，说道："你向我求婚？"

卫天元道："本来我是应该向你爹爹说的，但我等不及去见你的爹爹了，你答应了我，我才能够安心。"

上官飞凤摇了摇头。

卫天元急道："求求你答应我吧。你不答应我，我不死也要变成疯狂。"

上官飞凤道："我是人们痛骂的妖女，你也要娶我为妻？"

卫天元道："就因为那些人骂你，我非娶你为妻不可！"

上官飞凤道："你娶了我，岂不正是应了那些恶毒的谣言？那时，本来不信谣言的人也会信以为真了！"

卫天元道："我不怕那些恶毒谣言，我只怕那些谣言损了你女儿家的清白。我以为只有我们结成夫妻，才是对付那些谣言最好的法子。"

上官飞凤道："我明白了，你是因为别人造我的谣，说我犯贱来勾引你，你要给我面子，才向我求婚？"

卫天元的确是曾有过这种想法，但此时此际，他又怎能直认不讳？当下说道："飞凤，请你别这样想。当今之世，你是对我最好的人，即使没有那些恶毒的谣言，我也希望得到像你这样的好妻子。"虽然他向上官飞凤求婚，主要的原因不是只因她"好"，但这几句话倒也是出自内心的。

上官飞凤道："你忘得了雪君姐姐吗？"

卫天元叹道："我不能对你说谎，我当然不能忘记雪君的。但正如你劝过我的那句话：人死不能复生，活人总不能为了死人什么事情都不去做。有一件事情，也许你未知道……"

上官飞凤道："什么事情？"

卫天元道："她是死在我的怀里的，临死的时候，她也是希望你能够替代她的。"

上官飞凤道："你就是因为她这句话才要……"

卫天元道："唉，你要我怎样说才好呢？"

上官飞凤道："我要你说真话！"

卫天元道："好，我剖开心腹和你说吧！以前我心里只有一个姜雪君，没有别的人，我甘愿为她身败名裂，现在我心里只有你，没有别的人，我也甘愿为你身败名裂。我爱你就像以前爱雪君一样！"

上官飞凤笑靥如花，玉指在他额头一戳，说道："你真是个傻瓜!”

卫天元道:“你肯答应我这傻瓜的求婚吗?”

上官飞凤叹道:“唉，谁叫我也是傻瓜呢!”

卫天元大喜说道:“多谢你甘愿跟我做对傻瓜夫妻，我也不求白头偕老，只盼与你生死同衾。”

上官飞凤笑道:“你倒有自知之明，你是小魔头，我是小妖女，魔头与妖女合在一起，咱们这一生的确是难以指望平安度过了。”笑声未了，忽地又叹口气。

卫天元道:“怎么又叹气了。俗语说得好:‘今朝有酒今朝醉，明日愁来明日当……’”

上官飞凤道:“我不是担心未来的事。我是为你叹息。”

卫天元道:“为我叹息什么?”

上官飞凤道:“你是齐家的衣钵传人，齐家的前车之鉴，你却好像一点也不在乎。唉，你现在不在乎，只怕你将来会后悔的。”

卫天元道:“前车之鉴?哦，你是说我的师叔齐勒铭吗?”

上官飞凤道:“你知不知道，齐勒铭是我爹爹最看重的人。爹爹常说，齐燕然早称天下武功第一，恐怕未必能够作为定论，但齐勒铭青出于蓝，却是最有希望成为名副其实的天下第一高手的。可惜，他和银狐那段孽缘把他毁了。”卫天元道:“你可知道我这师叔的下落么?”

上官飞凤道:“听说他已经自废武功，跟银狐走了。”说至此处，又再问道:“你不怕重蹈你这位师叔的覆辙?”

卫天元道:“你可知道我最佩服的人是谁?”

上官飞凤故意说道:“是你爷爷?”

卫天元道:“爷爷疼爱我有如孙儿，我敬爱他，但他还不是我最佩服的人。”卫天元在齐家长大，他是和齐漱玉一样，把齐燕然称呼“爷爷”的。

上官飞凤道:“那么是扬州大侠楚劲松吧?”

卫天元道:“楚大侠的确是侠义可风，而且也是性情中人。但我自问不是做侠义道的材料，他也还不是我最佩服的人。”

上官飞凤道:“那我可猜不着了，是谁呢?”

卫天元道："就是我的这位师叔。我佩服他敢于独往独来，不理人家毁誉。在别人眼中，他或许有许多缺点，但这些缺点，在我眼中都是可爱的！"

上官飞凤轻轻说道："你敢做齐勒铭，我也不怕做穆娟娟。"

两人不觉拥在一起，两颗心也合在一起了。

半晌，上官飞凤推开了他，说道："月已西斜，再不回去，客店的人会起疑了。"

卫天元笑道："这间客店的规矩是听凭贵客自便，他们的客人也是名副其实的贵客，只要你付得起房钱，几时回去，他们才不理会你呢。"话虽如此，还是回去了。

两人携手同行，彼此都听得见对方心跳的声音。经过一座凉亭，卫天元忽道："你瞧，这副对联也不错吧？"

月光明亮，上官飞凤低声念道：

"名利乃空谈，一场槐梦，试看棋局情形，问谁能识？

古今曾几日，半沼荷花，犹剩郁金香味，慰我莫愁。"

上官飞凤点了点头，说道："慰我莫愁的'莫愁'二字，一语双关，确是别出心裁的佳作。我虽然不是莫愁，也要多谢你的开解。"

卫天元道："那么，你现在没有烦恼了吧？"

上官飞凤道："有你在我的身边，天大的烦恼我也不去理会它了。你呢？"

卫天元道："我只觉有如联中所说，世局如棋，固然当局者迷，局外人也未必能识。名利我素来看得很淡，如今则是把过去的一切幸与不幸的遭遇，都当作一场槐梦了。"

上官飞凤笑道："你这番说话，倒有一点高僧悟道的意味。"

卫天元笑道："我还未到勘破色空的境界，最少我还要慰我的莫愁呢。不过造化弄人，既是有如一场槐梦，那也无所谓烦恼了。"笑声中多少带点苍凉与自嘲的意味。

上官飞凤知道他貌似豁达，其实心中还是颇有感伤的，暗自想道："联语说：试看棋局情形，问谁能识？他将棋局比作人生，却不知我如今所布的也正是一个棋局。倘若有那么一天，他识破了我

上官飞凤低声吟道：“名利乃空谈，一场槐梦，试看棋局情形，问谁能识？古今曾几日……”

这个棋局，他还会不会慰我莫愁呢？”

两人各怀心事，回到旅舍。卫天元辗转反侧，听得打了三更，仍是未能入睡。

忽听得隔房的上官飞凤说道：“卫大哥，你还没睡吗？明天一早，咱们还要赶路呢，快点睡吧，别想心事了。”

说也奇怪，卫天元听她说了这几句话，就好像着了催眠一样，睡意突然加浓，隐隐似乎闻得一股甜香，眼皮睁不开来，迅即就陷入熟睡之中。

一觉醒来，东方已白。上官飞凤已经坐在他的身旁了。

卫天元起身洗脸，说道：“昨晚你是用迷香催我入梦吧？”

上官飞凤告了个罪，笑道：“我这迷香只是帮你熟睡，对身体毫无害处的。说起来还要多谢你呢。”

卫天元莫名其妙，问道：“多谢我什么？”

上官飞凤道：“多谢你对我放心呀。以你的内功造诣，假如你对我稍有戒备，我这迷香就不会奏效了。”

卫天元不觉笑了起来：“我不放心你还放心谁，难道我还担心你害我吗？”

上官飞凤似笑非笑地道：“那可说不定啊！”

卫天元道：“好，别开玩笑了，说正经话吧。你催我入梦，是不是抽身去干了别的事情？”

上官飞凤笑道：“你不会担心我是去偷汉子吧？不错，昨晚我是出去了一会儿。我干的什么事情，待会儿你就会明白。”

房钱是昨天一进来就付了的，他们收拾好行囊，便即出门。

忽见孟仲强正在和客店的一个管事说话，神情似是甚为着急。

“这位叶大夫外号赛华佗，些许小病，包保药到回春。不过他的脾气有点怪，也不知能否请到。我这就派人去请他，要是请不动他，还有……”管事故意抬高那个叶大夫的身价，用意自是不外希望多得赏钱。万一那叶大夫业已出诊，当真请不到的话，他也有个交代，另请一个名气较小的大夫。

孟仲强不待他说完，便即说道：“不用你派人去了，我自己去。请你把叶大夫的地址告诉我。这点银子，你拿去喝杯酒。”说是

“一点银子”，其实乃是一锭十两重的银子。管事眉开眼笑，当然乐得由他自己去了。接过银子，立刻就把叶大夫的地址写了给他。

卫天元隐隐猜到几分，正想问上官飞凤，上官飞凤已在低声说道：“原来这里还有一个你的老朋友，我却还未知道呢。”

卫天元跟着她的目光望去，只见那边有三个人，像是一主二仆，两个仆人正在替主人套车。主人是贵公子模样，拉车的两匹马也是口外（张家口）良驹，只那副银鞍恐怕就要值上一百多两银子。

那贵公子不是别人，正是御林军统领穆志遥的大儿子穆良驹。

卫天元暗自想道：“这小混蛋想必是知道我要来江南的消息，特地追踪来了。”笑道：“看来我的面子倒是不小，穆家的大少爷都来给我送行了。”

上官飞凤道：“听说他在北京西山曾经给你打过一顿。”

卫天元道：“是有这么一回事情。不过他还未够格称作我的老对头。”江湖上的习惯用语，“老朋友”和“老对头”在某些场合是可以掉换使用的。

上官飞凤道：“你是不是后悔将他打得太轻？”

卫天元道：“打我是不想再打他了，只是讨厌他阴魂不散似的跟着咱们上扬州。”

上官飞凤道：“这个容易，我给你打发野鬼游魂。”

卫天元忙道：“此地不可胡来。你一胡来，咱们的身份反而暴露了。”用的是传音入密功夫。

上官飞凤道：“你放心吧，我自有分数。”

她走过去，啧啧赞道：“好两匹白马，马鞍是银子打的吧？”

她已经改容易貌，不过还是女儿本相，虽然没有原来的美貌，也有几分姿色。

那两个随从正要喝骂，穆良驹却笑道：“小姑娘你也懂得相马吗？”

上官飞凤道：“相马我是不懂的，但这样神气的白马我从未见过，还有这副银鞍……”作出不胜羡慕的样子，说着、说着，就伸手去摸那两匹白马。

穆良驹笑道:“你要穿金戴银那也容易，跟我……小心马儿踢你!”话犹未了，一匹马已经扬起后蹄。上官飞凤连忙跑开，伸伸舌头说道:“你这匹马好凶，我可不敢惹它们了。”

穆良驹本想和她调笑的，但一想这个姿色平常的女子假如真的为了想穿金戴银跟他的话，那不是自找麻烦?也就不敢胡乱风言，由得她去了。

出了旅店，卫天元道:“适才你捣什么鬼?”

上官飞凤道:“也没什么，不过在两匹马的身上做了一点手脚。大约一个时辰过后，这两匹口外名驹就会倒地不起，变成半死不活的病马了。”

卫天元笑道:“你这手段可是真绝，一个时辰过后，那位穆大少爷是正在乘着马车的，马倒人翻，大少爷要变作滚地葫芦了。他变了滚地葫芦，恐怕还莫明所以呢。”

上官飞凤道:“你不是讨厌他像冤鬼一样跟着咱们吗?这么一来，他即使还是冤魂不散，这两天咱们总可以摆脱他了。”

卫天元道:“但只可惜了那两匹名驹。”

上官飞凤道:“那两匹马也不会死的，不过要过了三天，才能慢慢复原。咦，你怎的又皱起眉头来了，在想什么心事?”

卫天元道:“马不打紧，我问你，孟仲强急着去请大夫，病人不问可知，当然是凌玉燕了，是不是你在凌玉燕的身上也做了手脚。”

上官飞凤道:“你料得一点不错，我对待她就好像对待那两匹马一样。”

卫天元吃了一惊道:“你，你怎么可以这样……”

上官飞凤笑道:“你放心，那两匹马我都舍不得弄死，怎能弄死她呢。不过给她一点小小的惩罚而已，比那两匹马所受的还轻。”

卫天元道:“究竟是什么惩罚?”

上官飞凤说道:“我把她弄得熟睡之后，给她喂了一颗泻药。我这泻药是家传秘方制炼的，纵有名医医治，她也得大泻三天。”

卫天元不觉失笑，说道:“你真缺德。这么一来，那位凌姑娘受的苦先且不说，孟仲强可也要给你害惨了。凌玉燕大泻三天，当然是由他服侍的了。嘿、嘿，这份苦差事……”

上官飞凤忽地笑道：“我说你是傻瓜，你果真是傻瓜！”

卫天元道：“我说错了什么？”

上官飞凤笑道：“我给孟仲强的是优差，你怎么说是苦差呢？你想想，若不是我喂凌玉燕一颗泻药，他能够有这样的好机会亲近意中人？而且他这样不避污秽去服侍凌玉燕，凌玉燕也只有更感激他的。”

卫天元似笑非笑地望着她，却不说话。

“咦，你笑得这样古怪，在想什么？”上官飞凤望着他的眼睛问道。

卫天元道：“没什么，我只是在想我那次中毒昏迷的事情。”

上官飞凤怔了一怔，说道：“好端端的为什么想起这件事情？”

卫天元笑道：“我在古庙中昏迷的那几天，想必你也曾不避污秽，服侍过我？”

上官飞凤满脸通红，啐了一口，说道：“拿这种事情来开玩笑，不怕别人掩鼻么？”

南下之初，他们孤男寡女同行，还是有些拘束的。此时已订鸳盟，自是可以脱略形骸的。两人一路谈谈笑笑，第三天中午时候，到了扬州。

扬州有“绿扬城郭”之称，路旁遍栽杨柳，城在长江边，有滚滚东流之水；隋炀帝修筑的运河仍在通航无阻，运河且沿城而过；城西是叠翠岗，城北是观音山和瘦西湖。丘陵起伏，远远望去，一片花树葱笼。

上官飞凤赞道：“春风十里扬州路。唐人名句，果不我欺。怪不得古往今来，不知多少人梦想，能够：腰缠十万贯，骑鹤上扬州了。”

卫天元笑道：“出口成章。原来你不但是一位侠女，还是一位才女呢！”

上官飞凤笑道：“你这两顶高帽，我都戴不起。什么才女，我不过喜欢读些诗词而已。我们虽然住在昆仑山绝顶，家父倒是很喜欢藏书以及字画的。他常常派人来江南搜购珍本书籍和名家字画，不过别人不知他是买主罢了。”

卫天元道：“我的爷爷也是能文能武的，不过我学武还勉强可以，读书却是并不用心，小时候读过的诗词，只零零碎碎记得那么一句两句，没有几首是可以整篇背诵的。”

上官飞凤道：“前人写扬州的诗词很多，我最喜欢的是姜白石那首《扬州慢》词。”

卫天元道：“念给我听，好吗？”

上官飞凤道：“这首词的小序也写得很好，不如我也念给你听，好吗？”

卫天元笑道：“买一送一，当然更妙。”

上官飞凤于是先念序文：“淳熙丙申至日，余过淮扬，夜雪初霁，荠麦弥望。入其城则四顾萧条，寒水自碧，暮色渐起，戍角悲吟。余怀怆然，感慨今昔，因自度此曲。千岩老人以为有‘黍离’之悲也。”

上官飞凤道：“淳熙是南宋孝宗的年号，他是高宗的嗣子，高宗绍兴三十年，金人南侵，扬州曾被掳掠一空。姜白石这首词是在淳熙三年写的，相隔已有十六年了，但扬州仍是景物萧条，故此令他怆然伤怀，感慨今昔。”

跟着念那首《扬州慢》词：

“淮左名都，竹西佳处，解鞍少驻初程。过春风十里，尽荠麦青青。自胡马窥江去后，废池乔木，犹厌言兵。渐黄昏，清角吹寒，都在空城。　　杜郎俊赏，算而今、重到须惊。纵豆蔻词工，青楼梦好，难赋深情。二十四桥仍在，波心荡冷月无声。念桥边红药，年年知为谁生？”

卫天元叹道：“扬州真是多灾多难，清兵入关之初，攻略江南，扬州十日，嘉定三屠，恐怕比当年的金兵南侵更惨。不过如今已是过了一百多年，扬州倒是已经恢复繁华了。

“不过由于扬州经过这番惨烈人寰的大屠杀，扬州的百姓是直到今天还恨满洲鞑子的。楚大侠虽然没有公开参加义军，暗中却是江南武林的反清领袖人物之一。”

上官飞凤道：“怪不得穆志遥对他放心不下，派人来暗中窥伺他了。”

卫天元道：“楚大侠表面是诗酒风流，穆志遥大概还未知道他的身份。”

上官飞凤道：“但假如你在他的家中被人发现，他的身份马上就要揭穿了。”

卫天元默然不语，半晌说道：“但我却是非去不可的，雪君的遗体在他家，小师妹也在他家。多谢你替我改容易貌，我去拜访他，大概可以瞒过外人耳目。”

上官飞凤道：“你准备什么时候走？”

卫天元一看天色尚早，说道：“找个旅店安身，下午就去。飞凤，你要不要和我一起去？”

上官飞凤道：“我是妖女，他是大侠，凌玉燕虽然未到扬州，想必他亦已经知道天玑道人、梅清风那些人是要请武林同道捉拿我的了。我如何能去见他？”

卫天元道：“你不去也好……”

上官飞凤道：“我不愿意见到楚大侠，楚家有一个人恐怕也不愿意见到你。”

卫天元道：“你是说楚天舒吗？我和他是曾经有过一点小小的过节。”

上官飞凤道：“我知道他曾喜欢雪君姐姐，但如今人都死了，我想他不会那样气量狭窄的。”

卫天元道：“那么是谁？”

上官飞凤道：“徐中岳的女儿徐锦瑶。”

卫天元瞿然一省，说道：“对了，这位徐家大小姐是和楚天舒的妹妹一起，先回扬州去的。”

上官飞凤道：“那位穆大少爷跑来江南，恐怕也不单是为了追踪你吧？”

卫天元道：“你说得不错。追踪我何劳穆大少爷亲自出马？他是为了徐锦瑶来的！徐中岳逼女儿嫁给这位少爷，徐锦瑶正是为了逃婚才跟楚天虹到她家中躲避。”

上官飞凤道：“徐锦瑶虽然不值父亲所为，但骨肉至亲，你杀了她的父亲，你想她还会欢迎你吗？”

卫天元苦笑道：“她不杀掉我为父报仇已是好了。”

上官飞凤道：“杀你，她没有这个本领，但难保她不嚷出来。为报杀父之仇，甚至她不惜委屈自己去求那位穆大少爷也说不定。”

卫天元道：“她只是把我的消息告诉那位穆大少爷，已是连累了楚大侠一家了。”想了一想，说道：“看来我只好等到今晚三更时分，悄悄去会楚大侠了。在晚上避过她的眼睛我想是做得到的。咱们先去找个下榻处吧。”

上官飞凤道：“扬州有没有一个像金陵莫愁湖那样的地方？”

卫天元道：“扬州瘦西湖，风景幽美，不在莫愁湖之下。只可惜没有一间湖滨旅舍。”

上官飞凤道：“说起瘦西湖，我倒想起一个可供咱们借宿的地方了。”

卫天元诧道：“你在扬州也有熟人？”

上官飞凤道：“我和此人并不相识，但他知道是我，一定会欢迎我的。”

卫天元道：“哦，那人是谁？家住何处？”

上官飞凤道：“瘦西湖北面是不是有座观音山？”

卫天元道：“不错。”

上官飞凤再问：“观音山上是不是有座大明寺？”

卫天元道：“不错。不过，大明寺是以前的名称，现在叫做平山堂。名称虽然不同，古庙仍是古庙。但你要找的人不会是和尚吧？”

上官飞凤道：“大概不是。”

卫天元说道：“是就是，不是就不是，为何说大概不是？”

上官飞凤道：“因为我现在还未知道这个人是什么样的人，到了平山堂附近才能知道。你暂且不要问我，问我我也无法作答。”

卫天元笑道：“我知道你神通广大，好吧，反正哑谜不久就能打破，我跟你走就是。”

上官飞凤笑道：“我从未到过扬州呢，请你带路，我跟你走。”

卫天元笑道：“带路是我，把舵却是你。我那句话也没有说错。”

他把疑团暂且抛开，带领上官飞凤沿湖步行。瘦西湖名实相副，水流弯弯曲曲，每过一弯，水面愈来愈小，似至尽头，但转过弯来，又是细水流长。卫天元道：“如果你是乘舟游湖，更能领略山重水复疑无路，柳暗花明又一村的境界。不过湖边有许多名胜古迹，在岸上步行游览，也有它的好处。”

他一路指点名胜古迹：那边红楼水榭花木争辉的地方是“香影廊”，是明末清初诗人王渔洋的诗社，折而向西，经“歌吹亭”，“卷石洞天”，是约一百年前的名画家郑板桥和李骅的作诗绘画之处，过“虹桥”北行，可以通往湖中心的“五亭桥”。这“五亭桥”形如莲花，桥下有十五个洞，“在月圆之时，每洞皆有月影，金色晃漾，景色罕有。”卫天元说。

上官飞凤笑道：“这许多名胜古迹还是留待将来慢慢地浏览。”

卫天元道：“好，那么咱们走快两步。”

过了“五亭桥”，北上就是观音山了。到了山路的尽头，卫天元道：“此处名叫蜀岗，岗下有个天下第五泉，岗上那座寺庙，你看见没有，那就是平山堂了。”

上官飞凤道：“好，现在可以走慢一些了。”

卫天元一面走一面讲解：“听说这座古庙在唐代就有了的。当时有个非常出名的和尚做这间庙的主持。”

上官飞凤道：“这老和尚是不是法号鉴真？他是曾经东渡扶桑（即今日本），在彼邦宏扬佛法的？”

卫天元道：“原来你早已知道这个寺的来历。”

上官飞凤道：“家父虽然不是佛门弟子，但鉴真和尚却是他佩服的古人之一，我这才知道鉴真和尚的故事的。不过，为什么大明寺后来改名平山堂，我就不知了。”

卫天元道：“平山堂是因高与江南诸山相平而得名。据说宋朝的大文豪欧阳修、苏东坡曾先后在寺中读书，平山堂这个名字就是苏东坡改的。如今寺门还悬有他写的对联呢。”

说话之际，他们已经来到了平山堂。上官飞凤读那副对联：

“万松时洒翠

一间自流云”

上官飞凤道：“苏东坡是风流才子，这副对联也写得洒脱。”

卫天元道：“我认识庙中的一个和尚，我要借宿倒是不难，不过，和尚的庙宇，可是不能让女客留宿。”

上官飞凤笑道：“你放心，我要找的那个人不是和尚。”

平山堂后面有几座建筑，似是富贵人家的别墅。上官飞凤道：“我只知道这个人是住在平山堂附近的，却不知是哪家人家。”

卫天元道：“反正不过几家，咱们逐一去问。”

上官飞凤道：“用不着这样费事。”当下拿出一支笛子，轻轻吹了起来。

过了一会，只听得有一家人家，有铮铮综综的琴声传出来。上官飞凤就走去扣门。

大门打开，一个有三绺长须，文人模样的中年汉子出来迎接。

上官飞凤和卫天元走进去，他关上了门，这才发问：“请恕晚生眼拙，似乎未曾见过两位。不知……”

上官飞凤笑道：“你不用这样文绉绉说话了，你不认识我，也该认识这面灵旗吧？”

那中年汉子见她拿出灵旗，吃了一惊，连忙行参拜之礼，说道：“原来是大小姐驾到，属下公冶弘参见。这位朋友是……”

上官飞凤道：“他是我的朋友卫天元，外号飞天神龙，想必你该听过他的名字吧？”

公冶弘心想：“原来江湖上那些流言果然是真的。他是主公未来的爱婿，我可不能怠慢于他。”于是说道：“卫大侠名震江湖，我虽然孤陋寡闻，也是久仰大名的了。请卫大侠上坐，属下参拜。”

卫天元哈哈笑道：“我哪里是什么大侠，我不过是陪上官姑娘来的，阁下以下属自居，我更担当不起。”当下轻轻一拦。他这伸手一拦，看似轻描淡写，其实已是用上六七分功力。公冶弘跪不下去，但还是屈了半膝。卫天元见他有此功力，也是不觉暗暗吃惊，心里想道：“他不过是上官云龙的仆人，飞凤连他的名字都不知道，想不到居然也是文武全才。仆人如此，主人可想而知。”

公冶弘道：“大小姐屈驾光临，不知有何吩咐？”

上官飞凤道："卫大哥来扬州访友，我反正没有事情，就陪他来玩。到了扬州，我才想起爹爹似曾说过有一个人替他在扬州办事的，住在大明寺附近，我就来了。想不到是你。"

公冶弘道："属下最近替主公又搜罗到一批字画古玩，大小姐要不要过目？"

上官飞凤笑道："字画古玩，我是外行，兴趣不大。待我有空的时候，慢慢再看吧。"

公冶弘道："是，是。属下糊涂，大小姐和卫公子远道而来，自是应当早些休息。"

上官飞凤道："说不定待会儿我们还要出去，你不必费神照料我们。晚饭我们也吃过了。"顿了一顿，续道："前两天我们在金陵的莫愁湖边一间客店投宿，那间客店的规矩倒是很合我的心意。"

公冶弘道："不知是什么规矩？"

上官飞凤笑道："也没什么，不过是'贵客自便'这四个字。"

公冶弘会意，给他们安排了房间，便即告退："小姐有事唤我我就来，请小姐当作是在自己的家中，不必客气。"

卫天元心事如潮，在房中静坐。二更时分，上官飞凤前来扣门。

卫天元道："你不必替我担心，早些睡吧。我准备三更时分才去。"

上官飞凤道："我送你一程。晚上看瘦西湖，料想也必定另有一番佳趣。"

卫天元闷坐无聊，见还有一个更次，便道："你有这番雅兴，我当得奉陪。"

两人走到湖边，月映波心，夜凉如水。上官飞凤默默无言，倚偎着卫天元，娇怯的模样若不胜寒。卫天元道："啊，你只穿一件单衫。"

上官飞凤道："我是心上寒冷。"

卫天元道："你在想什么？"

上官飞凤没有回答，半晌说道："你看湖中有一座山，山上有楼台亭阁，有人住的吗？"

卫天元道："这座山名叫小金山，因为它酷似镇江的金山而得名。山上的楼台亭阁是供游人休憩的。时候还早，我和你到山上的清风亭坐一会好吗？"有条长堤伸向湖心，是可以从这条长堤走上小金山的。

上官飞凤读亭前的一副对联："两点金焦随眼到，六朝粉黛荡胸开。"金焦指的是镇江的金山和焦山，在亭中眺望，隐约可见。

上官飞凤道："这是诗人的感慨，你来到此间，却又有什么感慨。"

卫天元道："说也奇怪，没来之前，我的心思很乱。来到扬州之后，心情反而平静下来了。你问我有什么感慨，我也不知从何说起。"

上官飞凤道："我记得你说过'近乡情更怯'这句话。"

卫天元道："如今有你在我身旁，我心里只有欢喜。"

上官飞凤说道："但再过片刻，你就要离开我了。"

卫天元笑道："我又不是一去不回，你怕什么？"

上官飞凤说道："你到了楚家，不论发生什么事情，你都会回来见我吗？"

卫天元笑道："楚家料想也不会埋有伏兵，除非是我死了，否则又怎能回不来呢？"

上官飞凤道："世事有时是难料的，比如说在此之前，你也没想到夜访楚家的吧。"

卫天元点了点头，黯然说道："我也没想到雪君的灵柩会在楚家。"

上官飞凤忽道："假如你不是为料理雪君姐姐的后事，你还会要冒险去楚家么？"

卫天元道："我的小师妹也在楚家，大概我还是要去一趟的。"

上官飞凤道："但你不会这样急着要去了，对吗？"

卫天元想了片刻，说道："这倒说得是。小师妹来扬州是为了母女团聚，她能够重享天伦之乐，我也为她欣慰，无须我去照顾她了。早一些去探望她，迟一些去探望她，已经是无关紧要的了。"

上官飞凤道："所以说世事的变化往往是出人意表的，这件事你大概也没想到吧?”

卫天元道:“的确没有想到,我和小师妹一样,都以为她的母亲早已死了。想不到却是失而复得。”

上官飞凤道:“我不单是指她的母亲失而复得一事;她的母亲嫁她父亲的时候,谁不羡慕他们是一对武林佳偶?谁又想得到他们竟会闹出婚变,齐夫人竟变作了楚夫人!而且齐勒铭还是当今的天下第一高手呢!”

卫天元叹道:“齐师叔曾为此事向楚大侠寻仇,这也是我想不到的。好在他们如今已是各得其所,这冤仇大概亦已化解了。”

上官飞凤道:“是啊,既然他们这对被人羡为神仙眷属的夫妻都会反目,你又怎能说得那样肯定,你一定回到我的身边。”

卫天元道:“这怎能相比?齐师叔有银狐穆娟娟,师婶未嫁之前和楚大侠亦已早有情意。我如今心里只有一个你,你心里也不会有别的人吧?”

上官飞凤道:“我是连‘雪君哥哥’都未有过。”

“雪君哥哥”四字甚为奇特,卫天元怔了一怔,随即明白她的意思,笑道:“不错,我是曾极喜欢过别的女子,但你不至于现在还吃她的醋吧?”

上官飞凤道:“假如你这样快就忘记雪君姐姐,恐怕我反而不敢喜欢你了。好,现在话说回头,你这次前往楚家,探访小师妹还在其次,对吗?”

卫天元点了点头,说道:“不错。雪君生前,我有负于她,她的后事,我自觉有责任为她料理。”

上官飞凤道:“假如雪君姐姐的灵柩不在楚家,你就不必今晚去了。”

卫天元一愕,说道:“这件事情是你说的啊,又怎能来个假如呢?”

上官飞凤道:“不错,汤怀义替楚大侠出面料理姜姐姐的后事,其后又和楚大侠一起送灵车回扬州去,这都是可靠的人告诉我的。但途中有无意外,我就不知了。我也只是打个比方而已。”

卫天元笑道:“我从来不为‘假如’而伤脑筋的。”言下之意,他已是确信姜雪君的灵柩在楚家无疑。

上官飞凤道："我和你不一样，你笑我胡思乱想也好，我常常会想一些别人认为是离奇怪诞的事情。"

卫天元道："倘若楚大侠在途中当真是出了意外，我更非去探个清楚不可。不过，我想这是决不会有的。以楚大侠的声名，假如他在途中遭了意外，江湖上还有不传开来之理？"

上官飞凤没有说话，心里则在想道："你还未知道我想说的'意外'是什么呢。唉，但我又怎能和你明白的说出来？"

卫天元道："飞凤，我总觉得你到了扬州，就似怀着什么心事？"

上官飞凤低声说道："知我者谓我心忧，不知我者谓我何求。"

卫天元笑道："怎的念起诗经来了？打的什么哑谜。"

上官飞凤笑道："你当作偈语去参悟吧。"

月色溶溶，景色比白天更美。卫天元道："我记得曾经念过的两句诗：天下三分明月夜，二分明月照扬州。这两句诗真是说得不错。"

上官飞凤道："我却想起莫愁湖的一副对联。"

卫天元道："是哪一副？"

上官飞凤念道：

"名利乃空谈，一场槐梦，试看棋局情形，问谁能识？

古今曾几日，半沼荷花，犹剩郁金香味，慰我莫愁。"

卫天元笑道："我懂得你的意思，你不用担忧，我会回来安慰你的。"

上官飞凤道："不，我只是怕世事如棋，待识得棋局之时，梦也醒了。"

卫天元道："好端端的何来这些感喟？"

上官飞凤心里想道："还是不要告诉他好。世事难料，也说不定这棋局永远也解不开！"

不知不觉，月亮已是渐渐移近天心。卫天元瞿然一省，说道："快三更了，我该去楚家啦。你回去早早睡吧。天一亮我就回来。"

上官飞凤道："不错，你是该走了。你回不回来，我都会等你的。”正是：

谁将覆雨翻云手，布下椎心一局棋？

欲知后事如何？请听下回分解。

# 第六回　好戏连场　灵堂混战
# 玲珑布局　妙手解危

## 假戏真做

卫天元和上官飞凤来到瘦西湖的时候，楚天舒也正在带领齐漱玉游览扬州另一处名胜。

齐漱玉在楚家的地位甚为微妙，既是楚家的女儿，又像是楚家的客人。童年失去的母爱，如今已经得到了加倍的补偿。

她不但得回失去的母爱，也开始尝了异性的友谊滋味。这些日子，她常常拿楚天舒来和卫天元比较，说也奇怪，反而是没有兄妹名分的卫天元更令她觉得像是她的哥哥。而这个有着“兄妹”名分的楚天舒，倒变得像是她的知心朋友了。

这一天，楚天舒见她秀眉似蹙，说道：“玉妹，你好像闷闷不乐，是还在想着你的元哥吗？”

齐漱玉摇了摇头，说道：“他是无须我挂虑的。我有时会想到他，也只是希望知道他的下落而已。但现在我并不是想他。”

楚天舒道：“那你是在思念爷爷吧？”

齐漱玉道：“不错，我的确是有点思家了。”

楚天舒笑道：“思家？这里不就是你的家么？”

齐漱玉道：“你不要挑剔字眼上的毛病，我说的是老家。妈妈在这里和你们过得很好，但爷爷却是个孤独的老人。”

楚天舒道：“你来了还未到半个月呢，要回老家，也得过了年才回去吧。扬州的名胜古迹很多，对啦，有一个地方你还没有去过的，我带你去游玩。”

齐漱玉兴致不高，说道：“那地方比得上瘦西湖吗？”

楚天舒道：“那个地方不是以风景著名的，但来到扬州的游客，假如时间只是容许他选择一个地方的话，恐怕大多数人宁愿不去游湖，那个地方却是非去不可！”

齐漱玉的好奇心给他勾起了，说道：“哦，那是什么地方？”

楚天舒道：“史公祠。”

齐漱玉道：“史公是谁？”

楚天舒道：“扬州十日，嘉定三屠，你总会知道吧？”

齐漱玉道：“啊，敢情你说的这位史公，就是明末在扬州殉难的那位大忠臣史可法？”

楚天舒道：“不是这位大忠臣，扬州人怎会为他立祠？”

齐漱玉道：“我自小就听得爷爷说过史可法死守扬州抵抗清兵的英雄事迹，想不到扬州有他的祠堂，那是非去不可了。但我却有点觉得奇怪，他是大明的忠臣，清廷为何容许扬州为他立祠？”

楚天舒叹道：“这就正是鞑子聪明之处了，他们在扬州大杀十天，扬州的老百姓也还是杀不完的。杀人越多，老百姓就越恨他们。但起了这座祠堂，倒是有许多人甘愿做他们的顺民了。”（按：清代到了乾隆年间，改用高压与怀柔的双管齐下政策。清兵入关之初，扬州嘉定二地屠戮最惨，乾隆为了缓和民愤，是以准许扬州为史可法立祠。）

史公祠离他们家不很远，大约半个时辰多一点就来到了。

他们踏进史公祠，刚好听见有两个游人在议论那副悬挂在正殿当中的对联。

胖的那个道：“这副对联写得好，明朝气数已尽，那是非亡不可的。大清天子仍然准许亡国之臣有专祠祭祀，享受千秋香火，真是皇恩浩荡令人感涕！”

齐漱玉抬眼望去，原来那副对联写的是：

一代兴亡关气数

千秋庙貌傍江山

那瘦的道："吾兄高论，可惜吾兄不能生与史可法同时。"

那胖的道："哦，你这话是什么意思？"

那瘦的道："你们若是生在同时，你就可以把这番顺逆之理说给他听了。依小弟之见，其实史可法懂得不能逆天行事，不如向真命天子归顺更好！"

那胖的连连点头，说道："吾兄议论更见透辟，佩服，佩服！"

齐漱玉心里骂道："放屁，放屁！"只见楚天舒也皱起了眉头。

齐漱玉把他拉过一边，悄悄说道："这两个甘愿做鞑子奴才的家伙，咱们给他们吃一点苦头如何？"

楚天舒连忙说道："千万不可，在这里闹出事来，要连累爹爹的。你知不知道，爹爹这次从京师回来，已经是引起了穆志遥猜疑的了。"

那两个游客只在正殿打了个转，匆匆就走出来。那胖的道："我忽然想起，今晚似乎还有一个宴会。"

那瘦的道："对啦，这次的诗酒之会是范观察十日前就折柬相邀的，你不说我都几乎忘了。"

楚天舒目送他们离开，如有所思，齐漱玉笑道："你怎么还不和我进去，是想送这两个家伙一程吗？"

楚天舒低声道："这两个家伙走得如此匆忙，倒是有点奇怪。"

齐漱玉道："有什么奇怪，他们不是说要赴什么诗酒之会吗？"

楚天舒道："祠堂后面，还有史阁部的衣冠冢的。这两个家伙，即使不以史公为然，但既来到此间，多留片刻又有什么打紧？他们连衣冠冢都不去看一看就走了。"

齐漱玉道："这只是你的想法。在他们的心目中，或许把那个什么官儿的宴会，看得比去瞻仰史可法的衣冠冢更重要呢。"接着笑道："这两个无耻的家伙走开，咱们乐得耳根清静，你理他们作甚？难道你怀疑他们是听见咱们在骂他们才走的吗？"

楚天舒懂得齐漱玉的意思，是笑他疑心生暗鬼的。要知他们在外面小声说话，假如那两个人在大殿里也听得见的话，武功上非有过人的造诣不行。齐漱玉当然不相信这两个人是懂得武功的。楚天舒却在心里想道："人不可貌相，这两个人看似庸俗不堪的附庸风雅之辈，但焉知他们不是装出来的？不过，也无谓令玉妹担心了。”于是笑道：“不骂也骂了，管他们听不听见，咱们进去吧。”齐漱玉笑道：“对啦，左也提防，右也顾忌，做人还有什么意思，你这几句话才算有点男儿气概。”

这天游人很少，那两个人走了之后，就只剩下他们了。楚天舒道：“正殿这副对联虽然写得不好，但里面有些对联还是写得不错的。咱们进去看看。”

齐漱玉道：“这副对联，岂只写得不好，什么兴亡关气数云云，简直是骗人的鬼话。”

楚天舒忽然笑了起来，说道：“你说起鬼话，我倒想起来了，这副对联就是和一段鬼话有关的。”

齐漱玉诧道：“是什么鬼话？”

楚天舒道：“这副对联，据说就是最初奉命修建史阁部祠墓的那个扬州知府谢启昆写的。他捏造一段鬼话，说是梦见史可法，他问史可法：‘公祠中少一联，应作何语？’史可法就教他写这副联语。当然这是骗人的鬼话，别有用心。但话说回来，他不这样写又如何落笔？”

齐漱玉想了一想，说道：“是啊，他做清朝的官，却要为抗清的明朝忠臣立祠，这副对联确实难写。”

楚天舒道：“所以他就只能把兴亡归之气数了。这样，既可以迎合皇帝的意思，叫老百姓不要仇恨异族的皇帝，又不致贬低史可法。倘若他不是这样写，不但乌纱帽保不住，这座史公词也不能建立了。”

齐漱玉叹道：“原来这里面还有这许多学问，倒是我错怪他了。”

楚天舒道：“古话说得好：知人论世。议论一个人，要设身处地为他着想，不能太过求全责备的。”

齐漱玉笑道：“多谢老师指教。但刚才那两个家伙的议论，无论如何，我不能赞同。”

楚天舒道：“那两个家伙又怎能和谢启昆相提并论？不过，咱们也不要发太多议论了，还是进去看看对联吧。有些对联，依我看还是写得不错的。大概因为时间过得久了，满清皇帝为了故示宽大，也不理会那么多了。”

齐漱玉在他的指点下，读了两副对联。

（一）

读生前浩气之歌，废书而叹；

结再生孤忠之局，过墓兴悲。

（二）

生有自来文信国；

死而后已武乡侯。

齐漱玉道：“前一副对联把他比作文天祥，后一副对联更进一步，将文天祥与诸葛亮（武乡侯）都拿来与他并论，更难得了。”

楚天舒道：“生有自来文信国这句上联也有个传说的，相传史可法的母亲是梦见了文天祥（文信国）来投胎。”

齐漱玉道：“这两副对联比正殿当中那副对联是好了好多，但好像总还欠缺一些什么。”

楚天舒道：“你说得是，前一副对联只是伤感，未免令人有灰溜溜的感觉。后一副比拟得当，但文字平庸，而且只加论述，也缺乏感情。”

齐漱玉笑道：“感情太多，你又说它伤感过分，要好可就难了。”

楚天舒道：“感情也不只限于伤感的，咱们看下去。”此时他们已来到史可法的衣冠冢了。墓柱刻的那副对联是：

“心痛鼎湖龙，一寸江山双血泪；

魂归华表鹤，二分明月万梅花。”

楚天舒道：“上联用的是黄帝在鼎湖仙去，乘龙上天，群臣攀龙须欲追随而不可得的典故。写史可法对皇帝的忠心。下联二分明月万梅花，则是扬州眼前的景物。写的是史可法在扬州殉难的史实。”

齐漱玉道：“史可法当然是个大忠臣，但他在扬州为国捐躯，只是表彰他的一个忠字，似乎还嫌不够。还有更好的吗？”

楚天舒道：“你看这副如何？”

齐漱玉跟着他念道：

殉社稷，只江北孤城，剩水残山，尚留得风中劲草；

葬衣冠，有淮南抔土，冰心铁骨，好伴取岭上梅花。

齐漱玉赞道："这副对联好！"

楚天舒道："好在哪里？"

齐漱玉道："老师，你莫考我。好在哪里，我可说不上来。还是你给我讲解吧。"

楚天舒道："这副对联夹叙夹议，有史实，又有感情。江北孤城，淮南抔土，切合史可法死守扬州的故事；风中劲草，岭上梅花，则是赞扬他的品格。大丈夫富贵不能淫，贫贱不能移，威武不能屈，这就是劲草和梅花的风格！"

齐漱玉道："说得好！做人是该做风中劲草，岭上梅花。这样写是要比只歌颂'忠臣'境界更高了。"

楚天舒道："你的见解也很高啊！"

齐漱玉笑道："好在这里没有外人，否则给人听见，恐怕要笑咱们兄妹互相吹捧了。"

刚说到这里，忽听得有人笑道："我听见了！大哥，你好偏心。"

走进来的是楚天虹。

楚天舒笑道："你不服气我赞玉妹么？"

楚天虹道："玉姐武功比我好，读书比我多，见识比我高，我怎会不服她呢？我不服气的是你的偏心，姐姐来了，你就好像压根儿忘了我这个妹妹了。"

楚天舒笑道："你是怪我不和你一起来玩，是吗？谁叫你起身晏，我们来的时候，你还未起床呢。而且我知道你会自己找来的。"

楚天虹道："你以为我是贪玩才来找你的么？是爹爹叫我找你们回去的。"

楚天舒问道："有什么事？"

楚天虹道："家里来了一个客人。"

楚天舒道："客人是谁？"

楚天虹道："是一个你们意想不到的客人。不过这个客人，我相信玉姐一定是很高兴见到他的。”

齐漱玉心头一跳：“难道是元哥?”说道：“别叫我猜哑谜了，打开闷葫芦吧。”

楚天虹笑道：“这闷葫芦的盖子，反正一到家里，就可以打开。你急什么？先猜一猜吧。”

齐漱玉只道是卫天元，却不愿把她的猜想说出来。

她和楚天舒兄妹匆匆赶回家去，回到家中，才知她猜错了。

客人不是卫天元，是丁勃。

丁勃是她家的老仆，但她的爷爷是从来不把他当作仆人看待的。齐漱玉还没出生，他已经是在齐家的了。齐漱玉一直是把他当作家庭的一份子的。丁勃又是江湖上早已成名的人物，和扬州大侠楚劲松也是老朋友的。

齐漱玉又惊又喜，说道：“丁大叔，你怎么知道我在这里，是爷爷叫你来接我回去的吗?”

丁勃说道：“你的爷爷叫我出来找你，不过你在这里，却是你的爹爹告诉我的。他想知道你的近况，叫我替他来看一看你。”

齐漱玉道：“啊，原来你已经见过爹爹了，他怎么样?”

丁勃道：“他和穆娟娟一起，很、很好。”齐勒铭武功已废，丁勃不愿齐漱玉为父亲担心，是以没说出来。不过，他说齐勒铭过得“很好”，也不算是假话。有穆娟娟伴陪齐勒铭在山中隐居，齐勒铭的日子的确是比在江湖上闯荡的日子逍遥自在得多。

“你的爷爷是盼望你回去，不过也不必急在一时，我知道你来到扬州也不过半个月光景，你过了年回去也可以的。”丁勃说道。

“丁大叔，你几时走?”齐漱玉问道。

“说不定，大概会有几天逗留。”丁勃道。

楚天舒忙道：“丁大叔已经说过，你过了年回去也可以的。你不必急着跟他走。”

齐漱玉道：“哦，你过几天才走，是不是还有别的事?”她不理会楚天舒，继续向丁勃发问。

丁勃道：“是有一点事情，和你也有间接关系的。”

齐漱玉连忙问道：“是什么事情?”

丁勃道：“你知道卫少爷的下落么？”

齐漱玉道：“我正想向你打听呢。我虽然去了一趟京师，却没见到他。只知道他在秘魔崖曾经闹出一桩震动京师的大事。后来就不知道他的行踪了。”

丁勃道：“我倒知道他一点消息。听说他现在是和上官云龙的女儿在一起。”

齐漱玉道：“上官云龙的女儿，那、那不就是……”

楚天舒道：“不错，就是咱们曾经到过她在北京的家里，但却没有见到她的那个上官飞凤。”

齐漱玉心里一酸，暗自思量：“如此说来，莫非那些谣言竟是真的了？”

丁勃继续说道：“听说卫少爷和那位上官姑娘一起，已经来到江南。很可能就在这一两天，来到扬州。”

齐漱玉道：“丁大叔，你说还有另外一件事情，想必就是指元哥这件事吧？”

丁勃道：“不错，我这次来扬州，另外一半原因就是为了卫少爷而来。”

齐漱玉道：“许多人说上官云龙是天下第一大魔头，他的女儿是心狠手辣的妖女。上官飞凤为人如何，我捉摸不透。但爷爷却好像没有说过她爹爹的坏话，我也不知他究竟是否魔头。丁大叔，你既是为了元哥而来，你打算怎样？”

刚说到这里，忽见有人抬了一口棺材进来。

齐漱玉吃了一惊，问道：“爹爹，你要这口棺材作甚？”

楚劲松打发脚夫走后，说道：“这是你丁大叔的主意。”

丁勃说道：“我打算做一出戏。”

齐漱玉莫名其妙，说道：“做一出戏？”

楚劲松笑道：“这出戏还得你帮忙来唱才成。丁大叔已和我说好了，只不知玉儿你肯不肯做这出戏的配角？”

齐漱玉道：“主角是谁？”

丁勃道：“就是你的元哥，也可能还有那位上官姑娘。”

齐漱玉道：“丁大叔，你们究竟、究竟……葫芦里卖的是什么药？”她本来想说“你们究竟捣的是什么鬼”的，碍着继父的面子，话到口边才改。

楚劲松道：“玉儿，你随我来。”

齐漱玉跟随继父踏入一间屋子，一进门就呆住了。

这本来是一间书房，如今却布成了灵堂模样。刚刚抬来的那口棺材，就放在屋子当中。

楚劲松道：“老丁，你看布置得如何？”

丁勃说道：“差不多了，依保定的俗例，棺材头还要点两盏长明灯。”

楚劲松道：“牌位上还没写字，你看怎样写好？”

丁勃说道：“她是小辈，不能由你供奉的。待会儿再斟酌吧。唔，还有，最好多一张画像，供吊客瞻仰遗容。”

楚劲松道：“舒儿的画还过得去，就由他来画这张遗像吧。”

齐漱玉定了定神，说道：“爹爹，丁大叔，这究竟是怎么回事？”

楚劲松叹口气道：“叫我怎么说才好呢？嗯，老丁，还是你告诉她吧。”

丁勃缓缓说道：“人生如戏，小姐，你何妨把灵堂当作戏台。”

楚劲松这才接下去说道：“这台戏很有可能今晚就会上演，不过你是不用念词的，只看人家做戏就成。”

丁勃接着笑道：“看也不用看，只需耳朵来听。”

齐漱玉听了丁勃的解说，方知自己要扮的是什么角色，她感到委屈，但还是答应了。

卫天元来到了楚家，正是三更时分。

他不想惊动别人，最好是先和楚劲松见面。然后由楚劲松帮他安排，单独约见师妹。他是恐防师妹或许是和徐中岳的女儿同一间房间的。

但怎样才能恰好先见着楚劲松呢？楚劲松也可能是夫妻同宿的，他不能摸进每一间房里偷窥。

只有一个办法，稍微露出一点声息，楚家以楚劲松的武功最高，他会首先觉察的，这就能把他引出来的了。

但，“稍微露出声息”，这“稍微”可得恰到好处才行。否则难保不惊动了楚家另外的人。

正在他踌躇之际，忽地看到园中一角有间屋子，屋内隐隐有灯光。是谁在那屋子里面，这么晚了，还没睡呢？

一阵风从那边吹来，风中有檀香气味。

卫天元怔了一怔，暗自想道：“难道这间屋子是佛堂？但楚大侠可并不是信佛的居士呀。”

此时他已经发现挂在这间屋子门外的一对蓝灯笼了。

他更觉得奇怪：“门口挂蓝灯笼，那是表示家有丧事的。但一般都是挂在大门之外，不会只挂在家中某一间屋子外面的。不会是楚家死了什么人吧？”

忽地隐隐听见屋子内似乎有人轻轻抽泣。

卫天元打了一个寒噤，心里却是又惊又喜。

他想起了那次在保定老家的瓦砾场中，曾听过似乎是姜雪君声音的一声叹息。

这次的抽泣声比那一次的叹息声音更清楚了，但抽泣声只能听出是个女子，这个女子是不是姜雪君呢？

他并不相信姜雪君还在人间，但他却禁不住胡思乱想：“莫非是雪君冤魂不息，她知道我来，要显灵么？”

那次他是一追上去，就不见“鬼影”的，这次他不敢莽撞了，把身形藏在假山石后，心里想道：人鬼殊途，也许她还是不愿意我见到她，我不要把她吓跑了。

他刚刚藏好身形，果然就有一个披头散发的“女鬼”从那间屋子里走出来。

不是“女鬼”，是徐中岳的女儿徐锦瑶！

卫天元最不愿意见到她，想道：“她的父亲死有余辜，她却是无罪的。我不要惊吓她，待她走了我再进去看。”

徐锦瑶正在向着他藏身之处走近，忽地停了脚步，喝道：“是谁？”

卫天元方自一惊，便听得有人说道：“师妹，是我！”

徐锦瑶道："元哥，你把我吓了一跳！"

卫天元心中苦笑："元哥的称号倒是一样，可惜她的'元哥'不是雪妹生前喜欢叫的那个元哥。"

原来来的这个人乃是徐锦瑶的师兄郭元宰。他是从京师护送徐锦瑶和楚天虹回扬州的，此时仍然住在楚家。在徐中岳的弟子之中，以他的品行最为端正，这也是卫天元早就知道的。

郭元宰道："师妹，你又跑去骂姜雪君了？"

卫天元一听大奇，这句话好像是责备徐锦瑶经常去骂姜雪君似的，怎么可能呢？

徐锦瑶道："她害死我的爹爹，我不该骂她吗？"

郭元宰道："不错，师父是因她而死。不过，这件事情，恐怕师父也有、也有……"

徐锦瑶道："我知道爹爹也有不是之处，但不管如何，姜雪君既然另有情人，当初她就不该嫁给我的爹爹。"

卫天元心里想道："当初她是以为我早已死了，她为势所逼，这才上了徐中岳的圈套。不过郭元宰莫说不知内里情由，纵然他知道内里情由，也是不便在徐锦瑶面前说她父亲的坏话。"

郭元宰道："师父和姜雪君已是同归于尽，俗语说一死百了，咱们做后辈的又何必去计较那些是是非非。再说，姜雪君是楚大哥的师妹，她的灵牌也是楚家立的，你对她的灵牌骂她泄愤，对主人也不大好吧。"

卫天元这才懂得所谓"又跑去骂姜雪君"是怎么一回事情。心中颇为不满，想道："你骂我不打紧，骂雪君可是不该！"

只听得徐锦瑶道："你猜错了，我不是骂姜雪君。"

郭元宰道："是骂卫天元吗？"

徐锦瑶没有回答，却道："说老实话，我也知道我说姜雪君害死爹爹，这句话是重了一些，但按照你的说法，你也承认，爹爹是因她而死的。为了这个缘故，我的确恨过她。不过，现在我不恨她了，我反而觉得她可怜呢！"

郭元宰黯然道："姜姑娘的确是红颜薄命，值得可怜。"

徐锦瑶哼了一声，道："你以为我是可怜她的薄命吗？她的薄命是自作自受的。不过报应来得这么快，我却是想不到的。她恐怕也是死的那天才知道呢，知道已是迟了。所以我觉得她又是可怜，又是可笑!”

郭元宰似是一怔，说道：“什么报应？恕我愚钝，我还是不懂你的意思。”

徐锦瑶道：“这件事情，我也是今天才知道的。卫天元听说已经来到江南了，说不定这一两天内，就会来到这儿。不过，他并不是一个人来的!”

郭元宰道：“他和谁一起?”

徐锦瑶道：“大魔头上官云龙的女儿!”

郭元宰默然不语，半晌说道：“如此说来，那些谣言竟是真的了。”

徐锦瑶道：“他们一路同行同宿，是有人亲眼见到的，还能有假?”

卫天元是曾在莫愁湖边那间旅店和上官飞凤同住一幢房子，心里想道：“这个谣言想必是因此而起。江湖上尽有许多爱嚼舌头的人，像申公豹那类的包打听，捕风捉影便可大造谣言，不值得我为它生气。只不知那个所谓‘亲眼见到’我和飞凤的人是谁？孟仲强和凌玉燕虽然是在那间旅店，但莫说我没有给他们识破，即使业已给他们识破，凌玉燕目前恐怕也还在那间客店养病呢。”他并不为谣言生气，猜不出是什么人，也就不去再想它了。但别人说他“负心”，他的心情却是甚为激动。

只听得郭元宰叹了口气，说道：“姜雪君尸骨未寒，卫天元即移情别恋，我也要为姜雪君感到不值了!”

徐锦瑶冷笑道：“他们早已在姜雪君生前就打得火热了！秘魔崖之战我不在场，但我听得在场的人说，姜雪君其实是给他们气得自杀的。嘿嘿，这叫做一报还一报，报应还当真来得快呢！姜雪君背夫偷汉，害死了我的爹爹，想不到她的老情人就当着她的面勾搭上别的妖女!”

郭元宰道：“卫天元竟是这样一个负心薄幸的男子，我也是想不到的。不过，姜雪君都已死了，咱们也不必再说、再说她的闲话了。”他本来是想责备徐锦瑶幸灾乐祸的，但一想到她的遭遇也是可怜，就不忍用那样重的口气了。

郭元宰和徐锦瑶走了，卫天元才走进那间屋子。

果然是一座灵堂！棺材头上有两盏长明灯，他看见了姜雪君的遗像，看见了姜雪君的牌位。

悼念、悲痛、愤懑、感伤……种种情绪，纠结心头，他跪在灵前，抚着棺柩，对姜雪君倾诉心头的郁积。不仅把姜雪君当作情人，也是把姜雪君当作知心的朋友。孩子受了委屈要向母亲诉说，成年人则只能找知己倾吐了。虽然在姜雪君生前，他们由于会少离多，在他们之间恐怕也还未曾有过这种真正的友谊，但此际他却的确是这种心情。

卫天元抚棺低诉："雪君，别人怎样骂我，我都不管。我只是来求你的原谅。雪君，我想你是不会骂我薄情的，是吗？你是知道的，在你生前，我的心里就只有一个你。你还记得吗，有个时候，你曾经想过成全我和师妹，这件事情，或许也曾在你的心头留下一抹阴影吧？但你终于还是明白了，是不是？"

"不错，齐师妹是从小喜欢我的，她不怕在你的面前表露对我的爱意，她的心意，我也知道。但我始终都是把她当作小妹妹看待，从来没有像爱你那样的爱过她。"

"假如我是别人说的那种薄幸男儿，见异思迁，我早就应该爱上师妹，这样，既可以报答爷爷对我教养之恩，又可以得到幸福的家庭生活，我娶了她，就不会像现在这样要受别人责骂，更要遭遇尚未可测的许多风险！"

"师妹是个好女子，是块洁白无瑕、未经人工雕刻的美玉。论才貌她也不会输给上官飞凤。假如我对你没有真情，在我未曾得到你的音信之前，我为什么不爱上她？却要到现在才爱上上官飞凤？"

他在灵前絮絮不休地低诉，拿婉拒师妹之爱这件事情，表达他对姜雪君的一片真意。他却不知道，躺在棺材里的却并不是姜雪君，正是他的师妹齐漱玉！

他始终把齐漱玉当作小妹妹看待，齐漱玉亦是知道的。但这次从卫天元的口中得到了证实，却还是令她感到了难堪。

不错，卫天元也称赞了她，但称赞也还是不能消解她心中的气愤：“为什么要把我和那妖女相比？哼，你既然说我并不输给那个妖女，为什么又要给那妖女迷上了？雪君姐姐生前，你不爱我，我不怪你。但现在雪君姐姐虽然死了，却还是尸骨未寒，你这样快就移情别恋，雪君姐姐原谅你，我也不能原谅你的，我并不是稀罕你的爱，从我知道你和那个妖女混在一起的时候起，我已经不是像从前那样一个什么也不懂的小姑娘了，只是盼望你施舍一点爱情的小姑娘了！”她几乎要嚷出来：“卫天元，我要你知道，我现在已经不爱你了！”

当然她终于还是忍住，并没有嚷出来。但气愤已是令得她的身体微微震抖！

卫天元手抚桐棺，隐隐地感觉棺材好像轻轻地动了一下。

## 在棺材里生气

卫天元悚然一惊，思疑不定：“是雪君显灵呢？还是我的幻觉？”

他心情更加激动了，继续说道：“雪君，你听见我的禀告了？我想，你一定会谅解我的，是吧？唉，记得你倒在我的怀中的时候，你说的最后一句话就是：我知道你是爱我的，我很快活。我走了，会有人照顾你的。虽然你没有把她的名字说出来，但我知道你说的一定是上官飞凤。”

“雪君，我和你同过患难，我们两家遭受的是同样的命运。我们的感情是在患难中滋长的。我和飞凤也是如此，要不是她，我早已死了。是她救了我的性命，又鼓励我活下去。我不能对你说谎，如今我爱她就像从前爱你一样。”

“如今我已遵照你的遗嘱，和飞凤订了亲了，飞凤今晚本来也要来拜祭你的，是我怕惹起风波，将她劝阻。不过，她对你的一番心意，我是带到你的灵前来了。你知道吗，她是把你当作‘姐姐’一样尊敬的，你知道‘姐姐’的意思吗？你我虽然没有夫妻名分，但在她的心里，已经是把你当作我的前妻了。”

“雪君，我对你从来不说假话。我这番话要是给别人听见，或许更会加重我的‘薄幸’罪名，但我知道你是一定不会说我薄情的。只要你谅解就成，别人怎样想法，我才懒得理会呢！”

他哪里知道，这个“别人”也包括他的师妹齐漱玉在内。

齐漱玉在棺材里听见他这番说话，气得几乎跳起来。

她不相信姜雪君临终时候是把卫天元托付给上官飞凤。少女总是有着少女的自尊的，虽然她已知道了爱情不能勉强，她也明白了卫天元对她的感情是哪种感情，但她还是只能相信，假如姜雪君当真说过那句话，“会有人照顾你的”那个人，应该是指她而不是指上官飞凤。

“不要脸！”她在心里骂了出来：“雪君姐姐尸骨未寒，你就移情别恋。你分明是怕别人骂你薄幸，这才曲解雪君姐姐的意思。你别恋就别恋好了，何必还要来诉说对雪君姐姐的‘真情’？你是猫哭老鼠呢，还是特地来气她的呢？”

死了的姜雪君不会生气，她却真是生气了！

她一生气，呼吸就不知不觉重浊起来。虽然隔着一层棺材板，卫天元也开始有点察觉了。

“难道有人躲在暗处？”他拿起棺材头的一盏长明灯，四下察看，“鬼影”也没有一个。

棺材又动了一下！

“雪君，是你显灵吗？我不害怕见到你的，你索性现出身形，让我见一见吧！”

他期待的姜雪君的“鬼魂”，当然没有出现。但棺材第三次又动了一动！

俗语说“事不过三”，他不觉疑心大起。

疑幻疑真，他把耳朵贴着棺材，凝神静听。此时齐漱玉已是动也不敢一动，呼吸亦已恢复正常了。但卫天元练过听声辨器的功夫，听觉非常敏锐，仍然能够隐隐约约听见一点声息。

“不对，死了的人怎能呼吸！管他是鬼是人，总得看个明白！”他大着胆子，一咬牙根，突然伸出手来，就去揭开棺盖。

楚劲松和妻子在卧房里相对而坐，熄了灯火，黑暗中轻声交谈。

“主角已经来了。只不知这出戏的结局是否和咱们预期那样?”楚夫人庄英男说道。

楚劲松苦笑道：“我并不是一个规行矩步的人，旁人认为是行为不检的事情我也曾经做过，但像这样荒唐的儿戏之事，我可还是破题儿第一遭。要不是老丁劝我听他的安排，我……”

庄英男笑道：“老丁其实是为了你。我问你，你愿不愿意把我的女儿变作你的媳妇？他们不同父母，兄妹只是一个名分，按说是可以成亲的。”

楚劲松道：“他们成为夫妻，我和齐勒铭也可从冤家变作亲家，我当然愿意结这门亲事。不过，依我看来，自从玉儿来到咱们家中之后，她和天舒的感情也似乎很是不错，假如不唱这出戏，他们或许也可以、也可以彼此渐渐爱上的。”

庄英男道：“推测或许可以如此，但我总是不能放心。你要知道，玉儿是和天元一起长大的，她一心一意想嫁给天元，听老丁说，她还曾为他害过单思病呢。虽说事过情迁，但若不是让她知道天元业已另结鸳盟，她恐怕还不会死了这条心！她心里有着另一个人，将来不管是和谁成婚，婚姻也不会得到幸福!”

楚劲松道：“但即使事情都是按照老丁的安排实现，也不过唱了半出而已。这出戏是否以大团圆结局，可还在未可知之数呢!”

庄英男道：“要做成功一件事情，哪有完全不冒一点风险的。不管结局如何，都是值得一试。”

楚劲松道：“假如是一个令人啼笑皆非的荒唐结局呢?”

庄英男道：“这出戏是丁勃编的，丁勃是你的老朋友，你应该知道，他并不是一个荒唐的人。”

楚劲松忽道：“夫人，咱们许久没有下棋了。我记得你上次布的那个‘玲珑’（围棋残局，称为玲珑），我现在都还未能解开。”

庄英男道：“咦，你怎么突然想起下棋来了？那个玲珑，其实也并不难解。变化虽然好似十分复杂，但关键的着法也不过三着。这三着棋看得通透，玲珑就可解开。”

楚劲松道：“老丁的设计也可以比作一个棋局。我就是怕有一步棋看不通透，那就会下错了子。”

刚说到这里，就听得有人说道：“你是哪一步棋看不通透？”

丁勃走进来了。

楚劲松道：“这主意不是你出的吧？”

丁勃笑道：“毕竟是老朋友，你知道我没有这种鬼才。实不相瞒，要你们伙同我唱这出戏，这主意是穆娟娟出的。”

庄英男皱眉道：“哦，主意是她出的？”

丁勃道：“嫂子，是否怀疑她不安好心？”

庄英男道：“不，我只是奇怪她为何爱管这个闲事？”她的心里，其实的确是有点信不过“银狐”的。

丁勃说道：“她可并不认为这是闲事。少、少……嫂子，她觉得亏欠你的太多，故此想为你们两家化解。据她说，少爷对劲松兄虽然没有从前那样恶感，但心头的结可还没有解开的。少爷只有漱玉这个女儿，父女之情，胜于一切。假如小姐嫁给了劲松兄的公子，那就什么仇怨都可以化为乌有了。”丁勃是齐家的老仆人，习惯了把齐勒铭称作少爷的。以前他也习惯把庄英男称作“少奶”，只因他也是楚劲松的老朋友，时刻提醒自己，这才记得改变称呼。

庄英男道：“穆娟娟出的这个主意，勒铭知不知道？”

丁勃道：“我想少爷是知道的。”

庄英男道：“你怎么知道他知道？”

丁勃道：“少爷和我谈过卫少爷和那位上官姑娘的事情。他说他们二人倒是一对。他还说他以前也曾想过要卫少爷做女婿的，但现在主意已经变了。我就问他喜欢把小姐许配给谁，他说玉儿的事情自有她的母亲作主，他不管了。”

庄英男道：“那也未能证明他已经知道了穆娟娟出的这个主意呀。”

丁勃道：“最后少爷还说了一句意味深长的话，他说他相信在选女婿这个问题上面，娟娟的看法会和你一样。只要是你们二人都同意的人选，那么女儿的婚事如何安排，他也都会欣然同意。假如不是穆娟娟在他面前透露过口风，少爷不会这样说的。”

庄英男道:“劲松,你还有哪步棋看不通透?”

楚劲松道:“是最关紧要的一步棋,卫天元真的是已爱上了上官飞凤吗?”

丁勃道:“这个我当然不能替他作答。但少爷是曾经见过他们二人在一起的,少爷冷眼旁观,也觉得他们二人是性情投合的一对。这些日子,他们一路同行,人言籍籍,恐怕也未必全是谣言。”

楚劲松想了一想,问道:“听你们说的勒铭的口气,倒似乎并不认为那位上官姑娘是个妖女?”

丁勃说道:“岂只不认为她是妖女,她的父亲上官云龙,许多人说他是天下第一大魔头的人,我家少爷对他也甚为推重呢。”

庄英男道:“勒铭以往的行事虽然颇多乖谬,但他对上官云龙父女的看法我是信得过的。”弦外之音,不用担心卫天元娶妻不当。

楚劲松道:“我也希望卫天元能娶得一个好妻子,但假如他和上官飞凤的关系不是如咱们所想的那样,这出戏恐怕就会唱得荒腔走板了。”

丁勃说道:“如果卫少爷不是真心欢喜那位上官姑娘,上官姑娘要他也是没用。咱们试他一试,对上官姑娘也是无损。”

楚劲松默然不语。

丁勃笑道:“戏已经唱到一半了,现在该轮到咱们这两个老角登场啦,走吧,走吧!”

楚劲松道:“当真要假戏真做?”

丁勃笑道:“假中有真,真中有假。总之要记得你演的角色是一个关心他的长辈,那就可以戏假情真了。”

楚劲松道:“其实是为老不尊!”接着苦笑道:“说老实话,像这样捉弄小辈的事情,无论如何,我都觉得有点荒唐。”

丁勃道:“楚兄,你不是想反悔吧?”

楚劲松笑道:“谁叫咱们是老朋友呢,没法子,我只好和你联手做一次荒唐事了。”

丁勃微有歉意,略一迟疑,似乎想说什么,但却没有说出来。好在他是走在前面,楚劲松没有看见他脸部的表情。

原来他还是有一件事情瞒着老朋友的。

他不但见过齐勒铭和穆娟娟，还见过另外一个人。而且是见这个人在前，得到了这个人的指点，他才见得着旧日的少主人的。

今晚的安排，也并不是完全出自穆娟娟的主意。甚至可以这样说：这出戏的戏文是那个人编的，穆娟娟只不过在枝节上的安排参加一点意见而已。不过这个人是谁，他却是不便向楚劲松和盘托出了。

楚劲松和丁勃放轻脚步，走近“灵堂”。刚好听见了卫天元的自言自语。两人发出会心微笑，好像在说：我们来得正是时候。

不错，来得正是时候。卫天元正在准备揭开棺盖。

棺盖还未揭开，忽然听得有人在叫：

“卫少侠!”

“卫少爷!”

是两个人同时在叫。一个声音非常熟悉，另外一个声音也不算陌生。

他吃了一说惊，回过头来，只见楚劲松和丁勃已经站在他的面前了。

“楚大侠，丁大叔，你，你们……”

“我是特地来这里等候你的。”丁勃说道。

卫天元定了定神，说道：“楚大侠，请恕我不请自来。我本是想来拜访你的……”

楚劲松道：“我并不觉得奇怪。我知道你会为姜雪君来的。你已经拜祭过了吧?”

卫天元点了点头。

丁勃说道：“卫少爷，你的心事已了，那就请你立刻和我回家去吧!”

卫天元怔了一怔；道：“立刻?”

丁勃说道：“不错，你不知道你的爷爷是多么盼望你们回去吗?”

卫天元道：“哦，原来是爷爷叫你到这里找我和师妹回去的。”

丁勃说道：“正是。爷爷因为你和小姐久不归家，十分挂念，好不容易才打听到小姐是来了这里，他想你多半也会到楚家来的，所以叫我赶来扬州，找你们回家。他说要是你们不能一同回去的话，那一个先回去也好。你要知道你的爷爷虽然身体壮健，毕竟也是上了年纪的老人了。一个孤独的老人当然希望有个晚辈在跟前陪伴他的。”

卫天元道：“那就让师妹先回去陪伴他吧。”

楚劲松道：“卫少侠，你还有什么未了之事？”

卫天元道：“我想把姜雪君的灵柩运回她的故乡，与她的父母葬在一起。”

楚劲松道：“这件事我可以代办。或许你未知道，江湖上颇多不利于你的流言。这件事与其你办，不如我办。雪君的父亲是我同门师兄，我给她的一家办理丧事，也是名正言顺。”

卫天元想起自己一路上碰上的事情，情知若是由他押运姜雪君的灵柩回去，的确会惹出许多意想不到的麻烦的，雪君的灵柩也未必能够顺利运回故乡。于是道：“楚大侠，你既是以雪君师叔的身份出面治丧，那晚辈也不便和你争了。”

楚劲松道：“好，你既然不和我争，那就该和丁勃马上回去。”

一个说“立刻”，一个说“马上”，卫天元不觉笑道：“楚大侠，我还没有见着师妹呢，你就要下逐客令了？”

楚劲松道：“不是我下逐客令，但我认为你是不必等待漱玉来和你见面了。”

卫天元道：“她不在家吗？”

楚劲松道：“她在家。但你无须与她见面，丁勃在等着你动身呢！”

卫天元道：“为何你们催得如此之急？”

楚劲松道：“玉儿来到我家不过半个月，她的母亲已经和她说好，要过了年才让她回去的。”

卫天元不觉起疑，强笑说道：“师妹过了年回家不打紧，但你让我多留片刻也不行吗？”

楚劲松道：“我要你马上跟丁勃走是为了你好。”

卫天元道：“哦，那么要是我多留半个、一个时辰，待见了师妹才走，就有什么事情不好了？”

楚劲松眉头一皱，似乎想说什么，却没有说。

给他回答的是丁勃。

“卫少爷，你是和那妖女同来扬州的吧？”

“哪个妖女？”卫天元涩声问道。

“上官云龙的女儿！”丁勃说道。

卫天元面色一沉，说道：“上官云龙的女儿不是妖女！哼，假如这话是别人说的……”

“那你就要和他拼命了，是不是？”

卫天元默认。

丁勃叹口气道：“卫少爷，你刚才在姜姑娘灵前说的那些话我听见了，唉，原来你果然是爱上了那、那……上官云龙的女儿！”

卫天元冷冷说道：“我喜欢谁是我的事。不过，倘若说到那位上官姑娘，别人骂她妖女我不奇怪！丁大叔，你却似乎不该把她当作妖女！”

“为什么？”

“你是因为别人说她的父亲是大魔头，你才把她当作妖女的吧？”

“不错，人家都这样说！”

“但爷爷却不是这样说！丁大叔，你和爷爷作伴几十年，难道你没听见过爷爷谈及上官云龙，爷爷对他也相当尊重的。”

丁勃叹道：“但别人都这样说，那、那……”

卫天元道：“那又怎样？”

楚劲松道：“卫少侠，你是聪明人，难道还不明白？别人都这样说，那就不管那位上官姑娘是怎样的人，你和她一起就只能招祸，不会有福了！”

卫天元道：“是祸也好，是福也好，我都愿意一人承担。”说至此处，瞿然一省，纵声笑道：“楚大侠，我明白了，你是怕我连累你！”

楚劲松哈哈大笑，笑得比他更大声。“卫少侠，在你的心目中，原来我楚某人竟是这样的一个人吗？”

卫天元道："扬州大侠楚劲松本来不应是怕受人连累的人，但你因何要赶我走？"

楚劲松道："我只是想你快离开这个是非之地，更紧要的是离开那个招惹是非之人！"话意再也明显不过了，那即是要他离开上官飞凤！

卫天元面色十分难看，说道："楚大侠，你是我尊敬的长辈，但喜欢跟谁在一起，这是我自己的事，请恕不能从命！告辞！"

丁勃叫道："卫少爷，你……"

卫天元道："丁大叔，请恕我现在也不能和你一起回家。"

丁勃、楚劲松拦住门口，不约而同地说道："你要去哪里？"

卫天元淡淡说道："我从来处来，去处当然也只能就是来处了。"

丁勃道："卫少爷，你怎的如此执迷不悟，仍然要回到那位，那位上官姑娘的身边呢？"

卫天元道："丁大叔，我的脾气你是知道的，我说过的话从无更改。爷爷我当然是要回去探望他的，但不是现在！"

楚劲松忽道："卫少侠，请你留下！"

卫天元道："咦，你不是要我马上走的么？"

楚劲松道："我现在已经改变主意了。"

卫天元道："哦，你肯让我和师妹一见了么？好，那就请你将她唤出来吧。"

楚劲松道："她已经睡了，明天你再见她不迟。"

卫天元道："不，我和飞凤已经说好，天亮之前就回去的。我想师妹不会怪我吵醒她的，我只要和她见上一面，说几句话就走。"

楚劲松道："不行，无论如何，你也得过了今晚才走！"

卫天元道："刚才你要我马上离开，现在又要我留宿，这，这……"

楚劲松道："这并不矛盾。"

卫天元道："哦，我明白了。要是我跟从丁大叔回家，你就巴不得我走得越快越好。但你却不愿意我回到飞凤那儿。"

楚劲松道："我也只是要留你今晚，以后我就不管了。"

卫天元疑心大起，问道："为什么你们一定要拦阻我今晚回去见她，我是答应过她的。"

楚劲松道："这个诺言，我劝你不要遵守了。"

卫天元道："楚大侠，我知道你素重言诺，为何却要别人不守诺言？"

楚劲松似有难言之隐，叹口气道："我也不知怎样说才好，但反正到了明天，你就会明白的。"

卫天元疑心更甚，说道："你们一定有什么事情瞒着我，是不是？我等不到明天了，你们不说个明白，我就自己回去弄个明白！"

楚劲松道："你还不明白吗？不是我怕受到你的连累，是我怕你受到别人连累！"

丁勃忽道："上官云龙有个得力手下，名叫公冶弘，他是早就来了扬州的，家住观音山大明寺附近，对吗？"

卫天元道："丁大叔，你的消息倒是灵通得很，看来你想必亦已知道我们是住在他的家里了。"

丁勃点了点头，说道："不是我的消息灵通，是别人的消息灵通。"

卫天元道："别人，哪些别人？"

丁勃说道："那可多了，有些是上官云龙的仇家，有些是中原的侠义道。这两帮人虽然身份不同，正邪混杂，但有一样却是相同的，他们都是与上官云龙誓不两立！"

卫天元道："那又怎样？"

丁勃说道："他们不敢上昆仑山去向上官云龙挑战，对付上官云龙的女儿他们是有把握的。实不相瞒，已经有人叫我参加他们的行动，我是看在你的份上，没有答应。"

卫天元急道："快说，什么行动？"

丁勃说道："活捉上官云龙的女儿，要是活的捉不到，死的也要！"

卫天元道："围攻计划，定在何时开始？"

丁勃说道："正是今晚三更！"

卫天元是三更时分来到楚家的，此时已经过了半个时辰了！

楚劲松道:“卫少侠，你明白了吧，要是你此际赶回去，可能碰个正着，所以……”

卫天元大叫道:“让开!”楚劲松侧身一闪，却用了一招拂云手，把卫天元向他猛推的力道卸开，丁勃随即一招“旋转乾坤”双掌齐出，一搬一带，两人合力，把卫天元的身形带过一边。总之不让他走出灵堂的门口。

卫天元火红了眼，沉声说道:“楚大侠，丁大叔，你们不让我走，我宁愿死在你们掌下!”

丁勃卸开他的掌力，说道:“卫少爷，我是奴才身份，岂敢伤害主人。但这是你爷爷的主意，你的爷爷是希望你最好离开那个妖女的!”

卫天元怒道:“好吧，你既然是奉了爷爷之命来拦阻我，你杀了我也不算是以下犯上了，你使出杀手吧！你不使我可要使了!”

丁勃道:“爷爷的话你也不听了?”

卫天元道:“别的事我可以听，这件事你在我死后告诉爷爷，原谅我不能奉他之命!”

只听得声如裂帛，丁勃的衣袖被卫天元一个龙爪手撕去了一幅，在掌风中化成了片片蝴蝶。

但在丁楚二人合力阻拦之下，卫天元虽然使出杀手，仍是未能冲出。

丁勃见他形同拼命，也自有点心惊，暗自想道:“这出戏似乎也该适可而止了。嗯，不如换几个角色唱那下半场吧。”

卫天元喝道:“丁大叔，我不想伤你，我知道你也不想伤我的，但今日之事，实是逼我，逼我不能、不能……”

话犹未了，丁勃忽地闪开两步，说道:“唉，卫少爷，你不知道，即使我让你走，他们也不会让你走的!”

卫天元道:“他们是谁?”

就在此时，园子里的假山背后，花树丛中突然跳出了七八个人，涌到灵堂来了。

“我们是上官云龙的仇家!”那些人齐声说道。

卫天元认得为首那两人正是他在保定之时，在他老家门前那片瓦砾场上，伏击过他的那两个貌似胡人的汉人。

为首那两个人向楚劲松唱了个喏，说道："西门霸、东方雄拜见楚大侠，请楚大侠原谅我们骚扰贵府。"

楚劲松道："只要你们不为已甚，我可以置身事外。你，你要知道……"

西门霸道："我知道卫天元是丁勃的少主人，丁勃是你的老朋友。"

楚劲松道："你们知道就好。"

西门霸哈哈大笑起来。

楚劲松怔了一怔，说道："我和丁勃是老朋友，这又有什么好笑？"

西门霸大笑过后，说道："楚大侠，丁勃大概还没有和你说过吧，他是你的老朋友，也是我们的老朋友啊！三十年前我们曾经和他在黑道上联手做买卖！"

说罢，回过头来，对丁勃施了一礼，说道："丁大哥，我们知道卫天元也算得是你的少主人，看在咱们以往外情的份上，我们当然不想伤害他。但可也得请你帮个忙，帮忙劝劝你家的少主人……"

卫天元早已是气愤填胸，忍耐不了，陡地喝道："丁大叔，你是不是要和他们联手再做一次买卖？"

丁勃呆了一呆，说道："卫少爷，你这是什么话，难道我还能出卖你吗？不过……"

卫天元道："你若不愿与我为敌，那就不必再说什么'不过'了。为了保全你和他们的交情，你不帮他们，我也不要你来帮我！"

丁勃竟然好像同意他这提议，说道："卫少爷，我希望你最好先听一听这两位朋友的来意。能够不动手，还是不动手的好！"说罢。他就退过一边了。

卫天元冷笑说道："丁大叔，你这两位朋友和我也不是初会面了。他们的来意，我早已知道！有一笔旧账，我正等待他们来算呢！"

西门霸哈哈一笑，说道："卫少侠，你错了。我们并不是来和你算旧账的。我们是上官云龙的仇家，与你并无深仇大恨。不错，在保定那晚，我们曾经和你打过一架，也曾经吃过那妖女与你联手的亏。但这次我们只是为了对付那妖女来的，只要你置身事外，我们决不把事情牵连到你的头上。”

丁勃说道：“对啦，卫少爷，你就安安静静在这里过一晚吧，何必……”

话犹未了，卫天元已是一声大吼，喝道：“谁要对付上官飞凤，先得对付我！”

大喝声中，猛冲过去。

只听得一阵金铁交鸣之声，西门霸以一对虎头钩、东方雄以一把斫山刀挡住了他的剑。他们带来的那些人亦已迅速布成阵势，把卫天元困在阵中了。

只见西门霸和东方雄二人联手，已是足以和卫天元匹敌，何况与他们同来的那些人亦非泛泛之辈。

卫天元急怒交加，喝道：“我和你们拼了！”脚尖点地，身形平地拔起，一招“鹰击长空”，长剑凌空刺下。东方雄横刀一封，使的是“铁门闩”招数，刀剑相交，火花四溅。东方雄的厚背斫山刀损了一个缺口，遮拦不住，险些伤在他的剑下。但卫天元攻得太急，身子悬空，空门四露，两支花枪，已是向他双胁刺来。

与此同时，西门霸的虎头钩亦已锁住了他的青钢剑。西门霸本来就是和东方雄配合作战的，虎头钩来得比那两支花枪更快。

这刹那间，饶是卫天元也不禁心头一凉，只道是决计难逃一死了。

哪知西门霸的虎头钩一绞，借着那旋转之力，把卫天元的身形带过一边，虎头钩立即松开，卫天元脚落实地，恰好避过了那两支花枪。

东方雄在地上打了个滚，站起身来，带着几分气愤说道：“好小子，我们不想伤你，你却当真要拼命么？”

卫天元已是状若疯虎，喝道：“不错，我是自己找死！你们不让我走，唯有与你们同归于尽！”又是猛冲过去。

他这话倒非恫吓，他不理死活，的确是可以和西门、东方二人拼个同归于尽。

丁勃赶忙一挥衣袖，替东方雄拂开卫天元的剑尖，但剑光过处，他的另一边衣袖，亦已化成片片蝴蝶。

卫天元情知若有丁勃插手，他是决计走不了的，和敌人拼个同归于尽，也不可能。“丁大叔，你……”卫天元气得说不出话来。

丁勃说道：“我说过两不相帮的，但别人不欲伤你，你又岂可舍命伤人？”

楚劲松心里想道：“戏演到这里，是应该适可而止了。”他打了个手势，请两方停手，缓缓说道：“卫少侠，你果然是个多情种子，你要走，那就请你……”

“走吧”两字尚未出口，忽地听得一声唿哨，园子里影绰绰多了许多人。

楚天舒的声音在园子的一边大喝道：“哪条线上的朋友，不请自来，当我楚家是好欺负的吗？……哼，原来是你们这两个鹰爪孙！”

原来跑在前面那两个人，正是楚天舒日间在史公祠碰上的那两个家伙。此时已是换上一副矫捷的身手，哪里还有日间所见的“腐儒”模样？楚天舒是一发现有夜行人来到，便即出来喝问的。他衔尾急追，此时方始认出那两个讨厌的家伙。

那两个家伙脚步丝毫不缓，已是来到灵堂了。

楚天舒不知道他们的来历，他的父亲楚劲松却是知道的。这两个人都是大内卫士，胖的那个叫鲁廷方，瘦的那个叫韩柱国。跟他们来的这班人，有好几个也是楚劲松在穆志遥的统领府见过的。

鲁廷方一到就笑嘻嘻地说道：“楚大侠，多谢你的妙计，帮我们截留了钦犯！”

他明知楚劲松正是想要把卫天元放走的，却故意将楚劲松说成似乎是和他们串谋的人，把楚劲松弄得啼笑皆非。

韩柱国更厉害，他不动口却先动手，一扬手便是三枚喂毒的透骨钉，暗器出手，这才喝道：“卫天元，你要找死，我就成全你吧！”卫天元避开一枚，西门霸给他打落一枚，另一枚却贴着他的肩头飞过，擦伤了一点皮肉。

楚劲松道："两位大人，你们弄错了！……"

鲁廷方不待他说下去，便即说道："没错，这小子正是穆统领所要捉拿的钦犯飞天神龙！咦，听说你是在京师和飞天神龙交过手的，你还不知道飞天神龙就是他吗？"

楚劲松道："我知道，但这里不是京师，是我楚某人的家！"

弦外之音，其实并不难解，楚劲松的意思是：这里是我的家，在我的家中可不能任由你们捉拿人犯。但鲁廷方却佯作不解，哈哈一笑，说道："对，你已经帮了我们太多忙了，从此刻起，捉拿钦犯的事，让我们料理就成。我们来到你的家中，当然不敢再劳烦你的家人帮手。"

楚劲松是江南著名的武林世家，他也正是借着世家的身份，掩护他的反清义士领袖的身份的。倘非万不得已，他决不能暴露自己的身份。暴露都不可以，当然更不能在行动上与朝廷公开作对了。

此刻是不是已经到了"万不得已"的时候呢？正当他考虑要不要公开和这班人翻脸的时候，在他的面前已是突然间另起波澜！

西门霸突然"倒戈相向"，双钩一立，"当"的一声，把韩柱国的判官笔弹开。

韩柱国大吃一惊，喝道："你们不是上官云龙的仇家么？"

西门霸道："不错。"

韩柱国道："那你们怎么反而颠倒帮起卫天元来了？难道你们不知、不知……"

西门霸道："我们知道他是上官云龙的准女婿。"口中说话，仍是奋战不停。

鲁廷方绕过去要抓卫天元，东方雄横刀挡在他的面前，喝道："不许你们动卫天元一根头发！"

鲁廷方大怒喝道："你们既然是来对付卫天元的，怎的连敌友都不分了？"

东方雄冷笑道："你懂不懂江湖规矩？"

鲁廷方道："什么规矩？"

东方雄道："江湖的规矩，一是私仇私断，不容官府插手。只有没出息的人才借官府之力。我们来寻仇是我们的事，我们可并没有请你帮忙!"

西门霸在另一边接着说道:"倘若那个人的仇家不只一个，那么还有第二条规矩，即是：先到先得。如今是我们先找上卫天元的，捉他、杀他，由我们作主，与你无关!"

鲁廷方怒道:"你们知不知道，我们是来捉拿钦犯，不是普通仇斗!"

西门霸冷笑道:"你知不知道，我们正是一帮目无王法的野人，管你什么钦犯不钦犯，我们只知按照江湖规矩办事。"

此时，两边的人已是混战起来，打出"灵堂"去了。

这一个变化大出卫天元意料之外，他不禁疑团满腹，暗自想道:"在保定那晚，这两个人暗算我，好像也是声言要来捉拿我这个'钦犯'的，我只道他们定是鹰爪一类人物，怎的他们却和鹰爪打起来呢？他们究竟是些什么人?"不错，西门霸等人是已经说明他们是上官云龙的仇家，但连这一点卫天元也不能不起疑了。要知上官云龙在西域的仇家，十九是邪派中人，西门霸、东方雄貌似胡人，显然是从西域来的，而邪派中人，又岂肯轻易和朝廷作对？

卫天元隐隐感觉好像有什么"不对"，但究竟是哪一点"不对"，却又说不上来。这个"不对"，在他心里只像是一团模糊的幻影，还未能确定"形象"。

不知怎的，他突然想起莫愁湖名联的一句警句:"试看棋局情形，问谁能解?"眼前乱纷纷的混战，就好像一个千头万绪的棋局，令他难以解开。

但他做梦也没有想到，这个"棋局"乃是高手所布的。

他百思不得其解，不觉一片茫然。站在"灵堂"门口，竟似痴了。

楚劲松走到他的身边，悄悄说道:"卫少侠，你还不走?"

他这才瞿然一省，是啊，自己本来是要走的，为何还留在这里？

西门霸和鲁廷方这两帮人的混战，还在杀得难分难解，论武功是西门霸这班人较强，但人数却是鲁廷方那帮人多，寡不敌众，西门霸这一边渐渐转为劣势了。

卫天元道："这些人怎样……"

楚劲松道："此间事你走了我自会料理。"

可是正当卫天元要走未走的时候，忽听得丁勃喝道："哪条线上的朋友?"

又有一帮人闯进来了!

这帮人来得有如暴风骤雨，最前面那个人更是捷如飞鸟，身形刚刚掠过围墙，便即声到人到!

"楚大侠，累你久等了，我们来得好像正是时候吧?"

楚劲松大吃一惊，失声叫道："天玑道长!"

天玑道人哈哈笑道："不错，是我带领本派同门和侠义道助拳的朋友来了!"

楚劲松道："我好像不是约你们今晚来的!"

天玑道人大笑道："那有什么关系，只要来得是时候就行！咦，那妖女还没来么?"

他不待楚劲松回答，接着又再说道："妖女没来，先把这小魔头拿下!"

说时迟，那时快，楚劲松尚未拿定主意，他已闯进"灵堂"，刷刷刷一连三剑，把站在门口的卫天元逼得退回"灵堂"。

跟着他来的还有华山派三位长老，天策、天枢两个老道士，和女道士瑶光散人。

这帮人以华山派的弟子为主，江湖上各门各派的"侠义道"也很不少。那些不属于华山派的"侠义道"，虽然是拉杂成军，阵容亦甚可观。领袖人物是梅花拳的掌门人梅清风，八卦掌的掌门人王殿英，还有少林派的还俗弟子印新磨，以及洛阳的名武师谢国堂、铁力夫等等。

楚劲松叫道："天玑道长，有话慢说。"他语音未落，天玑道人已是连环三剑，把卫天元逼回"灵堂"去了。

说时迟，那时快，梅清风等人亦已来到。

梅清风道："我们日前派人给楚大侠送来的那份英雄帖是附有一封书信的，那封信是小弟亲笔所书，不知楚大侠看过没有?"

楚劲松道："已经看过。"

梅清风道："那妖女的身份以及她和卫天元的关系，我在信中已经说得清清楚楚了。"言下之意，楚劲松似乎不该还有怀疑。

楚劲松道："不过……"

他刚说得两个字，印新磨便抢着说道："楚大侠，你是江南侠义道的领袖人物，想必不会是要替这姓卫的小魔头说情吧？"

楚劲松不知怎样措辞才好，只能说道："事情恐怕不如你们所想那样简单！"

王殿英和铁力夫齐声说道："简单也好，复杂也好，先把这小魔头拿下再说！"他们是徐中岳生前的好友，在徐中岳和姜雪君举行婚礼那天，曾经吃过卫天元的亏的。

谢国堂也道："不错，目前已在混战之中，为免夜长梦多，还是快刀斩乱麻的好！"他所说"快刀斩乱麻"，当然亦即是赞同把卫天元先行拿下的主张了。

天玑道人的声音从"灵堂"内传出来，说道："楚大侠，你不知道，敝派前任掌门被人暗杀一案，和姓卫这小魔头也有关连的。今晚之事，无论如何，我们是不能放过这小魔头的了！"混杂着叮叮当当的白刃交击之声，显然他在灵堂里和卫天元已是展开激斗！

他的两个师弟天策道人和天枢道人拔剑出鞘守在灵堂门口。他们一言不发，但这样的态度已是不啻向楚劲松提出警告："要是你想进去帮卫天元的话，先得闯过我们这关"了！

楚劲松心头火起，暗自想道："我若要闯进去，凭你们也未必就拦得住。不过华山派好歹总是同道，可不能说翻脸就翻脸。"

他尚在踌躇，却有两个人跟在天玑道人之后，跑进"灵堂"去了。是华山派晚一辈的弟子涵谷道人和涵虚道人。天策、天枢这两个老道士果然只是拦阻"外人"，并不拦阻他们的本派弟子。

齐漱玉躲在棺材里不知道外面的情形，但听得兵刃交击的声音越来越是猛烈，不由得暗暗吃惊："怎的好像假戏真做了呢？"

天玑道人是华山派的剑术高手，运剑如风，招招指向卫天元的要害。

卫天元一咬牙根，喝道："天玑道长，你苦苦相逼，可休怪我不客气了！”

天玑道人冷笑道：“不客气又如何？……”话犹未了，只觉白刃耀眼，卫天元刷的一剑从他意想不到的方位刺来，天玑道人回剑遮拦，挡了个空，嗤的一声，衣袖被剑锋削了一幅。

天玑道人大怒道：“好小子，真要拼命么？叫你知道我的厉害！”

卫天元冷笑道：“你的厉害，我已经知道了。我的厉害，你却恐怕还未知道！”

卫天元的剑法是齐燕然亲自传授的，齐家剑法，奥妙繁复，虽然倘若是大家都练到最高境界的时候，齐家剑法也未必就能胜过华山派的剑法，但天玑道人所知道的齐家剑法却不如卫天元所知道的华山派剑法多，卫天元一旦使出浑身解数，登时就把天玑道人杀得只有招架的份儿了。

涵谷、涵虚跑了进来，一见师叔不敌，立即双剑齐出，同声喝道：“好小子还敢逞凶，今日非杀了你替先师报仇不可！”他们是前任掌门天权道人的得意弟子，听得师叔说卫天元和他们师父被害一案有关，也不细问情由，便把卫天元当作大仇人了。

这两人的剑术只比天玑稍逊一筹，但年青力壮，出手比天玑还更狠辣！

卫天元是和西门霸那些人打过一场的，那一场虽然不过“做戏”（但卫天元却并不知道对方是做戏的）也耗了他不少气力。他和天玑单打独斗，本来已是感到气力不加了。

此时他以一敌三，更感不支，十数招一过，险象环生。

剧斗中卫天元欺身进击，佯攻涵谷，剑锋中途一转，突然指向涵虚的咽喉。

涵谷的长剑已是斜斜刺出，回救不及，急忙飞脚踢卫天元的后心。

卫天元侧身一闪，涵虚避开了他的剑刺，脚步跄踉，碰着了棺材。涵谷那一脚正好也是踢着了棺材。

“蓬”的一声，棺材盖突然揭开。

天玑等人饶是艺高胆大，突然看见棺材里一个“女鬼”站了起来，也是不禁吓了一跳。忘了合击卫天元了。

齐漱玉跳出棺材，激愤大呼："天舒哥，你和叔叔做的这出戏未免做得过分了吧，难道你们当真要把卫大哥置之死地?""这出戏"本来是楚劲松叫她帮忙做的，但她不便怪责后父，只好把楚天舒作主体来骂。但在抱怨的词句中也还是把后父带上一笔（她已习惯把后父称为叔叔）。

卫天元失声道："师妹，是你！雪君呢?"

涵谷、涵虚一呆之后，双剑又刺过来。齐漱玉无暇回答，卫天元也无暇发问了。

楚天舒冲入"灵堂"，涩声叫道："让开!"

天策、天枢双剑平伸，拦着门口。楚天舒不顾一切，硬冲过去。

天策长剑虚晃，骈指点楚天舒的穴道。只听得"铮"的一声，天策道人长剑脱手。原来丁勃已是后发先至，硬生生地在两人中间插进去，替楚天舒挡住了天策道人了。天策道人的长剑就是给他用弹指神通的功夫弹出手的。

楚劲松喝道："舒儿不可对前辈无礼!"他口里是这么说，身体却挡在天枢道人的面前。明是斥责儿子，实是掩护儿子进去。他在武林的地位比丁勃更高，武功也比丁勃更强，天枢道人可还不敢真的对他无礼。

## 灵堂恶斗

楚天舒进入"灵堂"，天玑道人沉声说道："楚少侠，不干你的事，请你出去!"

楚天舒怒喝道："这里是我的家，我要你们滚出去!"

天玑道人哈哈一笑，说道："令尊已经接下了我们的英雄帖，即使是令尊也不能叫我们滚出去!"

此时涵谷正在和齐漱玉交手，涵虚则从旁协助天玑，向卫天元进逼。五个人分成两堆厮杀，杀得难分难解。

齐漱玉急于过去和卫天元会合，一招“玉女投梭”，剑光如练，当胸刺去。这一招攻得太急，正合涵谷心意。他使了一招“横云断峰”，横剑一封，“当”的一声，两把剑碰个正着。齐漱玉剑法并不逊于涵谷，但可惜内力却是颇有不如，双剑相交，硬碰之下，强弱立判。齐漱玉身形连晃，恍似风中之烛，摇摇欲坠。涵谷冷笑道：“米粒之珠，也放光华，你站稳了再来吧。”哪知齐漱玉并没“站稳”，就“再来”了。她踏的是“醉八仙”步法，身形倾斜，却已变招刺到。这一下实是涵谷始料之所不及。虽然没有给她刺着，刹时间也给她杀个手忙脚乱。暗暗吃惊，心里想道：“这妖女不愧是齐勒铭的女儿，倒也不可太过小觑她了。”只可惜齐漱玉终究是吃了内力不足的亏，不过片刻，又给涵谷抢回先手。

卫天元眼观四面，耳听八方，一见齐漱玉形势不妙，怕她再战下去，就要吃亏，立即使出险招，一招“星汉浮槎”，剑点散开，宛如黑夜繁星，千点万点，遍洒下来。涵虚不识此招，连忙舞剑防身，不敢攻敌。天玑道人以一招“大漠孤烟”投进对方的剑圈之中，应付虽然得宜，但是否抵敌得住，他自己亦是毫无把握。要知单打独斗，他是打不过卫天元的，而此际涵虚自身难保，只顾防御，等于是他又在和卫天元单打独斗了。

饶是他应付得宜，也给一个剑点落在他的身上。但奇怪的是他并不感觉怎样疼痛，只是外衣穿了一个小孔，内衣都未刺穿。卫天元似是强弩之末，剑尖稍稍沾着他的身体，手臂就垂下来。天玑道人心头大喜：“原来这小贼已是气衰力竭，只要楚劲松不插手，我定可擒他！”

他哪知道卫天元不只是气力不加，他还是中了喂毒的暗器的。韩柱国刚才打他的那枚透骨钉，是淬过毒的。当时只是仅仅擦伤他的一点皮肉，故此没有立时发作。以他的内功造诣，这点轻伤，本来不足为害。但在与天玑激斗之后，抗毒的能力大减，这才开始发作了。这一招就是由于他使得太狠太急，突然一阵头晕，以致功败垂成的。

就在此时，楚天舒刚好踏进“灵堂”。

天玑道人长剑一伸，把齐漱玉的身形也笼罩在剑光之下。轻轻说道:“看在楚大侠份上，你们不要伤他!”这句话是对他的两个师侄说的。

涵虚抽出身来，与师兄涵谷并肩作战。他们得到师叔的指示，出手颇有分寸，但他们的本领本来就比楚天舒胜过一等，二人联手，布成剑网，楚天舒如何还能闯得过去?

卫天元背靠桐棺，大口大口喘气。天玑道人剑中夹掌，意欲将他活捉，卫天元缓缓出剑，剑尖伸缩不定。天玑道人是剑法的大行家，一看就知他是一招刺七穴的剑法。倘若没有齐漱玉在旁，他还可以欺负卫天元内力不济，拼着给他刺中穴道，亦无大碍。最多麻痹片时，便可复元，卫天元则已伤在他的剑下了。此际是有齐漱玉在卫天元身旁的，倘若他们刺着穴道，如何还能容得他有片时喘息?那时不是卫天元伤在他的剑下，而是他伤在齐漱玉剑下了。天玑当然不敢冒这个险，急急变招。他变，卫天元也变，剑尖晃动，始终是对着他的穴道。天玑暗暗后悔，不该叫两个师侄都去阻挡楚天舒。但想卫天元气力不加，“看你还能支持多少时候。”这么一想，为了维持面子，也就不改变命令了。

楚天舒的判官笔被涵谷涵虚双剑封住，施展不开，渐渐给逼到了墙角。

“看你还能支持多少时候?”天玑道人心念未已，忽听得一声咳嗽，“灵堂”内又多了一个人了。

这次进来的竟是扬州大侠楚劲松本人。

楚劲松一声咳嗽，说道:“舒儿，我刚刚教训过你，不可对长辈无礼，你怎的又……”

楚天舒道:“爹爹，你没看见吗，这牛鼻子老道可正在欺侮妹妹!”

天玑道人因见卫天元剑法精妙，一时之间，自己不易得手，恰好在楚劲松进来的时候，他改变了战略，竟欲先捉齐漱玉，他使了一招龙爪手，堪堪就要抓到齐漱玉的琵琶骨了。

楚劲松沉声说道:“天玑道兄，请不要和小辈一般见识!”

天玑被他一喝，不敢便下杀手，却道:“楚大侠，你放心，我已经吩咐他们，决不会伤害你的公子。”

楚劲松冷冷说道："多谢。但请你也别伤害小女！"

天玑道人皮笑肉不笑地打了个哈哈，说道："楚大侠，你这样说倒是令我糊涂了。我一向知道你只有一位公子，却哪里来的女儿？"

楚劲松道："这位姑娘就是……"

天玑故作惊诧，说道："她不是齐勒铭的女儿吗，怎的又变成你的女儿了？"

涵谷涵虚把楚天舒逼到墙角，攻势已经放慢，准备应付新的变化。他们听见师叔如此作弄楚劲松，忍不住笑出声来。

楚劲松涵养再好，也禁不住心头火起，沉声说道："我是她的继父，有什么好笑？"

天玑道人道："哦，我明白了，原来你娶了她的母亲。乱世男女，离合本属寻常，不错，是没有什么可笑。但油瓶女儿总比亲生儿子隔一层吧？恕我说句老实话，齐勒铭是众所周知的大魔头，他的女儿在我们眼中也只能当作妖女！别的事情不说，只说今晚的事情，她的行为就是荒唐已极，楚大侠，你碍着尊夫人的面子，不便管教这个油瓶女儿，我替你管教，不正好么？"说话之间，作势又要擒拿齐漱玉了。

楚劲松忍无可忍，拦在齐漱玉面前，瞪视天玑道人，哼了一声道："你容不容许我说话？"

天玑道人虽然是谋定后动，是早就作好了准备才来的。但此时见楚劲松不怒而威的模样，心中亦是颇有怯意。他不敢出招，只好说道："楚大侠，你是主人，我岂敢不尊重你，有话请说。"

楚劲松道："我不要你的什么尊重，我只是想告诉你，我对贵派的前任掌门令师兄天权道长十分尊敬，贵派现任掌门天梧道长也是我钦佩的朋友。至于你嘛……"

天玑冷冷说道："我这样的小人物当然是值不得你楚大侠敬重的了？"

楚劲松道："你是华山派长老，本来是应该受人敬重的。但现在我只想对你说三个字。"

天玑道："哪三个字？"

楚劲松沉声道："滚出去!"

天玑道人面上一阵青一阵红，喝道："楚劲松，你……"提剑便刺。

楚劲松一掌劈出，天玑那一剑已是刺了个空。他侧身一闪，似乎还想进招，但已是身不由主地向后直退。

他退到门边，刚刚稳住身形，突然间又好像受人用力一推似的，还未站稳，又蹬蹬地接连退了三四步，直退出了"灵堂"。

原来楚劲松那一掌名为"龙门三叠浪"，内中包藏了三重内力，如同波浪一般，一个浪头高过一个浪头。天玑道人若在平时，或许不致败得如此狼狈，此际他和卫天元已拼斗了一场，内力早已大打折扣，哪里还能抵挡?

涵谷涵虚见师叔果然被逼得"滚出去"，这一惊非同小可，慌忙从侧门逃出去。

天玑被楚劲松的掌力逼出"灵堂"，最后那一重力道还未消解，兀是在地上直打圈圈。涵谷涵虚是自己逃出来的，倒是跑得比师叔快得多，回到自己人当中了。

华山派弟子见状大惊，纷纷向他们发问："出了什么事情?""天玑长老受了伤么?"

涵谷愤然说道："楚劲松反而帮那个小魔头，要我们滚出去!师叔就是就是……"他故意把楚劲松要天玑道人滚出去说成是"要我们滚出去"，果然激起了华山派的公愤。

"岂有此理，即使楚劲松是江南的武林盟主，也不能这样侮辱我们!"

"哼，我看他是因为娶了齐勒铭的老婆，姓卫那小魔头是齐勒铭的师侄，他就和这小魔头做了一伙了!"

正在华山派弟子七嘴八舌，要大兴问罪之师的时候，楚劲松出来了。

"请华山派各位道兄别听小人挑拨，我只是要天玑道兄滚出去……"

话犹未了，华山派的人已是齐声喝骂："你胆敢如此侮辱我们的长老，还能说我们是受了挑拨?"

和华山派一起来的那些人喝骂得更大声："侮辱华山派长老就是侮辱我们，楚劲松，你说不出一个道理，今天我们就绝不能放过你！"

楚劲松缓缓说道："我会还给你们一个道理的，但不是此时。此时请你们先出去，日后我会亲上华山，对天梧道长说明一切。那时再向你们赔罪。"

他不说还好，这么一说，更加是如同火上浇油了。

瑶光散人是华山派唯一的女长老，虽是女流之辈，性情却最刚傲，闻言大怒，冷笑说道："楚大侠，你这个'请'字，我们可不敢当！天玑是我的师兄，我也不敢接受你的'破格'优待。哼，只要你赢得我手中这把剑，我倒甘愿自己滚出去！"要知天玑道人在华山派六个长老之中排行第二，天梧道人没来，他就是同门之长了。楚劲松是要天玑道人"滚出去"的，瑶光散人说的不敢接受他的"破格"优待，就是这个意思。

楚劲松苦笑道："你听我解释……"

天枢道人刚才输了一招给他，气还未消，喝道："还用得着什么解释，滚出去和请出去还不都是一样！好，有本领你就要我们滚出去吧！"说时迟，那时快，瑶光散人已是刷的一剑，刺向楚劲松了。天枢跟着来到，和她双战楚劲松。

瑶光散人的剑法比天玑还更狠辣，天枢较弱，但也不差。楚劲松要胜他们二人已经不易，何况瑶光散人是个女子，过招之际，他不能不有一些顾忌。比如说擒拿的功夫就不能用在她的身上，若是用内力来震伤她，与华山派的结怨就更深了，这是楚劲松也不想的。如此一来，在瑶光凌厉的剑法攻击之下，楚劲松只有招架的份儿。

不属于华山派那些人，此时亦已与华山派站在一条线上，同声斥责楚劲松的不是，跃跃欲动了。

梅清风冷笑道："楚大侠也是要请咱们出去的，咱们怎样？"

王殿英道："他虽无礼，咱们可不能倚众欺寡，这笔账日后再算。"

铁力夫道："日后再算？那咱们现在干什么？"

王殿英道：“楚劲松要庇护那姓卫的小魔头，你说咱们应不应该听他的话?”

铁力夫登时省悟，说道：“对，咱们偏不听他的话，把那小魔头和那小妖女一并擒了吧!”

此时卫天元刚好和齐漱玉楚天舒三人，走出“灵堂”。

铁力夫在洛阳徐家那一次和卫天元交手，是曾吃过卫天元的亏的，此时他看出卫天元已经受伤，正是报仇的机会来了，第一个就冲上去。

丁勃说道：“卫少爷，割鸡焉用牛刀，让老奴来吧!”他迎上前去，一招“推手”，双掌划成弧形，轻轻一带，铁力夫立足不稳，给他带过一边。只听得“轰隆”一声，“灵堂”的一面砖墙坍了月牙形的半角，砖泥碎片纷飞。

原来铁力夫练的是极为刚猛的外功，双臂有千斤之力，但他的力道却给丁勃以四两拨千斤的手法拨过一边，打在墙上了。

说时迟，那时快，“轰隆”声中丁勃已是抓着铁力夫颈背的厚肉，将他抓得双足离地。丁勃大喝道：“滚出去!”铁力夫那铁塔般的身躯，应声飞出了数丈开外。

跟在铁力夫后面那些人，见丁勃如此厉害，不觉都是一呆，停下脚步。

天策道人怒道：“丁勃，原来你还是死心塌地要做齐家的奴才，那就休怪我对你不客气了!”

丁勃笑道：“哦，原来你刚才是对我客气么?好，那就请你不必客气，再来较量较量吧!”

天策道人刚才给他打落手中的长剑，这把剑还是刚刚拾起来的，听他这么一说，不由得满面通红，大怒喝道：“刚才我是没留神你的偷袭，你以为我当真是输了给你么?”

齐漱玉嘻嘻笑道：“何必斗口，是真是假，打过不就知了?”

印新磨喝道：“妖女，你是自身难保，还敢取笑人家?”

齐漱玉仍是嘻嘻笑道：“少林寺的大和尚好威风啊！小女子敢取笑别人，也不敢取笑少林寺的大和尚的。”

印新磨是少林寺的还俗弟子，齐漱玉却还是称呼他为“大和尚”，而且重复提“少林寺”，那是一来耻笑他不守清规，二来耻笑他离开了少林寺，却还倚仗少林寺的威风的。

印新磨当年虽然不是被逐出门墙，但却确是因为守不住少林寺的清规戒律，才要求还俗的。他不善言辞，给气得双眼发白，喝道：“我不在少林寺，少林寺所传的伏魔降妖的功夫还未忘记，今天就用来拿你这妖女！”

楚天舒双笔挥出，冷笑说道：“大和尚欺负小姑娘，不要脸！”替齐漱玉挡住了印新磨。

另一边，天策道人亦已和丁勃再次交上手了。

涵谷、涵虚恐防师叔有失，双剑齐出，加入战团。三人联手，合斗丁勃。

丁勃的武功是比天策高明，但也高明不了多少。他刚才之所以一弹指就能打落天策手中的剑，那是因为天策当时全神放在卫天元身上的缘故。故此虽然不能说是偷袭，但也可说得是天策并无足够的防备。此时他为了报这一指之仇而来，有了上一次的教训，丁勃自是不容易得手了。涵谷、涵虚二人是华山派第二代弟子中最强的两个，丁勃以一敌三，甚感吃力。要不是他临阵经验丰富，早已落败。

园子里那两帮人的混战还未停止，华山派（和他们一起来的那些人包括在内）又已和楚家这一边的人混战起来了。

八卦掌掌门人王殿英那次在洛阳徐家也是吃过卫天元的亏的，印新磨被楚天舒挡住，他则和卫天元交上了手。

卫天元沉着应战，一面运气抵御毒质的蔓延，一面凝神注视对方掌影，见招解招，见式化式。王殿英双掌翻飞，与卫天元作绕身游斗，兀是攻不进去。洛阳名武师谢国堂上来帮他，以二敌一，方始稍稍占得上风。

天玑道人已经调匀呼吸，恢复精神，冷笑说道：“楚劲松，你现在已是泥菩萨过江，自身难保，你还要保护那妖女么？”

楚劲松给瑶光散人和天枢道人缠住，脱不了身，大怒说道：“不要脸，你若不怕天下英雄耻笑，尽管去欺负我的女儿！”

天玑的确是想去活捉齐漱玉的，给楚劲松喝破，倒是不好意思过去动手了，只能铁青着脸反唇相稽："你才是不要脸，谁不知道这妖女是齐勒铭的女儿。她的母亲改嫁，她可还是姓齐！"

瑶光散人一听不像话，皱着眉头说道："师兄，你少说两句。让我的徒儿去拿她吧。"

与此同时，天玑道人邀来的那些人，早已有四五个同时说道："割鸡焉用牛刀，我来拿这妖女！"

五六个人同时向齐漱玉跑去，但还是瑶光散人的徒弟青鸾走在最先。她挽了个剑花，剑光四面展开，挡住了齐漱玉，也挡住了后面的人。

"好男不与女斗，各位叔伯，请让我来对付这个妖女！"

"好男不与女斗"，这句话说得十分刺耳，却也甚为得体。反面的意思，即是男子汉大丈夫岂可欺负女流之辈。这些人虽然未必是真正的侠义道，却也都是有点名气的人物，一听这话，谁还敢厚着脸皮围攻一个少女，讪讪的果然都退开了。

青鸾是瑶光散人的得意弟子，剑法与齐漱玉不相上下。她口中把齐漱玉骂作"妖女"，表面看来，也好像是使出浑身解数，但每到紧要关头，却往往以巧妙的手法避免施展杀手，以免碰个两败俱伤。齐漱玉何等聪明，不过二三遭，便也看出了她的心意了。两人打得难分难解，也并非故意弄假，而是假中有真，真中有假，看得别人眼花缭乱。双方剑法都是快如闪电，手法可极巧妙，旁人若非留心细察，又哪能看出她们乃是手下留情？此时"灵堂"前面已经分成好几堆厮杀，最受人注意的一堆，当然是瑶光散人和天枢道人双战楚劲松了。

楚劲松剑掌兼施，一招铁锁横江，长剑横披，把瑶光散人攻势挡住，掌力一吐，又把天枢道人逼得退了两步，朗声说道："各位请听我一言，穆志遥的一班手下也是来捉拿卫天元的，如今正在和另一帮自称是上官云龙仇家的人相持不下，各位岂可与鹰爪孙联手？这就是我要各位先退出去的意思！"

他开头还只是称鲁廷方那班人为"穆志遥的手下"，虽然已是对官居御林军统领的穆志遥不敬，但江湖上一般的称呼习惯，本来就无需对官场中人加上尊称，因此他虽然直呼其名，稍微不敬，也还不觉得怎样碍耳，但到了“鹰爪孙”这三个字一出口，许多人都是不禁吓了一跳了。

要知这么多年来，楚劲松极力掩蔽自己的真正身份，甚至不惜和穆志遥往来，就是为了不想给官府知道他是和反清的义士一路的。如今这“鹰爪孙”三字从他口里说了出来，那已是等于公开表明他是反清的了。他若不是豁了出去，拼着把身家性命全都可以抛弃，如何能说出三个字？

天玑和梅清风邀来的那些人，有一小半是平素一向对楚劲松甚为钦佩的侠义道，一听他这样说，料想其中定有蹊跷，本来想去围攻卫天元和丁勃的，也都裹足不前了。

天玑道人却是哼了一声，说道：“这是两桩事情，岂可混为一谈？姓楚的，你若嫌黑白两道的人在你家中闹事，我替你把这两帮人都赶出去！”

他把手一挥，登时就有许多人加入战团。

这些人并非华山派弟子，但却差不多都是天玑道人邀请来的。

天玑道人说的本来是：把这两帮人都驱逐出去的，但他的这班朋友却分明是偏袒一方。偏袒鲁廷方、韩柱国这一方。亦即是被楚劲松斥为“鹰爪孙”的这一方。不错，他们加入战团，表面看来，是乱砍乱杀，对两方面的人都加以攻击，但只要稍微细心察看，就可以看得出来，他们攻击鲁廷方这一边的人乃是虚招，攻击西门霸那一边的人则几乎每一招都是杀手！

西门霸这帮人数较少，本来就是处于劣势的，如此一来，当然是更加不敌了。不过片刻，伤者累累。有三四个且已伤重身亡。

但如此一来，可也把梅清风看得直皱眉头了。

要知这次跑来楚家的“侠义道”，除了华山派弟子之外，是以梅清风为首的。但和梅清风有关系的却属小数，大多数是凭着天玑道人的情面请来的，这些人连梅清风都不知他们的来历。不过天玑是华山派六大长老之一，梅清风自也只能相信他请来的朋友是“侠义道”。

梅清风本人并非反清帮会的人物，行事有时甚至有点糊涂。但无论如何，他却还是多少有点正义感的。此时一看这些人的所为，分明是偏袒“鹰爪孙”一方，那如何还算得是什么“侠义道”？

他心里正在嘀咕，尚还拿不定主意要不要向天玑道人抗议，忽听得有人高声叫道：

“昆仑山上，幻剑灵旗；”

接着另一个人叫道：

“不奉灵旗，幻剑诛之！”

梅清风大吃一惊：“难道是上官云龙亲自来了？”他知道，天玑也知道，“幻剑灵旗”是上官云龙仗以号令西域武林的。

他们吃惊，卫天元这一喜却是非同小可，他不觉失声叫道：“飞凤，你来了吗？”

没有猜错，果然是上官飞凤来了！

说时迟，那时快，这一帮人已经进入楚家。

一共只有四个人。在前面开路的是两个胡人，没人认识他们。当中的一个少女正是上官飞凤。

但最令得众人奇怪的却是最后面的那个人。

这个人竟然是武当派五大长老之一的玉虚子！

两个胡人，一个手里拿着大铁锤，刀枪剑戟，给他铁锤一击，无不飞上半空。功力稍弱的，不但兵器脱手，虎口流血，人也给震晕过去。另一个更厉害，双手空空，冲进正在厮杀着的人群之中，随手一抓，就把人像小鸡一样抓了起来，抛出去。这两个胡人也好像业已知道每个人的身份似的，他们的铁锤、铁掌可只是对付“鹰爪孙”。

但伤人最多的还是上官飞凤，她“幻剑”展开，快如闪电，倏而向东，倏而向西，转眼之间，已有六七个“鹰爪孙”和十几个天玑道人邀来的那些“侠义道”伤在她的剑下。

混战登时停止，以鲁廷方和韩柱国为首的那班“鹰爪孙”和给他们助拳的“侠义道”都作鸟兽散了。西门霸、东方雄那一班人则在忙着救死扶伤。西门霸本人也受了伤，不过他还是代表他的属下弟兄，首先上来向上官飞凤行过参拜之礼！这才退下去救护同伴。

众人这才知道，原来西门霸这班人乃是上官云龙的下属。园子里那两帮人的混战已经停止，“灵堂”门前的打斗，却还是双方未肯罢休。

上官飞凤走过来了。

玉虚子是一直没有出手的，此时却紧紧跟在她的背后。

梅清风见上官飞凤向他走来，面上变色，说道：“我们不是属于西域十三门派的，和令尊更是一向井水不犯河水。你的幻剑灵旗可管不了我！”口气虽然还是不甘示弱，但显然亦已是心内发慌了。

上官飞凤道：“你不妄动，我就不管你。”说罢，一声喝道：“都给我罢手！”

印新磨和王殿英此时已经合在一起，双战卫天元，洛阳名武师谢国堂则已止手了。那使铁锤的胡人喝道：“让我来见识见识少林派的疯魔杖！”大铁锤一击，印新磨碗口大的镔铁禅杖给他打得拗曲，只听得“当当当”震耳如雷的三声巨响，响到第三声时，印新磨的禅杖已是给打得弯成弓形，印新磨大叫一声，口喷鲜血，倒在地上。玉殿英则早已给卫天元一把抓住，抛了出去。

但华山派的三名长老，顾住自己的身份，仍是不甘罢手。

玉虚子朗声说道：“华山派各位道友，要是你们信得过我的话，请先罢手！”

天玑冷冷说道：“你是用什么身份说话？”

玉虚子道：“当然是华山派朋友的身份。”

天玑冷笑道：“不对吧？不错，以往你是我们华山派的朋友。但如今，嘿嘿，你是谁的朋友，大家都已有目共睹。”

玉虚子道：“我是华山派的朋友，也是这位上官姑娘的朋友，我不偏袒哪方。据我所知，上官姑娘也不是要来和贵派作对的。但你们若不罢手，势必斗个两败俱伤，又焉能知道她的来意？”

其实，倘若此际上官飞凤等人加入战团的话，华山派势必一败涂地。“两败俱伤”云云，那已是玉虚子顾全华山派体面的话了。

涵谷涵虚首先停手，接着天策道人也按着剑柄不发招了。

“师兄，念在武当派和咱们华山派的交情，咱们似乎也不妨听听他怎么说。”天策道。

玉虚子道：“不是我有话说，是这位上官姑娘有话和你们说。”

天玑气往上冲，说道：“我们为什么要听她的话？就算上官云龙亲自前来，他的幻剑灵旗也管不到我们华山派头上！”

瑶光散人招数已经放慢，神情似是思疑不定，望着玉虚子愤然说道：“说来说去，原来还是说客身份！”

上官飞凤微笑道：“你错了！”

瑶光散人道：“他不是你请来的吗？”

上官飞凤道：“不错，他是我请来的。但一不是请他作说客，二不是请他助拳。只是请他作个见证。”

瑶光散人一怔道：“见证，什么见证？”

上官飞凤没有即时回答，却面对着天玑道：“我管不着你，但有一个人却可以管你！”

天玑道：“谁？”

上官飞凤道：“华山派现任掌门天梧道长。他要你们立即回去，不准你们在此处生事！”

天玑怒道：“胡说八道，本派掌门的命令要你传达？”

上官飞凤道：“我知道你们不能相信，所以特地请玉虚道长来作见证。”

天玑冷笑说道：“你和这、……这……他们一伙，你可以为她作证，小偷也可以保释强盗了。”他本来想骂“妖女”的，但心里着实有点害怕上官飞凤的“幻剑”，不敢骂出口来。不过虽然没有骂出来，却仍是绕着弯儿，“损”了上官飞凤和玉虚子一下。

上官飞凤倒不动怒，只是说道：“看在天梧道长份上，我不想骂你，这笔账会有人跟你算的！”

玉虚子似乎更加不以为意，微笑说道：“上官姑娘，其实你是无须找我来作见证的。”

上官飞凤道：“人证物证俱全，更好一些。”

天玑一怔道：“什么物证？”

上官飞凤道：“贵派掌门的手谕！”

此言一出，华山派弟子无不惊诧，天玑瑶光同声说道：“拿来一看！”

上官飞凤道：“你们争着要看，给谁好呢？”说至此处，对着天玑，把手一扬。

天玑对她颇为忌惮，生怕她是使用暗器，本能地侧身一闪，只见在她手中飞出的却并非暗器，而是一张纸。

瑶光散人已经把这张纸接到手中了。

这张纸飞得不快不慢，瑶光散人接到手中，亦并无异状。

上官飞凤笑道："放心吧，我若要害你们，也无须使毒。"

不过这张纸上虽然没有毒，却有天梧道人亲笔写的字。而且，一张纸轻飘飘的居然能够从上官飞凤手中飞出来，不偏不倚地飞到他们面前，速度也不算慢。上官飞凤的内力之深，手法的运用之妙，还是令得华山派一众弟子大为惊异。

瑶光散人道："咦，真的好像是掌门师兄的笔迹。"

天策、天枢、涵谷、涵虚等人都围拢来看，只见那张纸上写道：

"字谕本派弟子：先掌门师兄天权真人被害一案，已见端倪，以前种种揣测，均非事实。疑凶另有其人，不久将可水落石出，与齐家无涉。扬州之行，可以作罢。见字火速回山，不可妄生枝节。天梧手谕。"

天玑道人看了这张手谕，疑心大起。说道："这张手谕，你是怎么取得的？"正是：

手谕传来如棒喝，名门正派有奸徒。

欲知后事如何？请听下回分解。